雪白血红

一名德军士兵的苏德战争回忆录

[德] 京特·K. 科朔雷克 著

小小冰人 译

台海出版社

图书在版编目（CIP）数据

雪白血红：一名德军士兵的苏德战争回忆录 / (德)
京特·K·科朔雷克著；小小冰人译. -- 北京：台海出
版社，2018.6
书名原文：Vergiss die Zeit der Dornen nicht
ISBN 978-7-5168-1910-4

Ⅰ.①雪… Ⅱ.①京… ②小… Ⅲ.①回忆录－德国
－现代②第二次世界大战－史料 Ⅳ.①I516.55②K152

中国版本图书馆CIP数据核字(2018)第099714号

Original German edition: Vergiss die Zeit der Dornen nicht
© 1998 by v.Hase & Koehler Verlag, Mainz, Germany
© Simplified Chinese rights arranged through CA-LINK International LLC

版贸核渝字（2012）第1000号

雪白血红：一名德军士兵的苏德战争回忆录

著　　者：[德]京特·K. 科朔雷克　　　　　译　　者：小小冰人

责任编辑：高惠娟　　　　　　　　　　　　策划制作：指文文化
视觉设计：王　星　　　　　　　　　　　　责任印制：蔡　旭

出版发行：台海出版社
地　　址：北京市东城区景山东街20号　　　邮政编码：100009
电　　话：010－64041652（发行，邮购）
传　　真：010－84045799（总编室）
网　　址：www.taimeng.org.cn/thcbs/default.htm
E－mail：thcbs@126.com

经　　销：全国各地新华书店
印　　刷：重庆共创印刷有限公司
本书如有破损、缺页、装订错误，请与本社联系调换

开　　本：787mm×1092mm　　　　　　　1/16
字　　数：253千　　　　　　　　　　　　印　　张：17
版　　次：2018年6月第1版　　　　　　　印　　次：2018年6月第1次印刷
书　　号：ISBN 978-7-5168-1910-4

定　　价：89.80元

版权所有　翻印必究

译者序

指文图书的罗应中先生策划了一套"士兵"系列，由我翻译的《雪白血红》有幸被列为其中的第一部。

"士兵"系列不仅包括第二次世界大战，还将涉及现代战争，它们的共同特点是，都是来自最底层士兵的遭遇、经历、见闻，他们的生与死，他们的喜与哀。我认为这是审视战争的一个很好的切入点，它让我们离真实的战争靠得更近，血腥和杀戮不再是随着高级指挥官在态势图上轻轻一划而形成的某个抽象概念。一个个士兵，作为战争的参与者和距离最近的目击者，他们的记述也许会缺乏整体的大局观，但却能带给我们更加真实、更加震撼、更加贴近的感受。

二战中的德军士兵，这一视角的书籍在国内出版的并不太多。德军，作为二战中的侵略者，相关书籍的定位颇有些尴尬，国内出版时，一般会特地注明："……由于作者的观点……希望读者在阅读时加以鉴别和批判。"

以我们今天的视角，很容易将战争的责任推到普通德国人身上，甚至出现了"有罪的一代"的说法，这在历史上是前所未有的，一如45年后被分割的德国。吉多·克诺普的《党卫军档案》一书中曾提到过这样一件事，1994年，居住在阿根廷的纳粹罪犯埃利希·普利布克对采访他的美国电视台工作人员说："……那时候军令如山，您理解吗，年轻人？"

当然，作为罪行累累的党卫队成员，普利布克的说法仅仅是为自己开脱的辩词。但从另一个侧面来看，他说出了一个事实：战争中的士兵是没有选择的。在"为国报效"的召唤下，你投入了战争，你杀死了许多敌人，最终却发现自己成了战争罪犯的帮凶，成了必须一辈子低头认罪、忏悔的"有罪的一代"，还有什么比这个更加悲剧的呢？对普通士兵来说，

"正义"与"邪恶"的区分仅仅是因为你生在哪里——如果你是个美国人，枪口下的亡魂会让你成为英雄；可你若是个德国人，那就只能成为邪恶的杀手。站错队是个不幸，更为不幸的是，站哪条队由不得你选择。

王外马甲在他的书中曾一针见血地指出：是否为信仰而战，这是烈士与炮灰的区别。我深以为然。但由此带来的问题有两点，一是信仰的正确与否，我们无法从今天的角度去告诉当年的每一个德国人，"为了国家社会主义，为了元首"是一种错误的信仰，我们也无法怀疑他们对这一信仰的诚挚——《黑色雪绒花》中曾对此有过详尽的探讨——我们所能做的只能是尽可能地从他们的角度去理解他们，尽管理解并不代表认同。就像抛出的一枚硬币，直到它落地，你才知道其正反面。你只是这一结果的接受者，而不是操纵者。韩寒说：……没有信仰，一定比有着错误的信仰要强。我觉得这句话不仅适用于中国人，同样也适用于当年的德国人。

第二个问题是，到底有多少参战的士兵是有信仰的。如《兄弟连》所述，许多美军士兵直到目睹了集中营的惨状后才明白了自己"为何而战"；《贝德福德的男孩》中的小伙子们，仅仅是为了一天一块钱的津贴才加入的国民警卫队，最后被送到了奥马哈……而对德军士兵来说亦是如此，他们并不都是冥顽不化的"国家社会主义"者，他们只是普通的士兵。"思想意识"观察员在德国军队中并不受欢迎，甚至曾出现过"观察员"被逐出部队的现象。西格菲尔德·克纳佩在战后的回忆录《Soldat》中曾不无委屈地说：我们不是纳粹，我们只是德国士兵。

我觉得不能苛求普通士兵一定要抱有某个信仰，而且这个信仰必须是正确的，甚至还要加上一条，该信仰的正确性还将经受数十年时间的验证。

那么，这些德军士兵为何而战呢？为了侵略，为了杀人？这似乎是脸谱化正反面角色的标准答案了。

科朔雷克在书中指出，他们不是为了祖国、为了元首、为了国家社会主义而战，他们只是为了保住自己的性命，为了自己的战友乃至自己的上司而战。在《雪白血红》中有一个名叫格罗梅尔的士兵，他训练有素，但他所信奉的宗教使他无法对着活生生的人开枪射击，这可能就是一个普通士兵对强加到他身上的战争所能做出的最大的抗争了。为了保护自己的战友，格罗梅尔阵亡了。在这一点上，他与代表正义方的盟军士兵没什么区别。

军队，作为国家机器的重要组成部分，本身就具有对内和对外的双重职能，"以服从为天职"可能会使军队和军人沦为盲从，而对每一道命令产生怀疑又会使军队丧失战斗力，这是一个两难的选择。实际上，《美军军法条例》中对这种情况有过明确的规定：服从符合军规条例的命令〔890.ART.92（1）〕；服从合法的命令〔890.ART.92（2）〕。他们明确地规定了"服从"与"不服从"的定义：（一）军人有服从命令的义务（Duty to Follow Orders）；（二）军人有不服从非法命令的义务（Duty to Disobey Unlawful Orders）。在这一规定下，"执行军令"不再是战争犯罪的借口和托词。

德军的军法条例不太清楚，不过，看看他们的宣誓誓词，与美军的宣誓有着根本的区别。美军的誓言是"捍卫宪法"，而德军则是向"德意志帝国和人民的领袖、武装部队最高统帅阿道夫·希特勒"宣誓。从这个差异上，我们大致能看出两支军队性质上的不同。

《雪白血红》一书中还有一段很有意思的情节。科朔雷克和他的战友们住在俄国的一个村庄里，与房东的女儿卡佳结下了深厚的友谊，卡佳甚至与一位德军士兵产生了朦胧的感情。这该如何理解？从人性的角度说，这种情况的发生合情合理。但从"侵略和被侵略，正义与非正义"的宣传层面看，卡佳似乎可以被列入"俄奸"一类。实际上，她并未做出任何损害国家、民族的坏事，帮着德国侵略者烧烧饭、削削土豆，仅仅是为了生存罢了。对这些老百姓来说，今天来的是侵略者，明天或许又是解放者，他们的命运被反复拨弄，同样是身不由己，无从选择。与战争中的普通士兵一样，他们也是被动的参与者和受害者。

历史学家们认为，对某段历史的评判，至少要在一百年后。其目的是保持一种"历史的眼光"。但第二次世界大战距今天的时间太短，伊拉克和阿富汗战争则更近，客观性在某种程度上难以得到保证。其实，我们回顾一下历史上的拔都、忽必烈或是拿破仑，今天的研究和评论几乎很少涉及他们的侵略、非正义性及其造成的生灵涂炭，甚至多带有一种对其赫赫武功的赞许，这是不是双重标准呢？决定历史评判的，究竟是什么呢？威廉·夏伊勒认为，"希特勒也许是属于亚历山大、恺撒、拿破仑这一传统的大冒险家兼征服者中最后的一个，第三帝国也许是走上以前法兰西、罗马帝国、马其顿所走过的道路的帝国中最后的一个"，从历史研究的角度说可能是合理的，但从近代人的情感上看，这一观点恐怕难以被接受。著名的历史学家约翰·托兰，不也因其"过度的客观性"而饱受批评吗？

近代战争历史研究是个太过宏大的课题，涉及太多的情感和利益关系，客观与否仅仅是相对的。除了上面所说的，再举两个小例子，一是德国入侵波兰，今天的许多中国军迷并不反感，为什么呢？因为波兰支持日本发动的卢沟桥事变，轮到他自己被侵略了，所以"不值得同情"，而且是"大快人心"。第二个例子是二战的"伟大胜利"，实际上我们沮丧地发现，导致二战爆发的两个因素，一是确保对波兰独立和完整的承诺，一是使英法列强免遭潜在的威胁，二战结束时这两个目的都未能实现。相对的客观甚至需要经受时间的考验。随着历史的变迁和政权的更迭，越来越多原本秘而不宣的资料浮出了水面，许多既成的认知受到了严重的质疑和冲击，相对的客观是否还能继续"客观"下去，很值得怀疑。

但这一切，与我们这个系列中的士兵并没有太过直接的关系，这也不是需要他们思考的问题。对广大读者来说也是如此。就回忆录来说，我们需要的是真实、详尽的记述，既不是"文史资料"那样的认罪书，也不是充满了灌输意味的"教科书"。至于个中的孰是孰非，在如今这个资讯异常发达的年代，相信每一个具有独立思维能力的读者自会做出鉴别和结论。

科朔雷克的《雪白血红》，英文版中有一些小小的错误，例如"卡拉什尼科夫"的出现，在翻译和校订的过程中予以了修改。其他一些疏漏和错误之处，望读者们见谅并指正。

小小冰人

前　言

　　将二战中的经历从你的记忆中拽出，并按照时间顺序做一个准确的描述，这可不是件易事：要么艰难地挑选出一些偶发事件让自己感到满意，要么干脆用生动的幻想填补你记忆的空白。许多业已出版的书籍混合使用了这两种方式，不是通过讲述那种无可置疑的英雄主义行为来美化战争，就是用"恶意讦告"的方式来诠释战争，从而说服读者将普通的士兵们视为嗜血的凶手。上述的这两种方式我都不想采用，我既不愿美化战争，也不想对其做出裁决。我要讲述的是真实发生的事情——作为一名普通士兵，我是如何亲身经历和感知俄国前线的这场血战，从1942年秋季直到最后，其间只因为负伤而偶尔中断。

　　这本书是一份真实可靠的记录，描述了我个人难以忘怀的经历、印象和看法——这是一个普通前线士兵的观点，用当时的俚语来说，是以一个Landser的身份[①]。与许多依赖当时的文件资料的书籍不同，本书没有从负责指挥这场战争的高层人员的角度去讨论责任问题（或者可以说缺乏），甚至也没有以那些接受过特别训练、为自己的部下做出榜样的军官们的观点着眼（通常说来，这些军官与我们在前线并肩作战）。

　　本书的目的是为了向无数无名战士致敬，他们所经历的战争主要是在俄国土地上肮脏的散兵坑内度过——无论是顶着夏季滚烫的阳光，还是雨季浸泡在齐膝深的泥泞中，或是冒着冬季的暴风雪与冻得坚硬无比的土地及深深的积雪打交道——只有在需要对敌人发起直接的交火时，他们才会放弃散兵坑。这些士兵唯一的愿望是获得批准，跟随后方补给车队得到

[①] Landser是德语旧称，指的是士兵。

短暂的休整。但是，在获得休整前，他们就扎根于前线的战壕或散兵坑内——在这条主战线上，他们日复一日地为自己的生存提心吊胆，为了自己不被杀而杀掉敌人；在这里，每个士兵都作为整体的一部分而战斗，但最终不得不依靠自己；在这里，他们身边的土地经常会变成一片燃烧的地狱；在这里，滚烫的弹片或呼啸的子弹搜寻着他们鲜活的躯体，他们会感觉到死亡冰冷的触摸；在这里，敌人被撕裂的尸体在他们面前堆积如山；这里，伤员的惨叫声混合着垂死者奄奄一息、低不可闻的呻吟，灌入这些紧紧蜷伏在地上的士兵们的耳中，并在噩梦中继续折磨着他们。经历了半个多世纪后，依然存活的那些老兵中，仍能述说他们在俄国前线血腥的杀戮中生还的故事，或是在战后经历了非人道的监禁后存活的人寥寥无几。但可以肯定地说，出于某种奇迹，有些人从地狱般的恐怖中生还，而且，由于在那段时期里记录的笔记，使得现在将其还原出来成为可能。

新兵训练结束后，我成为一名重机枪手。上级安排我从事这一专业，在前线服役的大部分时间里，我一直担任着一个重机枪小组的领导。我不想否认的是，使用这种射速极快的武器——安装在机枪架上，并配有光学瞄准镜——我在东线战场上打死了许多敌人。

在此期间，我做了一些笔记，为的是战斗结束后可以撰写一份真实的作战报告。起初，我还写日记，尽管这对一个普通士兵来说是违规的。日记的第一篇，我记录了我们那支刚刚受训完毕、满是年轻人的单位，作为补充部队赶往斯大林格勒的情形。到达目的地之前，我们必须背负重物，走上好几天，穿过无尽的卡尔梅克草原上波光粼粼的热气。

1942年12月13日，苏军坦克发起了庞大的攻势，在斯大林格勒包围圈的外缘，我们的补给车队以及私人物品落入了俄国人之手。倒霉的是，我的日记本也在那些战利品中。我对此并不太担心，因为我只在那里面写了些个人的感受，对俄国人来说意义不大。日记里没写我的名字，也没有提及我所在部队的番号，尽管根据所获得的资料，俄国人实际上已经弄清了我所在的部队。

后来，等我从第一次负伤中康复过来后，我再次写下这一重要时期内自己的经历——连着数天、数周，我们这些近乎疯狂的德国人试图逃离斯大林格勒包围圈，冒着百余辆苏军坦克逼近时射出的铺天盖地的炮火，冲过冰封的顿河，最终得以逃离。这一行动结束了一段永生难忘的经历——炮弹爆炸时震耳欲聋的轰鸣，坦克履带持续不断的咯咯声，紧贴在我们身后让人头晕目眩的闪烁。瘦弱憔悴的尸体和负伤的战友堆积如山，他们的鲜血染红了地面上的白雪，我们最终安全地到达了顿河对岸，就在一天前，那里还覆盖在一片皑皑白雪下，一切都显得那么平静。

丢失了自己的日记本后，我便用碰巧能找到的任何一张纸片做记录。然后，我把这些纸折叠起来，塞进军大衣内衬的窄缝里。在军医院短暂停留的期间，我曾有过两次机会将这些记录交与我的母亲妥善保存。我相信，除了我之外，没人能破译我的信手涂鸦，其中的部分文字是速记。

军大衣内衬里的缝隙，作为藏匿地显然达到了目的，因此，在我接下来休假回家期间，我再次把最新的记录藏在了同一个地方。唯一的不同是，这次我穿的是一件新配发的军大衣，而我上一件大衣是1940年年底时配发的，当时我被召集到伊策霍，在国家社会主义汽车团的机动车驾驶学校培训了一年（这是初步的军事训练，以便获得几种不同的军用驾驶执照）。总有一天我会按照时间顺序来整理这些记录，并将这其中的观点阐述出来。写一本书，成了我最热切的期盼，但由于种种原因，这一梦想注定一直无法实现。时间就这样慢慢流逝，尽管希望的火焰时常会被点燃。

后来，我记不起自己的笔记放在了什么地方：我认为是在一次搬家的过程中莫名其妙地丢失了这些记录，二十世纪五十年代，我经历了与妻子离婚的伤痛，但过了很久我才发现，那些记录被我遗忘在我们的公寓里。离婚后，我的妻子迅速做了她很期望的事情——嫁给了一名美军士兵，他带着她和我的女儿，还有个将来的孩子，一同返回了美国。

尽管过去了几十年，但战争带来的痛苦记忆依然深深地扎根于我的灵魂。此外，社会态度的改变，从"什么曾经是可以接受的行为"到一个明确无误的"新浪潮"，允许缺乏尊重、进取的态度、仇恨和暴力，并未让我忘记那些不幸的岁月。直到某一天，我意外地重新得到了那些失散已久的笔记。只读了短短几行，便将四十年代的画面拉回到严峻的现实中。

这一切开始于一个来自美国的电话。电话里，一个陌生女人的声音用明确无误的美国口音询问我的名字，随即便称呼我为"爸爸"。起初，我不知道该说什么，过了一会，我意识到，电话是我第一次婚姻所生的女儿打来的——五十年代中期我离婚后就再也没有见过她。突然间得到了一个女儿，这种感觉很奇怪，她已经成家，因此，一夜之间，我也成了两个孩子的外公。

随后，她来到德国看望我和我的后妻，还给我带来了一份奇妙的礼物——装着我全部战时笔记的一个文件夹！这些笔记是她所拥有的、来自她亲身父亲的唯一纪念品，这些年来她一直细心保存着，希望有朝一日能再次见到他。近四十年的时间里，她多次试图找到我，但都因我住址的变化而失败。不过，从那以后，我们一直保持着联系，我们已经在她位于拉斯维加斯的家里度过了好几个愉快的假期。

今天，距离二战结束已经六十多年，仇恨的画面、残暴行径的镜头通过各种媒体传入我们的家中，灌输给我们。这些事件可能会造成后脊背的一阵寒意涌起，也可能会使你的眼中噙满泪水，但没人会真正了解受害者所遭受的真正的伤害。人们看着那些残酷的暴行和兽性，可能会惊得目瞪口呆，他们也许会讨论他们所看见的东西，但这些画面很快会被他们遗忘。只有切实经历过当年那些事情的人才会在自己的意识深处感受到一种悲剧性的影响，往往只有时间才能愈合他们灵魂深处的创伤并减轻他们的伤痛。

我在二战中所负的伤，随着时间的流逝已经痊愈，但我依然能感觉到身上的伤疤以及被深深植入我灵魂中的创伤。每当我看见或读到当今世界所发生的令人不安的事件时，那些战争期间可怕的经历所形成的恐怖画面便会从我的内心世界跃入眼前。这些记忆明确无误地驱使着我，在经历了几次不成功的尝试后，以我的笔记为基础，写一本书。隐藏在身后的几乎是我整个的生命，最后，等我终于提起笔来书写时，它从我的灵魂深处涌出，我从未这样真正地释放过自己。

我并不打算告诉读者所有真实的姓名，书中也没有我所在部队的确切番号，因为我想让这本书集中于我个人的经历以及我的印象和观察上，另外也包括我对这场战争的感受和看法：如果有我过去的战友碰巧读到了这本书，无论怎样，他们都能辨认出自己的身影。

之所以写这本书，是因为我感觉到一种不容妥协的责任感。现在是时候记录下那些得以生还但依然被遗忘的战士了。上一场大战的幸存者，有责任代表那些战场的阵亡者成为劝勉使者，因为阵亡的战士已经永久地沉默了。

这本书是我的贡献，现在，我觉得已经完成了自己的义务。

京特·K. 科朔雷克

目　录

第一章

在途中

这天是1942年10月18日。我坐在货运车厢内的一包稻草上，这节车厢是运兵列车的一部分。就车厢摇晃的程度来说，还能让我在自己全新的笔记本上写下第一行字。大约三个小时前，我们跟随着一些三等兵、二等兵以及二级下士登上了这列火车——我们是大约300名刚刚结束训练的十八岁新兵。

我们终于得到了一些属于自己的时间。训练期间的最后三天非常忙碌。赶赴前线前，我们首先要通过东普鲁士斯塔布拉克中心的初步训练。昨天，训练营的指挥官在因斯特堡对我们发表了一通激励性讲话，谈到了我们将为东线战事所做出的贡献。对我们来说，这是个伟大的时刻——我们终于结束了训练，现在将被视为成熟的前线士兵了。

指挥官的讲话让我们倍感自豪。他谈到了德国军队广泛的责任以及获得的许多成就，还谈到了我们即将接受的代表元首和我们亲爱的祖国的任务。我们将投入全部力量以及所能鼓起的一切勇气来完成这一任务。我们的士气一流——特别是因为我们每天遭受的磨难结束了。六个月的训练期通常伴随着非常严格的规定，因此，我们中的许多人是不会很快将其忘记的。

但现在一切都已过去，我们期待着一个新的阶段，一个光明的前景。指挥官的送别话语结束后，我们立即离开了因斯特堡营地，穿过兵营的大门，朝着火车站而去。这个阳光明媚的秋日清晨，我们行军时的歌声前所未有地嘹亮，充满了兴奋和信心。

对老兵们来说，斯塔布拉克训练中心非常出名，过去，这里训练之严格简直就是一种惩罚。现在，这里成了补充部队赶赴前线的过境处。没人知道我们将被送至哪一条前线，这类消息属于机密。我们携带着三天的作战口粮登上了这些车厢。从这时起，一个主要的问题开始出现——我们的目的地是哪儿？唯一的知情者可能是一位佩戴着二级铁十字勋章和战伤勋章的二等兵——他也在我们这节车厢中——但他什么也没说，只是静静地抽着他的烟斗。他和另外两个衣袖上同样佩戴着一道或两道V形标志的同伴应该是来自某个"康复连"。运输主管为每节车厢都分配了几名军衔较高的士兵。我们猜测，他们将返回自己的老部队，而我们作为补充兵，也将被分配到同一部队中。

据说，我们要去的部队过去是一个传统的骑兵师，后来被改为辖有两个步兵团的装甲师，证据是我们肩章上金黄色的绳边。金黄色是这支前骑兵部队的传统兵种色，该师在斯大林格勒已经待了一段时间。对这一说法，我未加评论，一切都要等着看呢。

车厢里的十六个人，除我之外，有六个来自我们那个训练连，而其他人只是面熟而已。我认识的六个人中，第一个是汉斯·魏歇特，他总是觉得饿。接下来是个身材高大的家伙，名叫瓦利亚斯，训练连里的老实人。再就是屈佩尔，浅色的头发，肌肉发达。第四个是格罗梅尔，是个安静而又明事理的小伙子。然后是会吹口琴的海因茨·库拉特。最后一个是奥托·维尔克，他会抓住一切闲暇时间来打牌——就在我记录下这些时，他正全神贯注地跟另外几个人玩着纸牌。

我回想起训练营里度过的那些日子，尽管那里的训练对体力要求很高，但我还是很喜欢其中一些愉快的时光。我回想起我们在因斯特堡散步，以及在蒂沃利咖啡馆消磨的那些时光，在咖啡馆里，有时候可以结识到一位姑娘。我承认，在这种场合中我有点害羞，甚至会在姑娘们面前脸红，但我总是用各种狡猾的借口来搪塞。当时，我没有什么关系密切的朋友，我觉得自己交朋友是有选择性的。

10月19日，星期日，夜里的气候有点凉，但现在，由于日光的照射，车厢内很温暖。车外，乡村从我们身边快速掠过。这些地方看起来很贫穷：我们经过的一些小村落，木屋和破旧失修的房子随处可见，在许多地方，屋顶上铺盖着稻草，砖制建筑也多是破烂不堪。

到达下一站时，我们看见了一些站在铁轨和站台上的人。在他们当中，有些身穿德军军装的士兵，看上去像是警卫。我们中的一些人透过车厢朝他们挥手，但对方没人挥手回应。我们的火车行驶得非常缓慢，铁轨上的那些人盯着我们。当中有许多妇女，戴着头巾，而男人们则戴着尖顶帽。他们都是波兰人，看上去萎靡不振，拿着铁锹和镐在铁路线上干着活。

在一些较大的车站，我们得到了热咖啡，偶尔还有新鲜的香肠，慢慢地，我们对肉罐头产生了厌倦。还花了点时间简单地梳洗了一番，我们不知道自己所处的确切位置，但昨晚应该已经越过边界，进入了俄国。

清晨时，我们突然听见列车前方传来了步枪的射击声。火车停了下来，发出了警报。敌人的游击队应该就在附近的某个地方，他们对满载着军用物资的列车非常感兴趣。但随后一切都保持着平静。

10月23日。俄罗斯广阔无垠的疆土日复一日地从我们身边溜过。目力所及之处，尽是收割过的农田，其间伫立着一些巨大的谷仓和农庄（所谓的"集体农场"）。我看见远处有一群人，排着长长的队伍正在行走。等火车靠近后，我发现他们当中大多是妇女，被身上的包裹压得直不起腰来，而跟着他们一同行进的男人们却空着两只手。妇女们背负着重物，男人们却悠闲自在，这让汉斯·魏歇特恼火不已。负责我们车厢的那位二等兵解释道："在俄国的这一地区，这种现象很正常。所有的女性，从孩提时便被教会了这样做，或者说是男人们告诉她们应该这样做。男人们都是游手好闲，他们决定哪些事情该做。所以无论什么时候你看见他们，他们总是空着手走在妇女们的旁边。要是在屋内，你通常会发现他们躺在黏土制成的暖炉上睡大觉。不过现在，你们只能看见老人了——所有的年轻人都去打仗了。"

这几天来，我们这位二等兵变得更加爱说话了，实际上，他是个待人亲切的小伙子。这一切开始于我们当中的某些人称他为"二等兵先生"。他责骂了他们，并告诉他们，现在已经不是在训练营了，另外，在前线，只有当某人的肩章上带有穗带，也就是说对方至少是中士时，才能称他为"先生"。

"那我们是不是应该称呼您为'您'呢？"，个头矮小的格罗梅尔问道。

"别蠢了！别用'您'来称呼我。直接称呼我'伙计'就行了，我们那里都是这样叫的。"

"叫'同志'也行，"一个身材瘦削，一头金发的家伙插了一句。我不认识他，但他后来告诉我，他是一名KOB候选者，因此，他首先要赶赴前线服役，以此来证明自己的能力[①]。

那位二等兵举起手抗议着："天哪，千万别这样。这个词最好还是留给后方那些夸夸其谈的家伙或是已经回家的士兵吧，别用在我们这些前线士兵身上。我很抱歉，伙计，可'同志'都已经阵亡了。"

然后，他向我们介绍了他所在的部队。这是一个骑兵师，1942年春季被

---

① KOB，指的是在战场上被提升为军官。

4 ·

改编为装甲师。这个师被派至俄国后，他一直在该师服役，六月份时，他参加了向沃罗涅日进军的行动。这场战斗造成了大量的伤亡。七月和八月，他跟随着自己的部队渡过奇尔河和顿河，杀向斯大林格勒。

所以，归根结底还是斯大林格勒——和我们料想的一样！不过，我们还没有靠近那里，我们在路上只走了七天，唯一的感觉是火车颠簸得很厉害。

10月24—25日。我们的列车一直被装运着武器和补给物资的其他火车所超越。有人说，昨晚我们经过了克列缅丘格火车站。这就说明我们正处在乌克兰这座俄国大粮仓的中部。车厢里的那位二等兵——我现在知道他的名字了：弗里茨·马措格——告诉大家，我们正取道第聂伯罗彼得罗夫斯克和罗斯托夫，再从那里沿东北方向赶往斯大林格勒。他说的没错：一天后，我们在凌晨时到达了顿河流入亚速海入口处的罗斯托夫。火车停在靠近火车站的一股岔道上，附近有水，这使我们可以梳洗一番。天气很好，暖洋洋的，但有些朦胧，看不见太阳。我们脱掉衬衫，四下里溜达了一圈，因为我们被告知，将在这里停留一阵子。我刚想到下一节车厢去看看几位朋友，一场混乱便发生了。

我们听见空中突然传来了引擎的轰鸣，三架苏军战斗机朝着我们扑来，飞机上的机枪嘎嘎作响地扫射着。"飞机——隐蔽"这一命令还没来得及喊出，我们中的大多数人已经钻到了车厢下。我看见铁轨上迸出的火花并听见跳弹发出的嗖嗖声。然后，一切都平息下来……随即又有人叫道："它们飞回来了！"

果然，我看见那些飞机转了个弯，朝着我们直直地飞了回来。地狱之门突然间再次打开。警报的呼啸和猛烈的炮火爆发了，声音如此之大，我的耳膜几乎要被震破了。车站那里肯定布置了几个高炮连，他们现在对着敌机开火了。三架敌机迅速飞离，毫发无损地消失了。我们面面相觑，都有点目瞪口呆：这一切发生得太快了，而且与训练期间我们的教官高喊"飞机——隐蔽"的情形完全不同。这可是玩真的，每个人的隐蔽动作从来没有这么利索过。听说有人中弹了，但伤势不重，只是腿上被擦伤而已，医护兵完全可以处理。

"各车厢负责人立即向运输主管报到，接受新命令！"这一消息沿着各节车厢传递下来。二等兵马措格很快便带着新消息回来了，他告诉我们，两节露天平板车将被挂在我们的列车上，每节平板车上载有一门双联装高射炮，以保护列车免遭敌机的空袭。看来，他们预计会遇到更多的空袭！另外，由于遭遇游击队袭击的可能性加大，从现在起，我们每节车厢安排两个人在夜间站岗值勤。我们可能不得不绕些路，因为据估计，某些路段的铁路已被炸毁。

铺在身下的稻草已经毫无蓬松感可言，可我们又没有新的稻草，所以，把毛毯铺在这些稻草上已经起不到什么作用，那种感觉就跟直接躺在车厢地板上一样。身材高大的瓦利亚斯和另外几个家伙抱怨说，他们的屁股都被硌疼了。二等兵马措格笑着告诉我们，这是一次很好的锻炼：前线泥泞的散兵坑中，情况更糟。

我们缠着他，请他给我们讲讲他所在的部队夏季所取得的成功战役，结果，这让我们更加着急，恨不能一下子赶到目的地，这样就不会错过任何东西了。那位个头高高，一头金发的KOB候选军官——迪特尔·马尔察恩，说出了我们所有人的心声。马措格的回答多少有些简短："小伙子们，别着急。等你们到了前线，会被吓得屁滚尿流，就像从一数到一百那么快。"这句老话我们以前曾听过，通常是出自康复单位的某些伤兵之口。他们的意思是说，我们这些毛头小子，第一次遭到敌人的射击时，会吓得把屎拉在裤子里。这简直是胡说八道！很多人都能做到，我们为何就不能？另外，年龄跟这有什么关系！

几乎每一次列车停靠，我们都能通过运输主管所在的车厢中的大喇叭，听到有利于德国军队的新闻广播。毫无例外，今天，10月25日，广播中传来了德军取得胜利的消息。这令我们的感觉非常好，大家唱起了军歌。

从昨天开始，乡村的景物已经出现了变化。前几天我们会不时地经过一些村庄，但今天，铁路线的两侧除了棕色的草原和偶尔出现的小丘外，什么也没有。每隔些时候，就能看见一座大型的集体农场。

司机将火车停在了这片景观中，我们纷纷从各自的车厢跳下，原来，司机发现有一段铁轨已被炸毁。现在，我们不得不沿着铁轨往后倒车12个小时，以便驶上另一条铁路线。车头推动着一串车厢，只要遇上哪怕是最轻微的坡道，机车引擎便像老海豹那样喘息不已。

就这样，我们行进了很长一段时间，突然，每个人都坐了起来。在我们前方的山头上出现了一个巨大的阴影，就像一只猛禽，朝着我们飞来。我们先是听到了低沉的嗡嗡声，然后便是越来越强的轰鸣，就像是一群蜜蜂……"隐蔽——空袭！"我们趴在地上，飞机的机炮在我们头上吼叫起来。我看见炮弹击中地面后激起的泥土，随即，我们的高射炮开始还击。我抬头看见小小的炸弹从飞机上落下，在火车头的前方炸开。随即，飞机带着疯狂的嗡嗡声飞走了。

我们的防空炮火并未能击中那架飞机，但它也没能给我们造成太大的损失——几块弹片击中了火车引擎的几个部位，并在车厢的两侧打出了几个洞。马措格告诉我们："那是'钢铁古斯塔夫'，苏军的一种战斗机，这种飞机也被他们用于前线。这是一种灵活的近距离支援飞机，能飞得很低，它会突然出现，用机载的自动火炮扫射一切。通常，这种飞机还会投掷下较小型的炸弹，但有时候也会是大家伙。用标准的炮弹对付它基本起不到什么作用，因为，它的机腹下铺设着装甲板。"

经历了这一事件后，我们继续行进，推着火车上了山坡，再坐进车厢里下坡。这能持续多久呢？终于，我们停了下来。一切努力宣布告终——火车再也动弹不得，甚至连推也推不动。怎么办？我们现在被滞留在卡尔梅克草原上，320名士兵，每个人还背着40多磅的个人装备。

这里距离斯大林格勒还有多远？运输主管告诉我们，大约还有140～150公里。显然，由于绕道和延误，我们已经远远落后于计划时间。我们被告知，剩下的行程将靠步行完成。我们必须在四天的时间里赶到目的地。我们接到通知，今晚在车厢里过夜，明天早晨六点出发。

10月26日。起床号在清晨5点时响起，此时的天色尚黑，我们得到了热咖啡，每人半个"陆军面包"和一块腌香肠。我们注意到，从昨天开始，配发的口粮便已经开始减少。几名脚部受伤的人将被留下，跟火车和高射炮组待在一起。我们带上自己的装备，拿着指南针和地图出发了。此刻所面临的实际困难，不可避免地削弱了我们的热情。

我们唱着歌动身了，但慢慢地，歌声也消失了。太阳升了起来，气候变得很温暖。吃午饭时，我们得到了较长的休息时间。下午的阳光炙热难耐。尽管我们很累，但还有些体力储备，我们继续前进，一直走到夜幕降临。走到草原上的一处洼地停下时，我们筋疲力尽地倒在了地上，喘了会气，从背包里取出防潮布和毛毯铺在地上。这一晚，我们睡得很沉。

10月27日。早晨时，我的腿僵硬得像一匹年迈的驮马，其他人的感觉也不太好。我吃了一片面包，喝了几口冷咖啡，天知道什么时候才能再喝上东西。

"起来，出发了！"前面的人很快便动身了。列车连带的东西并不多，但我们背着很多东西，像驮畜那样被压弯了腰——我们带着毛毯、防潮布、钢盔以及沉重的冬季大衣。我们的皮带上挂着全套弹夹包，身后的背包里装着饭盒，身子的另一侧挂着折叠起来的战壕铲。防毒面具挂在我们的脖子上，搁在胸前，沉重的步枪用枪带挂在颈间，来回晃荡着。我们的手上还拎着个杂物袋，里面装着干净的袜子、内衣裤以及其他类似的物品。我们的全套装备重达40磅。

久而久之，队伍里不时有人因精疲力竭而倒在地上。过了一会，喘了几口气后，他们站起身，再次挣扎着前进。许多掉队的人看上去面色苍白、病快快的，他们的体力被彻底耗尽了。

突然，一个传令兵从队伍前方跑了过来。"前面有个村子。"这意味着水和食物，我们获救了！我们使出最后的力气，拖着自己向前走去。我们很快便看见了房屋，尽管数量不太多，但还有几个谷仓，显然是属于某个集体农场，就像我们在广袤的俄罗斯大草原上看见的那样。第一座小屋前有一口井，装有绞盘和吊桶。

一名中士站在距离水井几英尺远的地方，等待着其他人赶上来。队伍前面的几个家伙冒冒失失地冲上去，想把水桶扔进井里。

"等一等！"中士叫道。

但站在绞盘处的那个士兵已经放下了水桶，水桶落入了井中。中士提醒大家，井水有可能被下了毒。他走到一座屋子前，这座房屋的窗子上带有漂亮的木雕，他走进门去，我们看不见屋里是否有人存在。

很快，中士带着一个看上去脏兮兮的人再次出现了。这是一个老人，长着浓密的胡须，穿着件俄国人特有的绗缝外套。中士用两根手指拖着他的衣袖，把他拉到了水井旁。水桶已经从井里被吊了上来，桶里的水在阳光的照耀下熠熠生辉。

中士用手指着桶里的水，命令道："俄国佬，喝！"

这个老家伙带着狡黠的表情看着他，微笑着拒绝了好几次，嘴里不停地说着："pan karosch, pan karosch，"中士越来越没耐心，他一把抓住那个老家伙的脖子，把他的脸塞进了水桶，老家伙被窒住了，灌了几口水。他看上去有些吃惊，但并没有太大的不安，换句话说，井水是安全的。

"好了，大家喝水吧，"中士说道。一桶桶的水被打了上来，那个老头也咧着嘴笑了，他终于明白这到底是怎么回事了。我们尽情享受着井水，一直喝到灌不下为止，然后又用水洗漱了一番。

但集体农场是个令人失望的所在，一点食物也没找到。一间棚屋里堆放着甜菜，还有些玉米穗。屈佩尔拿起一块甜菜咬了一口，但马上又把它吐了出来。就在这时，几名妇女从屋子里走了出来，呆呆地看着我们。魏歇特说，那个俄国老人提到了关于驻军司令部和没收的话题。这可能意味着某些德军部队或其他机构已经将所有能吃的东西都搞走了。

10月28日。我们饿着肚子继续行军。一个小时接着一个小时地过去了，我们汗流浃背，大伙儿都咒骂着，许多人大声喊叫起来，只是为了让自己放松一下，但我们必须拖着自己继续向前，一公里接着一公里。突然，乡村的宁静被一阵模糊、跳跃的声音打破了，"空袭——隐蔽！"有人叫道。我们赶紧散开，寻找隐蔽，就像我们接受过的训练那样，但刚跑开几步便重重地倒在了地上。

我扫视着天空，看见一些飞机正从地平线处朝着我们飞来，它们的尾翼在阳光下熠熠生辉。可以看出，这些飞机满载着炸弹，正准备大干一番。它们越来越近了——我们这才看见机翼下的十字徽记，原来是执行任务的德国轰炸机，于是我们站起身，朝着它们挥手。这些飞机带着致命的"货物"消失在东北方向。肯定是斯大林格勒。我们继续向前跋涉。

"现在还有多远？"矮小的格罗梅尔问道，他走在马措格和我之间，这让他感到很自在。马措格耸了耸肩："不知道，但我听说我们明天就该到那里了。"仿佛是某种回答，我们听见远处传来了一阵沉闷的炮击声，听起来就像是一阵滚雷。从听见炮声到天黑，我们一直能看见远处的半空中所发出的红色闪光。

"那就是斯大林格勒！"有人说道。

"那些灯光是怎么回事？"瓦利亚斯用手指着远处。

我们朝着他所指的方向望去，半空中悬挂着一排灯光，就像是灯笼那样。随即，我们听见了更加猛烈的爆炸声，紧接着，我们看见一串长而明亮的"珍珠"从地面上升起，持续地升入空中，随后便消失了。有人说道："那是飞机在袭击跑道。"

一名老兵解释说，那是一种轻型双翼飞机，在夜间飞抵跑道上空时，通常会投掷出小型降落伞悬挂的照明弹，以照亮目标。然后，飞机扔下小型炸弹或杀伤弹。飞行员可以关闭引擎，让他的飞机像滑翔机那样无声无息地滑向目标，等敌人发现他时，已经太迟了。前线士兵把这种飞机称为"缝纫机"，因为它的发动机听起来就像是一台缝纫机。

这名老兵继续说道："顺便说一下，空中的那串'珍珠'是来自20毫米双联装或四联装高射炮的曳光弹，他们正试图击落敌机。"

真是一场精彩的大戏。更多的照明弹出现了，随即，夜空中出现了更多的"珍珠串"。奇怪的是，我们听不见任何声响，这一幕就像是一部默片。

10月29日。随着新的一天的到来，我们的士气降到了最低点。此刻，蒙蒙细雨已经下了一个小时，我们中的一些人直言不讳地指出，他们不喜欢这种天气。

雨越下越大，此时，风力也加剧了。这是我们第一次经历这么糟糕的天气——有些情况是我们始料未及的。风力越来越猛，开阔的乡村地带无遮无掩，无法提供任何庇护。雨点像细针那样抽打在脸上，敲击着我们戴在头上保护自己的钢盔。狂风撕扯着我们裹在身上的防潮布，但对我们并未造成太大的影响。它们抽打着我们湿漉漉的裤子，风力之强几乎使我们站不住脚。我们艰难地跋涉着。

几个小时后，我们终于看见了一座村落。此刻，雨已经停了。我们找到了一些空谷仓，满怀感激地躺倒在地上。村子里相当热闹，列兵和各种军衔的人到处都是，他们不时地立正并相互敬礼。我们究竟有没有到达前线呢？大量迹象表明，这里已经被一个团部及其工作人员所占据，换个词来说就是——Organisatorischen Schreibstuben Gefechtsstnde，正像马措格说的那样。我们的运输主管忙着为我们去搞吃的东西。

食物来了，我们每个人都得到了大麦汤和肉块。看来，他们在这里过得不错。喝过汤后，我们的感觉好多了。接下来该干什么？我们等待着……随后，我们得到了通知：还要再走八公里左右。我们身上新的力量被唤醒。尽管全身酸痛，脚上也走出了水泡，但我们还是在一个半小时里成功地走完了这段路程——考虑到我们携带的装备的重量，这是个相当不错的成绩。

有传闻说，我们在这里可以搭上汽车。但是，汽车还没有到来，于是，我们不得不再次等待。

黄昏时，汽车赶到了，搭载着我们驶入了黑暗中，随后，我们跟着许多其他的车辆驶过了一座长长的桥梁，"顿河"，我身后有人说道。我们沿着补给路线继续前进，这条路通常被称为"跑道"，由于害怕遭到敌机的空袭，我们的汽车没开大灯。此时，我们能清楚地看见飞机发出的照明弹，它所投下的炸弹的爆炸声清晰可辨。

几个小时后，我们在一些农舍之间的某处停了下来，今晚就在这里过夜。我们能听见远处传来的滚雷，天空泛着红色——那就是斯大林格勒！我们的热情与上一周相比如何呢？绝对受到了影响，主要是由于不得不进行的这场强行军所致，另外，我们估计，热情和兴奋在这里是不太多见的。现实与想象会有很大的不同——它根本不会让你产生什么好的感受。

此时，我们已经完成了赶往目的地的第一阶段，现在必须等着看事态如何发展。不过，就眼下来说，我要睡觉了，暂且忘掉这一切吧……

第二章

血战斯大林格勒

1942年10月30日。起床号于清晨六点响起，此刻，外面依然一片漆黑。我们得到了一些热咖啡和食物。尽管有许多传言，但我们当中没有人确切地知道究竟发生了什么。有人说，我们还没有到达我们的目的地；还有人说，这儿只不过是我们师的一个团而已。我们将从这里赶往斯大林格勒，据悉，我们师的实力已经严重受损，而我们就是补充兵。我们还听说，一个完整的团，此刻的兵力甚至凑不满两个连。对普通士兵而言，传闻往往是信息的唯一来源。即便这些传言不一定完全符合事实，但它们通常都是有些道理的。

我很想念二等兵马措格和另外几个来自因斯特堡"康复连"的人，他们已经被带走了。现在，对我们来说，那些例行常规又开始了："集合——排成两列！"大家排好了队，我们几个总是排在第二排，这样，除了马尔察恩外，我们几个便可以聚在一起。我们这一群大约有90来人。一位年轻的中尉命令道："你们被分配到第21团第1营。"

中午时，我们登上了几辆卡车和四辆"梅赛德斯"人员输送车，这些车辆上都涂有我们师的师徽——圆圈内，一名策马跳跃的骑手①。在一辆可搭载八人的人员输送车上，我得到了司机身旁的座位。我们沿着一条补给道路出发了，宽阔的道路上挤满了车辆。道路起伏不平，路面光滑，闪着亮光，就像是腊肉的外皮，几乎呈一条直线，笔直地穿过草原。道路上不时出现一些岔路，路口的标牌上贴满了各个部队的徽标以及村庄的名称。

传言满天飞：现在已经无法肯定我们将赶去斯大林格勒了。我向身边的司机打听，他是一名二等兵。他说我们不是去斯大林格勒，而是一个被称为"冬季阵地"的地方。那里是补给车队所能到达的位置，这些车辆已经无法驶入斯大林格勒，而在该城北郊奋战的士兵们，正是依靠这些补给车队给他们送去食物和弹药。

10月31日。"冬季阵地"位于露天大草原上一个集体农场附近。旁边有一道峡谷，这道峡谷又深又长，呈矩形，就处在草原陡降的地方。这些峡谷都是天然形成的，是一种地质现象，通常有10～20英尺深，除了突然出

---

① 从这个师徽上可以得知，作者所在的是第24装甲师。

现的峡谷外，整片地势非常平坦。峡谷可以很小，也可以大到足以隐蔽一整个营的人员和车辆。一位连军士长迎接了我们——在士兵们的俚语中，连军士长也被称为"Spiess"或"连队之母"。他告诉我们，我们现在加入了一个历史悠久的师，在波兰和法国战役时，该师还是一支骑兵部队。他解释说，正因为如此，部队里对传统的骑兵称谓情有独钟，所以，中士被称为"Wachtmeister"，连队被称作"Schwadron"，营则被叫作"Abteilung"，上尉则是"Rittmeister" [1]。

"明白，军士长先生！"我们大声回答着他的询问，无论我们是否真的理解了。随后再次进行了分配，我们三十个人被分到第1连，其他人则被派到了另外一些连队里——实际上，那些连队距离我们连非常近。我们很快便获悉，我们连的全部兵力只剩下26人。而我们团的实力也已被严重削弱：由于缺乏军官，该团主要是以小股战斗群的形式奋战在斯大林格勒的废墟中，这些战斗群大多由军士带领。那里的战斗据说相当残酷，到处是残垣断壁，死者和伤者被堆得一天比一天高。

这种消息肯定不会激发起我们的热情。就在几天前，我们刚刚听说了德国军队所取得的进展和胜利，这究竟是怎么回事？难道是他们夸大其词，或者，这仅仅是取得胜利的过程中常见的临时障碍？

11月1日—6日。考虑到目前的形势，我们惊讶地发现，我们这些人并未被立即派往前线。相反，我们还在进行军队里那些无关紧要的惯例——向军官们敬礼、立正、列队、聆听领导们的废话等等。尽管已经结束了训练，但新兵终究是新兵，我们必须证明自己是真正的士兵才行。这当然很好，可他们应该给我们机会来证明这一点。

11月9日。我们这里几乎听不见斯大林格勒方向传来的间歇性爆炸和昼夜不停的激战声。夜晚的天空总是红红的，经常能看见沿着补给路线巡逻的苏军飞机投掷出的照明弹，它们正在搜寻一切可能的目标。这天夜里，补给品被分

---

[1] 德军军衔的称谓，根据其兵种不同而有所区别，例如Feldwebel和Wachtmeister指的都是中士，但后者专指骑兵部队中士。

发下来，每人得到了一瓶杜松子白兰地，一些香烟或烟草，一点点巧克力和一些文具。16岁时，我和一个朋友趁着假日，在他家人开设的餐厅里喝掉了一整瓶白兰地，结果，酒精中毒差点要了我的命。现在，我只要闻到浓烈的酒精味就会呕吐，所以，作为一名老烟枪，我用自己的白兰地跟那些不吸烟的人换了些香烟和烟丝。

酒精给我们的掩体带来了一些气氛，过了一会，歌声再次出现了。格罗梅尔和我保持着清醒，因为我们要值下一班岗。此时的气候寒冷而又多风，我很高兴自己拥有一件厚重的、加了里衬的冬季大衣，当初行军时，由于其重量，我曾不止一次地诅咒过。我叫醒格罗梅尔，准备换岗，其他人都在熟睡。掩体里一股恶臭，熏得人透不过气来，于是我打开门，让新鲜空气流进来。

11月11日。气候更冷了，但至少还保持着干燥。一夜之间，所有的一切都被覆盖上一层白霜，就像是精细的银丝。每天，空中都有行动。我们的轰炸机朝着斯大林格勒飞去。你可以根据出现在空中的烟雾判断出苏军的高射炮防空区。

我和一个朋友在我们的掩体处站岗。补给卡车刚刚从斯大林格勒返回，就像它们每天晚上所做的那样。他们搬下两名死者和三名伤员。一名二级上士据说是负了重伤。这些伤员被送上救护车，他们将被送往救护站。

到目前为止，我们还没有亲眼见过死人。那些尸体总是被埋葬于一个特殊的地方——几天前，在部队演练的过程中，我们驱车从那里经过，我曾看见过那些木制的十字架。

跟随补给卡车一同返回的还有三名士兵，他们是因为健康原因被送回来重新分配。他们被告知，各自到不同的掩体中去，其中的一位来到了我们的掩体。我换岗下来回到掩体里，这才发现自己的床铺已经被那位从斯大林格勒撤下来的士兵占据了。他胡子拉碴，这让我很难看清楚他的脸。军帽压得低低的，几乎盖住了他的眼睛，帽子的护耳被拉了下来，覆盖着他的双耳。尽管没有打呼噜，但他睡得很沉。他时不时地抽搐一下，似乎正在做噩梦。我在库拉特的床上躺了下来，他接替了我，正在站岗。

11月12日。当天中午，军士长没有让我参加操练，而是给我安排了一项特殊的任务：派我挖一个厕所，原来的那个已经塞满了。几天前在斯大林格勒被俘的两名苏军俘虏被派来帮助我完成这个任务。这是我第一次近距离看见苏军士兵，我好奇地打量着他们：脏兮兮的棕色大衣和带有护耳的油腻腻的军帽，他们看上去并不太值得信赖。这两名苏军俘虏并未给人以危险感，相反，他们给人的印象更多的是一种"陌生"。其中的一个似乎具有蒙古人的血统。这两人胡子拉碴，脸色灰暗，他们的眼神极其不安。我能感觉到他们的不安和恐惧，我想，要是我落在他们的手里，可能也会有同样的感觉。

事实证明，这两个俄国佬非常懒惰。我估计他们的年龄在25~30岁之间。我不得不频频催促他们，以便让他们抓紧干活。我们刚刚完成挖掘工作，就在我欣赏着我们的劳动成果时，站在我身旁的一个俄国人扔下手里的铁锹，从我身边窜过，一头跳进了坑里。另一个家伙也跟着他跳了下去。我蹲下身子，考虑了一下，随即也跳了进去，正好落在第一个俄国人的头上。我们三个贴着地面，紧紧地趴在坑内，聆听着飞机机炮咯咯的射击声以及炮弹击中我们上方地面时的声响。然后，一个影子，伴随着嗡嗡的噪音——这种声音是我所熟悉的——侧着身子从我们头顶上方飞过。"钢铁古斯塔夫"肯定是靠低空飞行偷偷地掠过了集体农场，然后突然出现在我们的头上。

新挖的这个厕所，离部队里的其他人尚有些距离。透过壕沟的边缘，我朝着我们的掩体和车辆防空洞望去。"钢铁古斯塔夫"沿着低空又飞了回来，再次用机翼上安装的机炮开火射击。另外，它还扔下了几枚中型炸弹。就在这时，另外两架苏军战斗机突然出现在空中。它们用机翼处的机炮猛烈扫射，也投下了炸弹。我们部队里的另一些人肯定就在那里，难道是敌人正朝着操练中的我方士兵开火？

我们设在各处的机枪对着敌人的飞机开火了，另外，我还听见了20毫米高射炮响亮的砰砰声。飞机的机腹下火花四溅，就像是有人正在进行焊接工作。普通的子弹都被"钢铁古斯塔夫"腹部的装甲板弹开……突然，那里窜出一股烟雾。击中了！一架"钢铁古斯塔夫"掉了下来，"砰"的一声摔在草原上，随即燃起火焰。其余的敌机迅速逃离。

我跳起身，朝着我们的掩体和车辆跑去。除了办公室人员外，掩体里只有几个生了病的士兵和两名司机。我看见车辆旁出现了一两个弹坑，有几辆汽车的侧面被炸出了洞，其中一辆卡车的汽油正在泄漏。

当天下午晚些时候，部队里外出演练的人员回来了。对这场空袭，他们什么也没听见，因为相隔得太远了。瓦利亚斯说，他们沿着卡拉奇——斯大林格勒铁路线前进，靠近了卡尔波夫卡。被炸坏的掩体迅速得到了修复。

11月13日。气候几乎没有什么变化，寒冷而又干燥。斯大林格勒的温度应该是零下15度。俄国人每天都对我们部队所在的防区发起进攻，每次进攻都以大规模的炮击为开始。到目前为止，敌人所有的进攻都被击退，但我们的损失也很惨重。

我们连，前线作战士兵只剩下18个人。全团也已被改编成一个战斗群，哪里最需要就奔赴哪里。热饭菜和弹药几乎每天都要运往前线。除了战地厨房工作人员、温特下士、医护兵负责运送这些物品外，还有两名司机和他们的车辆。两名志愿者也是必需的，他们的任务是搬运饭菜桶。昨天，屈佩尔和我"自告奋勇"了一回——送饭菜的名单从一个掩体安排到另一个掩体，这次轮到了我们掩体。

天快黑时，我们出发了。我们有一辆软顶的斯太尔70 MTW人员输送车，还有一辆覆盖着防雨布的4×4欧宝"闪电"一吨半载重卡车。我们打开微弱的车前灯，驱车驶入了夜色中。厨房工作人员认识路，但他表示无法说清斯大林格勒的主战线在何处，因为废墟中的战线每个小时都会产生变化。不久前，我们的战线位于拖拉机厂的北面，但截至昨日，战线显然向南发展了，位于一个被称为"网球拍"的地区。俄国人被认为据守着一座化工厂，于是，他们构建了一个桥头堡。

"我们必须问问路，"温特下士对我们说道。好吧，我们去！唯一的希望是尽快找到我们的人。

此时，我们的车辆完全依靠补给道路上的月光来行驶，迎面驶来的车辆不时从身旁经过。在我们右侧，是从卡拉奇通往斯大林格勒的铁路线。刚刚经过沃罗普诺沃车站，我们便朝左转去，又行驶了几公里，进入了这座城市的废墟中。汽车驶过浅浅的弹坑和瓦砾堆，小心避免着碎片和翻倒的电线杆。闷烧的火焰发出了刺鼻的浓烟，窒息着我们的肺部；左右两侧，堆满了各种军用装备被烧毁后的残骸。我们的司机沿着之字形路线，慢慢地朝着一片貌似小树林或公园的地方驶去。

此刻，我们来到了一座小山丘的顶部，可以看见这座城市的概貌。更多的黑烟和阴燃的火焰出现在眼前，这可真是可怕的景象，借此，我们能感觉到斯大林格勒残酷的气氛。和尼禄焚烧罗马城后的景象一样。唯一的不同是，这片火海由于尖啸的炮弹和致命的爆炸而变得更加糟糕，更加疯狂，这一切给旁观者的感觉是：他见证着世界末日。我们进一步深入到城市中，炮弹越来越近地在四周落下。

"这是伊万们在夜里搞的老把戏，"医护兵说道。

他以一种漫不经心的口气说出了这句话，但却没起到丝毫效果。他和我一样，蜷着身子坐在弹药箱上。我心惊肉跳，心脏都要蹦到嗓子眼了。此刻，空中又出现了一种新的声响——就像是一千只翅膀同时扇动起来。其强度越来越大，似乎就朝着我们而来。

"快跑，这是'斯大林管风琴'！"那名医护兵叫喊着。

我们跳出车厢，一头扎进了一辆被烧毁的大型拖车的底部。那阵噪音从我们身边穿过，炮弹雨点般地落在四周，像烟火那样炸开了。一块手掌大小的弹片旋转着擦过我的脑袋，击中了屈佩尔身边的地面。

"就差那么一点点！"医护兵说道。

我们听见身后传来了呼唤医护兵的叫喊声。

"肯定是高炮阵地上有人中弹了——我们刚刚从那里经过，"温特下士说道，他刚才跳进了一个洞中："好了，走吧，我们得动身了！"大家重新爬上了汽车。

医护兵说的"斯大林管风琴"是一种粗陋的火箭发射器，安装在卡车敞开的后车厢上，火箭弹通过电力发射。这种武器无法精确地命中目标，但伊万们可以用它对一片地区实施饱和轰炸，置身于炮击地带的人，如果没有掩体保护的话，只能自求多福了。

此刻，我们的汽车开得更加小心了。许多地段必须经过彻底清理，才能让车辆通过那些残骸。路上，我们遇到了我方的其他车辆，他们的目的似乎和我们的一样。许多车辆上装着伤员和死者——他们只能在夜里做这件事，这个时候，从理论上说，俄国人无法看见究竟发生了什么。但是，敌人对所发生的事情是清楚的，他们会用大炮将这一地区炸为齑粉。空中总有些"缝纫机"——在火红天空的映衬下，我们经常能清楚地看见这些双翼飞机。

曳光弹窜入半空，我们听见前方传来了机枪射击的咯咯声。通过声音，我辨别出那是俄国人在开火射击。几枚手榴弹爆炸后，我们听到了叫喊声，于是，我们停在了废墟中。温特下士消失了，几分钟后，他返了回来。

"我们的人应该还在昨天的同一地点，"他说道。我们将尽可能地开车靠近他们，然后就需要背上补给物品徒步走完剩下的路程。

汽车再次开动，小心翼翼地，慢如蜗牛。我看见了两辆被烧毁的T-34坦克。绕过坦克，我们来到了一座巨大的建筑物前，这里有一片很大的空地，就像个工厂。背景处，一座高大的烟囱在火光的映衬下，伫立在一片废墟中，看上去就像一根充满威胁意味的手指指向天空。我们的汽车停在了工厂的阴影里。

我们从车上卸下货物，但俄国人的炮弹正好落在我们要去的地方。有几发炮弹的落点距离我们非常近。在我们身后，一股火焰腾空而起，一辆汽车被击中了。另一股猛烈的大火也在附近升起——可能是一个汽油罐或是类似的东西被打着了。我们等待着，准备行动。

在我们前方满是弹坑和成堆的瓦砾碎石，炮弹的呼啸和雷鸣般的爆炸声使我鸡皮疙瘩直起。我们沿着之字形路线向前移动，攀过石块和断梁，跟跟跄跄，不时地趴倒在地上，过一会再站起身继续前进，就这样不断地向前。

"大家靠近些，"温特下士用低哑的声音命令着。

透过燃烧的火焰，我看见几个人正在奔跑，随即，几枚手榴弹炸开。几个身影猫着腰从我们身边跑过。温特站起身，跟他们说着话。我看见其中一个人穿着军官制服。

过了一会，温特告诉我们："我们必须再往前，转到右面去。几个小时前，他们把伊万们赶出了这片地区，这里马上就要遭罪了，俄国人肯定会设法夺回这片地区的。"

我们小心翼翼地向前爬去，随后便来到了一片空地，这里扔满了泥块和混凝土块，还有些钢筋从地面上伸出。这里原先大概是一座碉堡，结果被我们的炸弹所摧毁。另一端挺立着一堵长长的墙壁，三根支柱依然伫立着。

"他们应该就在这里，就在这里的某个地方，"温特中士指着那堵墙壁说道。

我们已经无法再向前迈进了，俄国人疯狂地开火，将我们必须要跨越的路段炸得天翻地覆。他们发现我们了吗？我们蹲伏在混凝土石块后，可炮弹的落点距离我们如此之近，我的脸甚至能感觉到金属弹片的热度，后背的肌肉也开始痉挛。在我们前方，曳光弹窜入空中，步枪和机枪声噼啪作响。俄国人发起进攻了？

射击声渐渐地减弱了。

"我们上！到墙壁那里去！"

温特下士厉声下达了命令。我们奔跑着穿过了瓦砾、线缆和铁块构成的这片杂乱的地面。我们没看见任何人。大家沿着那堵墙壁连走带跑，来到了一个地下室的入口。

突然，某处传来了一声叫喊，仿佛是来自坟墓："嗨，伙计，离开那儿！你们想干什么？想把伊万们引到我们头上吗？"废墟中，一顶钢盔冒了出来。

"我们在找我们的部队，"我听见温特低声说道。

"哪支部队？"

温特下士告诉了他。

"不知道。不是我们。不过，要是你们在寻找今天早晨因为追赶俄国人而离开这里的那支部队，你们应该再往右走上50米，那儿有一座大型工厂建筑，可以在那里找到他们。赶紧离开这里吧——谢天谢地，这里现在很平静。"

戴着钢盔的头颅消失了。他把这叫作"平静"？我们几乎不敢把头从地面上抬起！趁着这一短暂的间歇，我们跌跌撞撞地继续前进，破碎的玻璃片在我们脚下噼啪作响，废墟上出现了一些身影。曳光弹组成的光链立即朝着我们扑来，机枪的连射像冰雹一样击中了四下里车辆的残骸。我们匆匆向前，装着饭菜的桶不时地撞上混凝土块，叮当作响。就在这时，一个身影出现在我们身旁。

"你们是第1连来送补给的伙计吗？"一个声音从黑暗中传来。

"多姆沙伊特，是你吗？"温特下士反问道。

"没错，我等了你们两个小时，好为你们带路！"

这下，我们放心了！多姆沙伊特是一名二等兵，他告诉我们，今天早晨他们发起了一次反击，目前正据守在稍前方的工厂建筑内。

温特咒骂起来："我们每次来找你们，地方都不同。迟早有一天，我们会把这些补给物品直接送到伊万们手里！"

"哦，这种事情已经发生了，"多姆沙伊特说道。昨天夜里，第74步兵师的四名士兵，带着食物和弹药走到了俄国人那里。今天早晨发起的反击中，只找到了空的食物桶，那几名士兵踪影皆无。

我们跟在多姆沙伊特身后，蹑手蹑脚地往前走，曳光弹嗖嗖地从两侧飞过。我跟跄着，一不小心，手里的饭菜桶撞上一根金属物，发出了一声可怕的声响。霎时间，一名苏军机枪手开火了，一串曳光弹照亮了夜色。伊万们离我们非常近！我们紧紧地趴在地上，子弹掠过我的头顶，在混凝土块上炸开。石灰粉像下雨那样洒在我的脖子上，与汗水混合在一起。我向前爬动，将两只饭菜桶拉到了石块后。屈佩尔也把他携带的饭菜桶拉到了安全处，他趴在我前面几步远的地方，就在一堵防护墙旁边。我想赶上他，于是向前迈了几步——结果掉进了一个洞中。几只手抓住我，把我拉了起来。

"等一下！"一个低沉的声音说道，接着又问我："你冒冒失失地从哪里来？我们差一点要对着你开火——你可真够运气！"

多姆沙伊特向他们作了解释。

"天哪，你们非要走这条危险的街道吗？俄国佬就在我们旁边。"

"两个小时前我来过这里，俄国人还在前面呢，"多姆沙伊特说道。

"是的，可那是两个小时前。马克斯，你的机枪准备好了吗？"那个低沉的声音问道。

"当然，早准备好了！"另一个声音回答道。

"很好，我们会为你们提供火力掩护。你们跟在我们后面穿过街道。现在，出发吧！"

就在他们射出第一串子弹时，我们迅速冲了出去，屈佩尔的速度比我快，我的胳膊几乎被拉脱臼，因为我的手仍紧紧地握着饭菜桶的提把。伊万们猛烈地还击着。接着，大炮也开火了。在这些声响中，我还听见了迫击炮的轰鸣。炮弹朝着我们射来，在四周炸开。炮击就像一头朝我们扑来的猛兽，我们挤在一个被炸得支离破碎的地下室里，随着每一声爆炸，我的身子便伏得更低些，我觉得这间地下室随时会被炸塌，我们都将被埋在里面。上方的地面震颤着——就像发生了一场地震，我这样想着。我的神经紧张无比。我从未想过自己会如此惊恐。

你什么也做不了——无计可施！唯一的解决办法大概是冲出去猛跑。可往哪里跑呢？唯一的好处是死亡会降临得更快。天哪，国防军新闻公报中，他们总是说"引以为自豪的德国军队胜利推进"，但在这里，斯大林格勒，我没有看见这种情景，我唯一明白的是，我们像蜷缩的老鼠那样躲在这片废墟中，为了自己的生存而战。但在俄国人占据优势的情况下，我们还能做些什么呢？

司机和医护兵坐在我身边，温特和屈佩尔坐在另一侧。屈佩尔的脸色苍白如纸，我们都盯着天花板，那上面已经出现了许多裂痕。多姆沙伊特的神经最为坚强：他站在地下室的入口处，眼睛盯着黑暗的外部。屈佩尔和我都很害怕，在斯大林格勒的这几个小时，已经严重地挫伤了我们对战争的热情——我们甚至连敌人的影子还没见到，这真是太糟糕了。此刻，我的念头完全集中在如何及何时能平安地离开这里。我们在这个糟糕透顶的废墟堆里已经待了几个小时，还没能赶到自己的部队。

多姆沙伊特站在地下室入口处告诉我们，哪怕是最轻微的动静，俄国人也会开火射击。由于我们的机枪开火了，伊万们大概觉得我们正准备发起另一次进攻，并希望能将此消灭在萌芽状态。

"但愿那些俄国佬知道，我们非常高兴能隐蔽起来，直到有人来接替我们为止，"多姆沙伊特说道："据我们的中士说，我们应该被新派来的部队替换下去了。"

"他的想法其实是个美好的愿望，"医护兵喃喃地说道。

终于，敌人的炮击结束了——在我看来，这段时间简直漫长无比。我们起身出发，多姆沙伊特认识路。他朝着一座被毁坏的厂房走去，知道那里有我们的人埋伏在隐蔽处，正监视着周围的一切。尽管我们距离那座建筑还有些距离，他已经轻轻地喊出口令，并说出了自己的名字。我们来到了一个地下室的入口处，车辆的残骸半掩着这个入口。多姆沙伊特带着我们穿过一条走廊，来到了一间房间，房门前搭设着一块厚钢板。我看见这里摆放着两盏"兴登堡灯笼"，它们所提供的亮度足以驱散屋内的黑暗。

多姆沙伊特做了个滑稽的手势："请允许我向你们介绍我们的新连部。"

地上扔着一大堆沙袋和一些破布，两名士兵蜷缩着身子躺在上面，另一个士兵坐在几个叠起来的弹药箱上。被我们弄出来的声响惊醒后，两名睡觉的士兵爬起身，帮我们拎着饭菜桶走进了房间里。他们俩看上去疲惫不堪——没人知道他们下一次获得睡觉的机会将会是何时。他们胡子拉碴，满脸污垢，这使我几乎看不清他们的面孔。但我想，我们的模样看上去大概也差不多。

然后，一名中士走了进来。他打了个招呼，并朝着温特伸出手去。我认出了他——他就是当初在水井处把那个老家伙的头按进水桶里的那位中士。他告诉温特，他们这支队伍里剩下的唯一一名军官，今天早晨也负了伤，现在，这片地带由他负责指挥。他的部下们据守着这片地带的前方和两侧，隐蔽在废墟中。这里的战况呈拉锯状，没人知道主战线究竟在何处。今天，这里的伤亡是一死两伤，伤者已经被送往急救站。

"这里是你所能想象到的最疯狂的地方。俄国人经常与我们只隔二三十米，有时候，就是一颗手榴弹的投掷距离。在我们前方不到200米的地方，有一道很深的战壕，向右一直通往伏尔加河河岸。每天夜里，伊万们都能从那里得到增援。这几天来，我们一直盼着能得到休整，都等得不耐烦了，至少给我们派些补充兵来吧，但我们现在开始怀疑，是不是真的会给我们派来。"

最后这句对温特下士所说的话几乎低不可闻，但我敏锐的耳朵还是听清楚了。这就是说，他们现在产生了疑虑，这让我浮想联翩。我们带来的热饭菜和咖啡，现在肯定被冻结了，尽管装饭菜的容器采用了双层外壳，从理论上说应该是保温的。温特还给他们带来了一些几乎是甲醇的烈酒，另外，还有些固体燃料，以便让他们将食物加热。那些饭菜已经被冻得冰凉，但还没有被冻结。带给他们的伙食是味道很好、很稠的汤面，还加了很多罐装牛肉——这比我们在掩体里得到的饭菜强得多。但这帮家伙有理由得到像样的饭菜。

温特下士催促我们赶紧回去，我们离开那座掩体已经过去了一个小时。中士要求得到更多的弹药，而我们带来的弹药还在那两辆汽车上。于是，他安排了五名士兵跟我们一同去取。返回的途中，俄国人对着这一地区进行了更为猛烈的炮击。我们跟着为首的一名士兵猛跑，只有在大口径炮弹落在附近时才会短暂地停一停……

我们爬上卡车，坐在了空弹药箱上。那名阵亡的士兵被我们带了回来，他被放在装尸袋里，就摆在我们的面前。这里应该有另外一条路可供我们驱车返回。司机说，这条路穿过佩先卡村，经过另一个集体农场后到达瓦瓦罗夫卡，路程比较短。由于霜冻的关系，所有的道路都差强人意。但首先，我们得设法穿过这片废墟。我们的车辆不时地驶入壕沟，随即又从另一侧驶出，我们被颠得前仰后合，只能紧紧地抓住挡板。弹药箱在我们身后滑动着，砰然作响地撞上我们的靴子。继续前进，我想的只是赶紧离开这里。等一切再次开始前，我们最好能离得远远的。

我们驶入了另一道深深的壕沟，不得不帮着把汽车推着倒回去。一路上，我们超过了另外几辆汽车，还有几辆搭载着军官的大众吉普车超过了我们。这条补给路线颠簸不平，但却很坚硬。

"现在还有多远？"我向那名医护兵问道，他从驾驶室里回过头，透过篷布的缝隙看着我们。

"没几公里了，"我听见他回答道。

就在这时，我们所有人都听见了雷鸣般的声响，仿佛这个世界随时会四分五裂。我赶紧滑到车厢尾部，撩起篷布向外张望。我看见了一幅可怕的景象，眼前的情形令我不寒而栗。屈佩尔也凑了过来，张着嘴凝望着。如果没有不祥的轰鸣和持续的爆炸，这将是一片美丽的景象，但这些炮击和爆炸让你意识到，数千人的性命就这样被牺牲了。

笼罩着斯大林格勒的天空一片通红。灰白色的浓烟从地面上滚滚而起，火焰透过烟雾，高高地窜入半空。探照灯长长的光柱撕裂了拂晓的昏暗。空中肯定有大批的飞机。炸弹雨点般地落向这座已被判处死刑的城市。爆炸声交融在一起，形成了一个毁灭性的地狱。高射炮射出的曳光弹，窜入半空达数公里。两架飞机在这片地狱之火的上空爆炸，随即被其无情地吞噬。

太疯狂了，没人能在这种疯狂中生还！可是……即便在这片地狱之火中，还有些人正设法生存下去，不仅如此，他们还在实施防御和反击。一个证明是，每次轰炸过后，敌人便会发起反击，有时候甚至能夺回一些地段，尽管在大多数情况下，他们的反击会被遏制，并被击退至他们的进攻发起地。自打九月初，德军强行攻入该城后，这种战斗方式就一直延续着。由于苏军沿着伏尔加河布设了顽强的防御，此刻的德军部队被迫隐蔽在废墟中。

我们回到掩体时，天色已经放亮。所能听见的仅仅是远处传来的嗡嗡声，就和以前一样。但对我来说，一切都已不同。我现在看见的是，这座倒霉的城市即将出现一场灾难。对后方每一个懒懒散散的人来说，这是个严厉的警告，他们正把时间浪费在将住处布设得更加舒适以便过冬上。

第三章

死里逃生

今天是1942年11月17日。昨天，这里下了第一场雪，目力所及之处，草原上被覆盖了一层白色的"毯子"。周围的一切声响似乎都变得朦胧起来，甚至连随风飘来的隆隆激战声也听不甚清。

昨晚，几名士兵从斯大林格勒回来。我高兴地看见，病恹恹的上等兵佩奇也在其中。显然，由于他的神经过于紧张，在前线已派不上什么用场。

我们的部队遭受了大量的伤亡。伤者中包括二级下士赛费特，他身负重伤，腿上裂开了一道大口子。据另一个士兵说，多姆沙伊特显然是个非常幸运的家伙。一枚炸弹掀飞了他的钢盔，他受的伤仅仅是钢盔带造成的一道划伤。而不到两米外的另一名士兵则被炸上了天，只剩下些残肢断臂，其他人帮着把这些身体部件归拢到一块防潮布里。

晚上，我们跟迈因哈德聊起了已经深深影响到我们的战况。各种乱七八糟的传闻越来越多，都在假想或希望形势会变得对我们有利起来。他又喝酒了——通过他呼出的气，我能闻到——他因此而变得喋喋不休。瓦利亚斯将后背抵在木梁上摩擦着，发出的声音如此之大，我们都回过头去看他。我们每个人都使用了除虱粉，甚至还把内衣裤煮过，但有效时间却很短。

塞德尔不小心撞到了另一名士兵的后背上，使后者跌倒在地。塞德尔拉着他站起身，嘴里嘟囔了几句道歉的话或其他什么。在此之前，我们没人看见这名佩戴着V形臂章的士兵。还没等我们开口说话，迈因哈德已经吼叫起来："嗨，猪猡，你从哪里冒出来的？我还以为你跟其他人在前线呢。"那名士兵抓住自己的喉咙，用沙哑的声音说了几句含糊不清的话。他个头不高，有点胖，脖子上绕着一条围巾，头上戴着一顶帽子，帽子被他拉得低低的，几乎盖住了他那对有点晃动的耳朵。他朝着迈因哈德的桌子走去，我们用好奇的目光紧紧地盯着他。他把帽子脱下后，我能感觉到在场的每个人都想笑，就连我差点也忍不住笑出声来。

"猪猡"这个称谓让人想起了某种打着呼噜的动物，它的肉我们有一阵子没吃到了，特别是他那胖乎乎的粉色面颊和那对红色的小眼睛，这对眼睛在竖起的白色眉毛下看着我们！他长着一张圆乎乎的脸，看上去有点滑稽，但显得脾气很好，淡黄色的头发凌乱不堪。

"猪猡"朝迈因哈德伸出手去。他指了指自己的围巾，咕哝着说道：

"喉咙很疼，只能勉强说话。罗米卡特中士派我到后方来恢复一下。"

"他是个通情达理的人。你到这里多长时间了？"迈因哈德问道。

"什么？""猪猡"咕哝着，像只鸟那样把头向前伸去。

迈因哈德把"猪猡"拉到身边，直接对着他的耳朵说道："你到这里多长时间了？"

"刚到了一个小时。本来应该去第4连的，可卡车出了故障。我们不得不等上一整天，等拖车来了再说。"

"还有其他人跟你一起来吗？"迈因哈德对着他的耳朵说道。

"没错，还有戈尔尼和基尔施泰因。"

"什么，他们俩都在这儿？"迈因哈德兴奋地叫嚷起来。

这位胖乎乎的三等兵点了点头，但他看上去情绪低落，勉强开口解释道："戈尔尼只失去了一节胳膊，可基尔施泰因被炮弹炸成了碎片。他们直接把他送到墓地去了。"

迈因哈德对这个阵亡的士兵肯定非常熟悉。他用浑浊的声音说道："血腥的斯大林格勒！我们这些老家伙，很快就会一个也不剩。现在，弗里茨也死了——他一直认为自己不会出什么事的。我们在一起待了一个月。有一次，子弹把他手里的步枪射掉了，没多久，一块弹片把他的钢盔炸了个裂口，可他一直坚信，俄国人的子弹永远不会击中他，他相信自己会老死在床上。什么也说服不了他，尽管在事实上，我们的许多老朋友就阵亡于我们身边。现在，这种事情终于发生了，老伙计，哪怕你从未想过它会发生。"

迈因哈德自言自语地嘟囔着。他开始抽起烟斗来，吐出了一股股烟雾。

"猪猡"坐在板凳上，凝视着灯光的闪烁，这座临时做成的汽油灯是昨天放进我们掩体中的。有个聪明的家伙找了个酒瓶，装上半瓶汽油，再把一个钻了两个孔的子弹壳倒着插进软木塞中。汽油从弹壳中逸出，点燃后燃烧得很稳定，亮度比我们常用的"兴登堡蜡烛"更好，反正"兴登堡蜡烛"常常缺乏供应。

此刻的掩体里，每个人都有些沮丧。周围的那些面孔看上去不再轻松愉快或满不在乎。我们都已听说部队遭受的严重伤亡，另外还存在着补给的问题，特别是在过去的几天内。据悉，在此期间，俄国人沿着伏尔加河大大地加强了他们的力量。

"前线的情况看起来如何？"我们听见迈因哈德问"猪猡"。

"猪猡"没听明白，于是，他把手拢在耳朵处。他的耳朵肯定快聋了，意识到这一点后，每个人都与其他人交换了一下眼色。

迈因哈德对着他的耳朵，更大声地问道："前线的情况看起来怎么样？"

"越来越糟！""猪猡"用低沉的嗓音说道。"两天前，我们的防区损失了两门迫击炮。我们那个战斗群，现在只剩下一门迫击炮了。"

"军士长已经告诉我了！"迈因哈德说道。他弯着腰凑上前去，大声说道："嗨，这段日子里，对你来说就更糟糕了。上次我们在一起时，你的听力至少比现在要好一些。"

"猪猡"指了指自己的喉咙："都是因为我的喉咙！"

我们觉得奇怪，他的喉咙跟耳聋有什么关系？

迈因哈德的想法跟我们完全一样。他更多的是对我们，而不是对"猪猡"说道："你的喉咙，这是什么意思？你的耳朵就要聋了，他们应该送你回家。我不明白他们为何总是把你送上前线。顺便问一句，你待在哪座掩体？"

"第一座，跟几个年轻的冲锋枪手在一起，""猪猡"嘶哑地回答着。"可我不喜欢那儿。"

我们相互看了看，迈因哈德笑了起来。

"那些家伙对着所有的一切开火扫射，"他说道，"不过，要是你指出这一点，他们不会高兴的。"

胖乎乎的"猪猡"显得有些不安，他抓耳挠腮，耸了耸肩膀，嘶哑着说道："每个人都会把这些告诉给那些新兵。"我们都笑了起来。

"你愿意搬到我们这座掩体里来吗？"迈因哈德再次把嘴凑到了"猪猡"的耳边，与此同时，朝着我们大家看了看。我们都点了点头。为什么不行呢，这里的空间够大了。要是把我们的物品归拢一下，这里还能再住进来两个人。"猪猡"回答道："愿意，"然后，他期待地看着我们。

"好，你去收拾东西，就住到这里来，"迈因哈德大声说道。

这位身材矮小，胖乎乎的三等兵笑了，像个面粉袋那样，一溜小跑地冲出了掩体。如果没有那些不幸，整件事应该是一出滑稽戏。

迈因哈德说，他实在不明白，"猪猡"起初怎么会被征召进军队的。他告诉我们，夏季的时候，"猪猡"跟着一群伤愈复原的士兵来到了连里。甚至在那个时候，他的听力就不太好。起初，大家以为他是个不爱交际的人，因为他从不回答任何人提出的问题，但随后大家便发现，他甚至听不见炮弹从头顶掠过时的呼啸，直到最后一刻，他才被众人拉到安全的地方。后来，一发炮弹在他身边爆炸，这使他的听力变得更加糟糕。所以，许多工作他无法从事。大部分时间里，他搬运弹药，取来口粮，就这些任务而言，他绝对是个可靠的人选。身处前线时，他似乎有些焦虑，但这完全是因为听力困难所致——"猪猡"绝不是个懦夫。

迈因哈德抽着他的烟斗——实际上，只有在他睡觉时才会把烟斗放下。他在桌子下摸索着，取出了一个半满的酒瓶，狠狠地喝了一大口。黑暗中，我甚至没看见桌下有个酒瓶。

"您为什么要叫他'猪猡'呢？"格罗梅尔好奇地问道。

"很简单，因为那就是他的名字，"迈因哈德笑着说道。

"什么？我还以为那是他的绰号呢！"瓦利亚斯惊讶地说道。

"呃，这不是他的全名。实际上，我们把他的名字缩短了。他的全名是约翰·斯维诺夫斯基。"①

原来如此。掩体外，有人在入口处发出了响动，然后，"猪猡"步履蹒跚地走了进来，他带着自己的背包，胳膊下夹着毛毯。塞德尔已经在迈因哈德旁边整理出一处空地，并指给"猪猡"看。

这一晚安安静静地过去了。偶尔，当我下意识地醒来时，听见掩体里发出了新的声音——原来是满意的呼噜声。

11月18日。夜里寒冷且有霜冻。为了穿得暖和点以便站岗值勤，我在脖子上围了条围巾。严寒刺痛了我的耳朵，每走一步，冰冻的积雪便在我的靴子下嘎嘎作响。我想家了，也想起了闪耀的冬季阳光下，踏着嘎吱作响的积雪去滑雪的情形。我是个出色的滑手，在跳跃滑雪中常常能达到30米远。此刻的草

---

① 德文中的"猪猡"，发音是斯维诺。

原上，一切都很平坦，就像我们家乡的湖泊。为了能到达实现跳跃滑雪的场地，我们必须穿过冰冻的湖面，滑雪前进三公里远。赶到目的地时，我们折腾得浑身大汗。那可真是一段美妙的时光。

就像在许多晴朗的夜晚常做的那样，我凝望着夜空，寻找着小熊座，再往上追踪到北极星，以此来确定北方。通过这个办法，我至少可以大致判断出家乡的方向。即便在深夜，我也经常能听见德林下士在吹奏他的口琴，他最喜欢的曲子是"家是你的指明星"。今晚，德林是值班军士，他在我们的掩体地带来回巡视着。他还是我们作战训练的领导。他是个真正的老资格，被解除了前线的任务，专门负责对我们加以训练。我们与他相处融洽，并从他那里学到了很多东西——不是操练，而是最直接的实战经验。

11月19日。快到早晨时起风了。天气有些雾蒙蒙的，薄薄的雪云出现在草原上方。迈因哈德告诉我们，今天他将返回斯大林格勒——这是军士长昨天告诉他的。他将和温特下士一同坐车前往，又轮到他了。

"呃，是啊，"迈因哈德沉思着说道："这就是命！"

"没错，"库拉特说道："但你能长命百岁。"

"也许吧，"迈因哈德答道："可我并不想活到那么老。要是能在这场血腥的战争中生存下来，我就非常高兴了。"

"你会的，"格罗梅尔以坚定的口气说道。

我们都想给他打打气，但我们大概未能做到，因为迈因哈德就此不再多说了。烟抽得比平日更加厉害。然后，他坐了下来，给家里写了封信。接下来的训练是在午饭后，所以，在那之前，我们忙着擦拭各自的武器，并把所有的装备摆放整齐。

我们向各自的队列报到时，掩体区出现了某些异常情况。司机们来回奔跑，忙着发动他们的车辆。一名传令兵匆匆发动起他的摩托车，消失于集体农场的方向。我们等待着军士长的出现，这比平日花了更多的时间。出事了！可到底是什么事呢？我们面面相觑。隔壁掩体，我们的那些"邻居"也不清楚究竟发生了什么情况。随即，军士长握着地图赶到了。

他直截了当地告诉我们，现在进入最高戒备状态，因为俄国人投入了强大的坦克部队，对我方前线的左翼发动了进攻，并已在克列茨卡亚突破了罗马尼亚人的防线。据说，罗马尼亚军队的整个防线已经土崩瓦解，其残部正朝着卡拉奇方向溃逃。

"该死！"我听见我们的一位教官惊呼起来。

军士长设法缓解了我们听到这一消息时产生的震惊，他告诉我们，已经采取了措施，正在设法击退苏军——我们的坦克和飞机已经对敌人发起了攻击。我们没被告知更多的情况。

迈因哈德后来告诉我们，他和温特下士不用再返回斯大林格勒了，因为没人知道我们的战斗群此刻的确切位置，他们已经被调离了那片废墟，并被安排到另一个地段。我们不得不等待。他还告诉我们，一名运输单位的中士认为，车辆还能开动，但他没有足够的燃料供应给所有的车辆，因为近几个星期来，汽油和其他补给物资严重短缺。

"真的这么严重吗？"迈因哈德问道。

那位中士耸了耸肩。"没人知道确切的情况，但正因如此，我们必须将车辆驶离这里，万一我们的部队挡不住俄国人呢？"

"要是这样的话，那就太糟糕了！"塞德尔冒冒失失地说道。

我们心神不安地睡下了。清晨五点，轮到我站岗时，我仔细地聆听着北面黑暗中传来的一切动静。沉闷的隆隆声被风吹入我的耳中，但并不比平时更猛烈。如果战斗发生在克列茨卡亚附近，我们是无法听见任何动静的，因为距离实在太远。会不会是我们的军队挡住了苏军的突破呢？

11月20日。天亮后，开始忙碌起来。我们从未见过这么多He-111轰炸机和Ju-87斯图卡俯冲轰炸机。换句话说，北面肯定出现了严重的状况。空中充斥着飞机引擎的轰鸣，我们还听见远处隆隆的声响。一个小时接着一个小时，这种声音越来越大，越来越明显，变得像雷鸣般响亮。这种巨响从北面而来，俄国人应该在那里达成了突破。但很快，南面也传来了同样的声音——那里也出事了。我们进入了全面戒备，等待着命令。一些人待在掩体里，另一些人和我一样，站在掩体的顶部，等待着冲我们而来的一切。

"警报！"有人叫道。"所有人从掩体里出来！"

我们赶紧跳下来，冲入掩体，拿起各自的武器和装备，跑出掩体时发生了拥挤，许多人冲入掩体里取他们的冬装。究竟发生了什么事？你可以通过我们的表情发现问题。接着，一名司机说，俄国人在南面也突破了罗马尼亚人的防线，正从两侧冲我们而来，试图以一场钳形攻势合围我们。他们的坦克已经到达了谢特，我们应该是去挡住他们。

我怀疑，从现在起，对我们以及斯大林格勒周围的每一个人来说，事态将变得极其严重。在掩体和暗堡里过冬，我们觉得很安全，但隆隆的轰鸣声彻夜不停，越来越响。任何一个对所发生的事情有所怀疑的人，现在都清楚地了解到：就连最没有经验的士兵也意识到，我们即将遭到一场钳形攻势的合围。此刻，这里依然平静如常——但能维持多久呢？这是暴风雨来临前的平静。

11月21日。事情得到了证明。战斗爆发于清晨，大口径炮弹呼啸着掠过我们的头顶，猛烈地炸开。掩体里的人匆忙跑了出去，进入自己的既设阵地。但我们什么也没看见。

"俄国人的炮击是为了测算射程，"坐在我旁边的一名司机说道。

大多数炮弹落在我们的右侧，还有些落在了后面。"斯大林管风琴"射出的火箭弹在我们头顶上嗡嗡地飞过，落在了集体农场附近。

随着天色渐渐放亮，我们的视线稍好了些。在炮弹的尖啸和爆炸声中，我们听见了另一种声音——柴油发动机的嗡嗡声以及坦克履带的嘎吱作响。俄国人的T-34坦克就在附近逡巡。他们能更好地看清楚态势。这些坦克开着炮，在雾色中制造了刺耳的金属声。炮弹嗖嗖地穿过空气，在它们的目标处炸开。通常，炮弹会像滚热的火球那样击中地面，偶尔弹飞的炮弹嗖嗖地飞入空中，然后再次落在地上。"坦克炮弹！"有人叫道。

接着，T-34从雾色中出现了。我数了数，有五辆钢铁巨兽。它们慢慢地行驶着，距离我们大约100米。坦克上的主炮转动着，搜寻着目标。发现目标后，它们开炮了。敌人的炮火也越来越猛烈，再一次，他们的目标似乎是我们的侧面和后方。苏军的坦克也对着那里开炮。他们还没有发现我们吗？或者，他们找到了更好的目标？

有人从我们身后爬进了战壕。原来是卡车司机扬森。两名俄国志愿者携带着弹药跟在他身后。扬森来到了迈因哈德的机枪阵地，我听见他告诉迈因哈德——燃料已经分发下来，命令也已下达，所有的汽车和车队即将出发，向西穿过位于卡拉奇的桥梁。军士长和德林想等到天黑后再行动，因为我们没有反坦克武器的支援，俄国人会像打靶那样把我们全干掉。

接着，我们的头上传来了苏军作战飞机隆隆的声响，它们投下炸弹，在我们身后，浓烟四起。三架小型飞机从侧面朝着我们俯冲下来，我们清楚地看见了机身和机翼上红五星的标记。

我们注视着前方，我的神经紧张不已，与作战训练时相比，一切都不一样。各种念头电光火石般地闪过我的脑海。前方的坦克缓慢地行驶着。我偷偷地溜到迈因哈德的阵地上，用他的望远镜观察着敌人。

苏军士兵就像肮脏的棕色土块，黏在涂了白色伪装的坦克上，我第一次看见了在我前方的敌军士兵。我的身子微微发颤。要是被他们抓住，那就全完了，俄国人如何对待被他们俘虏的德国士兵，我们经常听到令人毛骨悚然的详述。对我们将会遭遇的情况，激动、恐惧以及难以抑制的感觉交织在一起。我的嘴发干，紧紧地攥住了手里的卡宾枪。

迈因哈德戴着涂成白色的钢盔，小心翼翼地把头探出战壕，似乎认为对方正从我们身边经过，朝着右侧而去。他们正处在大口径火炮的弹着区。我们前方的车流停了下来，苏军步兵们跳下坦克。对我们的机枪和卡宾枪来说，他们的距离还太远。他们会不会还没发现我们？我们的还击炮火减弱了，苏军的坦克和步兵沿着几乎与我们相平行的方向，朝着右侧而去。

我们等待着，观察着。敌人的坦克驶出了我们的视线，射击声也平息了下来。面前的雾气越来越浓，渐渐地蔓延至白色的平原上。

我们又多等了一会儿，命令下达了，"所有人到汽车处登车！"我们一直等到汽车从隐蔽处驶出后才上了车。"出发！"我们四下张望，有点垂头丧气。那些掩体曾是我们遮风挡雨的容身处，我们已经习惯了秸秆铺成的床铺以及破裂的土墙。此刻，我们正带着巨大的未知，冒着严寒穿过被冻得严严实实的雪原。大致的方向是卡拉奇。

头车的司机认识路，他经常走这条路线。尽管穿着冬装，但我们在车上还是被冻得要命，按照迈因哈德的建议，我已经穿上了两件衬衣和额外的两条秋裤。处在这种悲惨境地中的并非我一个。我们空空如也的肚子对抵御寒冷毫无帮助，我们的身体需要能量。今天早上，我们只得到了冰冷的口粮，而且没有时间吃。现在，我们想把这些食物吃掉，但我们放弃了喝点东西的念头，因为水壶里的咖啡已被冻得结结实实。

途中，我们遇到了另一支车队——卡车、人员输送车、摩托车、拖曳着炮架和大炮的半履带车。他们跟我们一样，都在匆匆逃离感觉到而不是看到的某些东西。路边丢弃着几辆被摧毁或损坏的车辆残骸。刚才，沿着补给路线飞行的一架苏军飞机投下了降落伞式照明弹和炸弹，我们的一门四联装高射炮最终将其驱离。

这一情况是一名司机告诉我们的，他试图爬到我们的车上来，瓦利亚斯冒冒失失地把他拽了上来。沿路上，还有许多人也想爬上我们的汽车。行驶到一条铁路线时，我们又捎上了另一名士兵。他说他的补给车在距离这儿不远处，被T-34的一发炮弹击中了，就在半个小时前。车上的中士当场阵亡，他的头部也负了伤，但他步行逃脱了。

"这里距离卡拉奇的顿河大桥大约有10公里，"他说道。

试图过河的车辆汇集在桥上，造成了严重的交通堵塞。所有人都在往前挤，整个交通慢如蜗牛。步行过桥可能会更快些，但当时，桥上漆黑一片，混乱不堪，我们也许会跟自己的队伍走散。所以，我们留在原处，冻得瑟瑟发抖。搭载着军士长和德林下士的其他车辆已经消失不见。

11月22日。清晨，雾气从顿河上升起，慢慢地给河上的桥梁覆盖上一层奶白色的面纱。我们刚刚过桥便听见坦克炮发出一声刺耳的金属射击声。苏军的一辆坦克对着正准备过桥的车辆开火。由于雾影憧憧，我们只是隐约地看见了这一行动，随即，那里发生了爆炸。

"一门88毫米高射炮被击中了！"屈佩尔说道，一路上，他一直坐在车厢后部，所以看得更加清楚些。

我们前面的车辆加大油门，驶入了前方的雾色中，此时的雾气越来越浓。我们紧随其后！行驶了几公里后，我们停了下来。一切都很平静。我们下了车，来回走动，活动着四肢并等待着。等什么呢？等其他的车辆吗？这么浓的雾里，能找到我们其他车辆的可能性微乎其微。我们现在只剩下三辆汽车：运输单位的中士和他的"斯太尔"，车上还有四个人，两辆"欧宝闪电"，搭载着十四个人，另外还有来自其他部队的三名士兵。

我们紧张不已。大伙儿在汽车旁来回奔跑，这样就不会让双脚被冻僵。停下——关闭引擎！中士下达了命令，朝其他驾驶员打着手势。然后，我们清楚地听到了发动机的响声。声音粗糙刺耳，我估计是柴油发动机。

"T–34！"中士低声说道，他了解这种情况。

"我们得退回去，没办法从这里通过，"他低声说道。俄国人已经渡过了顿河，并挡住了我们的去路。我们的右侧也传来了坦克引擎的声响。我们猜测，敌人的坦克正在列队推进。坦克的声响不时会消失，但始终会再次出现。

我们重新发动了汽车引擎，发动机运转平稳，我们缓缓地向后驶去，两名士兵负责带路，他们挥手示意我们的车辆前进。这是一项伤脑筋的工作，我得到的印象是，我们正在这里兜圈子。苏军坦克随时可能出现在我们面前，它们已经关掉了引擎，准备把我们炸成碎片。但在雾色中，他们的视线不会比我们更好，只能依赖他们所听见的动静。这一点较有利于我们，尽管不是太大。

再一次，我们的前方传来了响声。一发照明弹腾空而起。我们立刻保持静止不动！他们发现我们了吗？照明弹的亮光难以穿透雾色，使其形成了幽灵般的外表。我们的司机立即关闭了引擎。淡黄色的照明弹慢慢落下，在雪地上熄灭了。一片沉寂！我的心几乎要跳到嗓子眼了。接着，一部柴油引擎启动了，发出了低沉的嗡嗡声。坦克履带嘎吱嘎吱作响，慢慢地开动了，并消失于我们的左侧。

哇——这可真是运气！但对方所处的状况与我们一样。他可能已经听到了我们的动静，对他来说，这肯定也让他恐慌不已。我们现在该去哪里？难道就在这里开着车兜圈子吗？在目前的状况下，这种情况是有可能出现的。

我们开着车，继续以步行速度穿过奶白色的雾气，就像先前那样。这时，一名走在我们前面的士兵返了回来，他喘了口气，报告说，他发现在我们的侧面，有微弱的火光或是其他什么亮光。我们必须假定那是俄国人，他建议进行一次侦察。我也参加了侦察小组。我们小心翼翼地朝着可疑地带慢慢走去。直到非常靠近后，我们才看见了红色的火光。火焰闪烁着，雾气中，它看上去仿佛是在一个坑里燃烧。浓浓的雾气使人产生了一种墙壁的错觉。左右两侧出现了房屋和谷仓黑色的轮廓。我们沿着雪地悄悄地靠近了篝火，发现几个人正聚在一起说话。我身边的一名士兵高兴地脱口而出："感谢上帝，是自己人！"

通过对方的语言，我也认出了他们。原来是军士长和德林，还有两辆人员输送车。迈因哈德、"猪猡"以及生了病的上等兵佩奇也在这十二个人当中。和我们一样，他们也在浓雾中摸索了好久，最后来到了这个集体农场。此刻，我们单位的其他车辆在哪里，他们也不知道。

军士长和另外几个人商谈起眼前的形势。他们一致认为，应该派一支先头部队设法找到一个缺口。等他们找到缺口后，其他车辆再静静地跟上，然后便加速冲过缺口。

我们暗自祈祷这场雾不要消散，否则，行动就将失败。将篝火熄灭后，我们慢慢地尾随着先头部队出发了。我们静静地走在车辆两侧，以保持身体的温暖。我必须不时地擦拭自己的眼睛——持续凝视着浓雾，再加上刺骨的寒冷，这影响了我的视线。每当我们看着前方自己想象出的人影时，便会更紧地攥住手里的武器。

随后，我们清楚地听到了俄国人的说话声，就在我们左侧。然后那里传出了一声高喊和询问，作为回应，一辆坦克的引擎发动了，传出了嗡嗡的噪音。紧接着，"斯太尔"的发动机吼叫起来，扬森也把"欧宝闪电"的油门踩到了底，我们的卡车飞驰向前，冲了过去。然后，我们听见右侧传来了我们其他车辆的轰鸣。

奶白色的浓雾就像是一堵墙壁，我们根本看不见前方有些什么。汽车越过崎岖不平的草原，我们在覆盖着帆布的后车厢被颠得七上八下，只能紧紧地抓住车厢里所有能让我们握住的东西。我们只希望汽车的车轴不要断裂。这时，我们听见身后发出了坦克炮尖厉的射击声，炮弹从我们头顶嗖嗖地掠过。T-34坦克对着雾色盲目地射击着。要是他们能命中我们，那纯属运气。

"我们成功了！"瓦利亚斯叫道，我们被压抑已久的兴奋一下子被释放出来。

尽管突破了敌人的坦克障碍，但问题依然存在——我们突出包围圈了吗？身后的炮火停息下来后，扬森把他的脚从油门踏板上放开，发动机已经滚烫。我们在哪里？其他人在哪里？这段时间里，我们没看见任何一个人。

雾气根本没有消退——和先前一样浓重——我们简直就是在大雾中游泳。

我们再次下车步行，以便让自己的双脚暖和些。脚下的雪发出了嘎吱嘎吱的声响，我们的脚印留得到处都是。随即，格罗梅尔发现了两辆汽车在雪地上留下的胎印。

跟随着胎印，我们很快便遇到了第二辆"欧宝闪电"和一辆"斯太尔"人员输送车。在一条峡谷的边缘，卡车的一只后轮已经悬空。我们没想到会出现这种情况——只要一个人便能轻松地将卡车推入峡谷。

我们帮着将卡车弄了出来，然后在下一条峡谷里休息。渐渐地，雾气消散了。在我们身后，除了积雪覆盖的草原，别无他物。我们听见远处传来的激战声。现在该怎么办？没人知道。

"我们应该向南行驶至下奇尔斯卡亚，"一名二等兵提醒着运输中士。苏军实施突破后，我们后方梯队的补给车辆应该在那个村子集结。很好！我们就去下奇尔斯卡亚！

一种真正的沮丧感笼罩着我。我宁愿跳下车，就此消失，就像许多人已经做的那样。不是出于恐惧，而是因为面对俄国人的进攻，我身边的士兵惊慌失措，脸色苍白，许多人连武器也丢了，这一切夹杂在一起，造成了一种极其不安的感觉。这里还有一位身材矮小的少尉，他看上去像是个行政官员或教师，但作为现场唯一的军官，他现在不得不承担起自己并不胜任的工作。他的上衣钮孔处佩戴着红色条纹的勋带，这种勋章被称为"冻肉勋章"，几乎每一个参加了俄国1941—1942年冬季战役的幸存者都能获得。我认为这名少尉并没有前线作战经验，其他人的看法也是如此。

他把我们分成一个个小组，并安排我们利用过去战斗遗留下来的坦克阵地，确保补给路线的安全。这简直是在开玩笑！我们既没有重武器，也没有足够的轻武器和弹药。坦克阵地被积雪半掩。为了保暖，我和屈佩尔像野兽那样清理着一个坦克掩体。那名少尉，我得给他打满分，因为他四处搜寻，给我们搞来了一顿热饭菜。浓雾再加上黑暗，使我们无法看清这些饭菜的内容，但它们是用肉做的，味道很好。塞德尔在旁边的一个坑里笑了起来，他认为这是马肉，早些时候，他曾在铁路线旁看见过一匹老马。他说的可能是实情，但不管怎样，这是我们三天来吃到的第一顿热饭菜，味道非常好！

11月23日。今天早晨比较平静，尽管德国轰炸机和战斗机比较活跃。一名矮小结实的步兵下士被派来担任我们这个小组的领导，他用望远镜观察着朝我们而来的一群士兵。我们等待着俄国人发起进攻，但对方靠近后我们才发现，原来是我们那些掉队的士兵。他们加入到我们的阵营中，这就加强了我们的实力。随后，又有几辆汽车赶到了，还有一门75毫米反坦克炮和我们团的一门四联装高射炮，它可以被用于地面防御，另外，高射炮营的一门88毫米高炮也赶到了。许多士兵相互认识，他们为能与朋友们再次相见而感到高兴。

另一个好运气也接踵而至，一辆人员输送车带着德林下士和其他一些人也赶到了。他们在浓雾中迷了路，再次遇上了敌人的一辆坦克。他们隐蔽了一整夜，天亮后的第一件事便是赶紧驱车离开，就像身后有魔鬼在追赶他们那样。令人高兴的是，我们的军士长和另外两部汽车，包括我们的战地厨房，也赶到了。我们的部队保存完好。另外，我们还获知，我们的一些补给车辆，昨天也顺利到达了顿河南岸，此刻，他们应该正赶往下奇尔斯卡亚。

第四章

临刑前的缓刑

11月23日下午，我们这个战斗群出乎意料地得到了一大群工兵的增援，这群工兵由一名上尉带领。他们不知道从哪里冒了出来，突然出现在我们面前，队伍前面还驱赶着一个排的苏军士兵，这是他们在赶往这里的途中抓获的俘虏。这群工兵来自卡拉奇附近顿河高地处的一所工兵学校。他们的实力接近三个连，这使他们得以从苏军T-34坦克的攻击下幸免于难。

经验丰富的工兵上尉接管了我们这个战斗群的指挥权，并将我们这些混乱不堪、士气低落的士兵组织起来。事实证明，大多数士气低落的士兵和军士都没有作战经验，他们在斯大林格勒地区主要是在后勤、维修及管理部门服役。尽管我们这些十月份派上来的补充兵也没有什么前线作战经验，但我们毕竟是一支受过良好训练、装备精良的部队，并做好了充分的准备以应付任何严重的状况。出于这个原因，分配给我们的老兵很少，只有几名机枪副射手。突围期间，他们不是病了，就是在休假返回的途中，都在后方地带。

上级把我派给二等兵佩奇担任副射手[1]，我对此并不感到特别高兴，他已经丧失了勇气。屈佩尔被派给迈因哈德，担任副射手，这是我们班里的第二挺MG-34轻机枪。等我们获知，本单位的大部分士兵将在彼此靠近的情况下占据阵地后，大伙儿的士气得到了提升。

与此同时，我们也弄清了我们究竟身处何方。现在，我们待在所谓的"顿河岭路"上，在我们身后是一个名叫雷特斯乔夫的村子。这片地区坐落在顿河上，刚好位于通往奇尔和斯大林格勒的铁路线上。东南方儿公里处，有一座重要的铁路桥横跨过顿河。如果使用望远镜，我们便能清楚地看见那座桥梁。据报，顿河对岸驻守着另一支作战部队。在我们西面几公里处便是奇尔火车站。奇尔镇有一个燃料库，还有些其他的物资仓库。两名司机从那个方向朝我们而来，据他们报告，俄国人已经占领了那片地区。

我们还从迈因哈德那里获知，为了确保通往斯大林格勒重要的铁路线，以及通向顿河南岸的两座桥梁，我们的作战部队已经形成了一个桥头堡，以阻挡住俄国人。为了实施防御，我们拥有一门88毫米高射炮，两门安装在炮架上的75毫米反坦克炮，还有一门对付地面目标的四联装高射炮。除此之外，工兵

---

[1] 佩奇在前文出现时是上等兵。

们还有几门迫击炮以及对付坦克的"空心装药"。另外还有三辆坦克和另一门88炮也应该加入我们的行列。我们的心里燃起了更多的希望，因为有传言说，霍特大将率领的第4装甲集团军正赶来打破敌人在斯大林格勒的包围圈。如果能做到这一点，我们这里的形势也将得到缓解。

这个消息和随之而来的一句口号——"将士们，坚持住！元首会救你们出去！"——短暂地提升起大家的士气。但我们很快便意识到，我们只能依靠自己。敌人的第一发炮弹刚刚炸开，我们最初的希望便像融化的积雪那样消散了。苏军几乎每天都发起进攻，持续不断的战斗使我们的有生力量被明显消耗。除了这些困苦外，还必须加上一连数日我们所忍受的饥饿，没有食物分发，这迫使我们不得不翻寻倒毙于我们阵地前的苏军尸体，以便在他们脏乎乎的干粮袋里找到些能吃的东西。有时候，这些俄国人身上的德国口粮，比我们所分到的还多。

一切都非常困难，这是我和另外几位生还者永远无法忘记的一段时期。造成我们士气尤为低落的另一个原因是，寥寥无几的反坦克武器遭到损失后，再也没有替代的武器可用了。另外，与其他作战部队在顿河南岸会合的可能性也已不复存在。

11月24日。大约在中午时刻，位于我们右翼的一挺机枪突然咆哮起来。然后，我们又听见了步枪的射击声。枪声变得激烈起来，随后便看见苏军步兵穿过烟雾出现了。这是我第一次面对面地遭遇上敌人，除了一种不可否认的好奇心外，也感觉到强烈的紧张和刺激。不知何故，面前那些蜷曲着身子的棕色身影让我想到一大群正在冰雪覆盖的草原上迁移的绵羊。进入我们的射程后，他们犹豫了片刻，稍稍分散开，随即又向前涌来。

我们从各自的阵地开火了，只有我这挺机枪保持着沉默。出了什么问题？我的注意力完全集中在俄国人身上，根本没有留意佩奇。他为何不开火？他的机枪完好无损，弹链也已就位。随即，我听到了德林下士的叫声："佩奇，怎么了？为什么不开枪？"

是啊，看在上帝的份上——为什么不开火？在步枪和迈因哈德那挺机枪的打击下，一些敌人倒下了，但更多的敌人并未受到阻碍，继续朝着我们涌来。

我陷入了慌乱，身体的每一处都感到恐惧。为什么佩奇的双手在机枪上游走，而不是扣动扳机？我在内心里大声叫喊出这些疑问。他的身子颤抖不已，就像是在发烧，机枪的枪管前后晃动着。他受不了了！他惊恐万状，已经无法开枪射击！我该怎么办？我不能过去把他从机枪边推开，进而取代他的位置，我依然对他非常尊重，可现在的每一秒钟都弥足珍贵！

机枪终于吼叫起来——枪管喷出了一串点射！弹链上，每隔两发子弹便是一发曳光弹。子弹拖着亮光从进攻者的头上掠过，消失进薄雾中。下一串子弹的准头依然不佳，高高地窜入云中。此刻，进攻的俄国人已经发现了我们的机枪阵地。子弹在我们的头上呼啸，钻入了身后的岸堤。突然，佩奇大叫一声，捂着流血的耳朵跌入了战壕。塞德尔看见了所发生的事情，赶过来照看佩奇。

机会来了！我立即来到机枪后，打了几个经过细心瞄准的短点射，就像我在训练期间学会的那样。我瞄准了推进中的大批苏军士兵，此刻，在我身边的是格罗梅尔，他帮着我往机枪里填塞弹链。我的准头不错，数名身着棕色军装的身影倒在了地上。涌动的人潮停顿了片刻，随即再次向前涌来，他们猫着腰，朝着我们步步逼近。

我的头脑一片空白。我的眼中只看见苏军士兵组成的人潮朝着我们径直扑来。我再次对准涌来的人群开火了，我唯一的恐惧是——这些恐怖的棕色人潮不断逼近，他们想要杀了我和我身边的每一个人。机枪卡膛后更换枪管，我的右手抓住了滚烫的金属件，可我甚至没有感觉到灼痛。

太疯狂了！我们待在安全而又隐蔽的阵地上，用四挺机枪和至少八十支卡宾枪对着涌来的人群猛烈开火。机枪的扫射在敌人的队列中撕开了许多缺口，死者和伤者不停地倒在地上，可更多的俄国人从薄雾中出现，我们无法看清对方。此刻，冲在最前面的苏军士兵距离我们的阵地已经非常近，我们毫无困难地看清了那些猫着腰，变大了的身影，他们端着步枪和俄制冲锋枪。突然，我们阵地右翼的两挺机枪沉默了。

涌动的人潮立即朝着右翼扑去，此刻，他们在那个方向只遭到步枪火力的打击。与迈因哈德一起，我不停地对着往右侧涌去的敌人猛烈扫射。他们的移动现在成了他们失败的原因：20毫米四联装高射机关炮投入了战斗，喷吐出凶猛有力的火力，带给我们一阵惊喜。机关炮的连发声就像一面鼓上发出的低沉的、有节奏的敲击。我们看见了曳光弹是如何从四根炮管中喷出，在进攻的人群中炸开，将敌人的队列撕开了巨大的缺口。这时，阵地右翼的两挺机枪再次吼叫起来，我甚至怀疑他们先前的沉默是故意的。

四联装机关炮扫射着我们前方的进攻者，等它停火后，寂静降临在战场上。我们听见了俄国人发出的哭叫声。我深深地吸了口气。与敌人的第一次交手使我深受震动，但此刻，我的思绪又开始活跃起来。我把头伸到战壕外，注视着前方的战场。我们面前的雪地上，躺着无数具棕色的尸体。四联装机关炮惊人的威力依然让我惊叹不已，我从未想到它会具有如此大的打击效果。

前方一片寂静，我天真地认为，所有的进攻者非死即伤。可就在我稍稍爬出战壕，想看得更加清楚些时，俄国人的一挺机枪开火了。子弹从我耳边掠过，随即，苏军的第二挺机枪也对着我们扫来。在这之后不久，传来了一些声响，我认为这种声音是来自"斯大林管风琴"，接着，迫击炮弹也开始在四周落下。

"迫击炮！"有人叫喊道，不久，又叫道："德林和马尔科维茨负伤了，我们需要个医护兵！"有人回应说，医护兵正在赶来。

三等兵马尔科维茨曾是我们连里的一名司机，我后来得知，他被子弹击中了肩部，不得不撤离了前线。而德林下士只是面颊处受了轻伤，按照他自己的要求，他继续留在前线。佩奇的右耳被打掉了，当他被带回村子时，我们都很高兴。

敌人的迫击炮火异常猛烈，我们根本不敢把头伸到战壕外。但很快，我们听见了我方的迫击炮发出了熟悉的"扑通"声。工兵们进入了阵地，开始对敌人还以颜色。他们射出的炮弹飞入空中，掠过我们的头顶，在薄雾中炸开，那是他们估算的敌军所在的位置。我小心翼翼地探身到战壕外，想看清楚发生了什么——我简直不敢相信自己的眼睛。许多棕色的身影从地上爬起身来向后退去，我原以为他们不是被打死就是被打伤了，在机枪和迫击炮火力的掩护下，他们正在后撤。

瓦利亚斯也看见了这一幕，他从相邻的战壕里喊叫着："嗨，俄国佬正在逃跑！"

此刻，我们的迫击炮弹准确地落在撤退中的苏军人群里。对四联装高射机关炮的炮组成员们来说，要么是因为敌人的距离已经太远，要么是为了节省些弹药以待日后使用，他们没有开火。不多久，俄国人便消失在雾色中。

反击的命令下达时，我刚刚往烟斗里塞好了烟丝。我们清理了阵地前方的地面，并向前追击了一段距离。在跳出战壕，把随时准备开火的机枪扛上右肩前，我先点上了烟斗，深深地抽了几口。烟丝的味道从未这么好过，这种感觉就像是我已经获得了新的力量。我们沿着宽阔的正面呈扇形展开，只遇到了零星的射击。我们一边还击，一边慢慢地向前推进。那门安装在炮架上的四联装高射机关炮紧跟在我们身后。

从被打死的俄国人身边走过时，我们发现他们的伤员已经被带走了。我第一次看见了敌人的尸体倒在自己的面前。那些死尸躺在雪地上，有些尸体靠得很近，保持着倒下时的状态：他们穿着厚厚的棉衣，四肢摊开或是蜷缩着身子。雪地上鲜红的血液已被冻结。

我的胃部一阵翻腾，我无法让自己凝视他们毫无人色的面孔。此刻，当我第一次看见面前这些毫无生命迹象的尸体时，我真正意识到了死亡的含义。作为一个年轻人，你很可能会把这些念头抛之脑后，但眼前的情形却让你无从逃避。这些死者是我们的敌人，可即便如此，他们和我们一样，也是有血有肉的人。就和倒在雪地上的他们一样，我或者我们中的一些人，也可能倒毙在这冰冷的雪地上。

我看了一眼格罗梅尔，他正为我扛着两个子弹箱。这个可怜的小伙子脸色白得像纸，他的目光盯着前方，这样便可以不去看地上的死尸。其他人也一样。屈佩尔、维尔克和我走到一具尸体旁，尸体上血肉模糊的头颅只剩了一半，另一半大概是被炮弹炸飞了。屈佩尔用尽全力忍住了呕吐，维尔克和我一样，转过了身子。对我们这些新兵来说，第一次看见战场上的死尸，让我们产生了一种慌乱、恐惧和无助感，除非有人生来就很坚强，并对人类的情感感觉迟钝，才会让他不受任何影响：就像那位矮小、黝黑的步兵下士，他看上去就像个吉普赛人。他名叫施瓦茨，两天前，我在补给路线上的一个阵地看见过他，此刻，我又遇到了他。这时，我和格罗梅尔正往前推进，敌人的火力已经减弱，但仍具威胁，在我们左侧，平坦的地面开始升高。在这里，我们无意间发现了一个圆形的工事，圆圈的中心处挖得非常深，在其周围，还有另一个圆圈，足有一人深。

待在防御阵地里时，迈因哈德就曾提到过这些特征。他说，我们师在推进时利用这种工事来安置大炮和高射炮，我们现在觉得，俄国人反过来也在使用这些工事。这种判断显然是正确的，因为我们看见周围的地上躺着一些苏军士兵的尸体。这时，我听见那个步兵下士告诉一名士兵，让他对着地上蜷缩着身子的一具尸体的头部开枪，而他自己则将冲锋枪枪口抵上了另一名苏军士兵的后脑勺。两声沉闷而又令人不快的枪声，听起来就像有人对着个麻袋射击。我感到震惊，不禁打了个寒战。难道这家伙满腔怒火，甚至连死者也不放过吗？然后，他从我身边经过，朝着另一个倒下的苏军士兵走去。他踢了踢那具侧身躺着的尸体，不太高兴地嘟囔着，"这家伙也活着！"然后，他把枪口直接抵在这名苏军士兵的前额上，扣动了扳机。我以为已经死了的这具尸体剧烈地抽搐起来。

"我们为什么不把他们作为俘虏抓起来？"我气愤地问他。

这名肤色黝黑的下士厌恶地看了我一眼，咆哮道："他们在装死，你试试让他们站起来！这帮猪猡以为我们不会发现他们还活着，等我们走过去，他们就会从身后把我们干掉。以前我见过他们这一套。"

我无言以对。战争中那些可耻的勾当，我仍不太熟悉。但我决不会对着手无寸铁的士兵开枪，哪怕这会成为我的个人缺点。这种我认为可耻和可怕的行径，在这位下士看来，只不过是确保我们自身安全的措施罢了。

他只是说道："不是他死，就是我们死！"

不过，在没有遭到攻击的情况下，我还是无法让自己开枪，而且，我永远不打算改变自己的想法！

格罗梅尔对此也感到心烦意乱，于是加紧向前走去，我不得不加快了脚步以赶上他。这种沉闷的抵头射击声此起彼伏，这真的让我产生了一种深及骨髓的不安。尽管这位下士也许拥有合乎逻辑的理由，但我还是认为，他的大部分想法来自他相当残暴的本性，战争时期，这种本性借着合理的借口得到了满足。

迈因哈德说，苏军同样对我们的士兵施加暴行，他们很少抓俘虏，所以，我们的人也以牙还牙。他说这就是战争的方式，它不断地增加着愈演愈烈的仇恨。这种仇恨始于一场进攻，然后是战斗。交战双方为了自己的生存而战，并都发展成不屈的决心和过度反应。这就导致了复仇和报复，就像老话说的那样，"以牙还牙，以血还血"。哦，愿上帝救救那些失败的人吧。此前，我从未听迈因哈德说过这些，但我认为他说的没错。我参加战斗的时间太短，尚不足以形成自己的观点。

到达了苏军发起进攻的起点后，我们的反击结束了。在此期间，敌人早已远远地撤走了，于是，我们占领了这些阵地，保持着警惕。

天黑后，我们得到了热咖啡和口粮。车辆带着五名伤员返回我们的村落，其中的一辆汽车上带着一名阵亡者和一名负了轻伤的士兵，我们不认识这两人。几个士兵告诉我们，他们在苏军士兵的背包里找到了德国口粮和香烟。在一个苏军政委的手腕上，他们还发现了一块德国的"蒂勒"牌手表，表盖上还刻有名字。补给车辆的司机把这些物品交给了那位工兵上尉。

我们在新阵地上过夜。这里冷得要命，凛冽的东风痛彻入骨。没人站在观察哨上查看情况，都蜷缩在冰冷的散兵坑里打盹，直到天色放亮。

11月25日。天还没亮，我们便接到了登车的命令。我们朝着村落驶去，重新占据了散布在草原上的旧阵地和旧战壕。这省了我们许多工夫，地面的表层被冻得坚硬无比，只能用尖镐将其凿开。

天气好的时候，我们在草原上的视野可以达到很远，但不幸的是，在某些地段，敌人也能看见我们的战壕。几乎每天都会发生敌狙击手击中我方士兵的事件。这些狙击手隐藏得非常好，我们很难发现他们。因此，我们的口粮和弹药总是在夜间送来，尽管在夜里也存在着危险。我们猜测，敌人的狙击手在白天时便已用他们的步枪瞄准了重要的目标，然后，他们偶尔会在夜间扣动扳机。

今天早上，一开始比较安静，但后来，苏军动用坦克和步兵，对奇尔火车站发动了进攻。起初，我们只是看着他们的行动，但很快，我们也遭到了迫击炮和机枪火力的攻击。朝我们扑来的敌人出现得非常突然，就像是从地底下冒出来似的。我们后来从俘虏那里获知，他们悄悄地爬到距离我们只有几百米远的地方，再挖个小小的土墩以保护自己。吹拂的东风掩盖了他们挖掘时发出的一切声响。

正当我们用准确的射击压制住前方的敌步兵时，一辆T-34离开了五辆坦克组成的队伍，从峡谷的另一侧朝我们驶来，不停地射击着。它停在了峡谷边，侧面对着我们。在此之前，我从未这么近地看见过敌人的坦克，它看上去相当危险。坦克车身涂着白色伪装，钢制炮塔转动着，压低炮管，对准了一个目标。雷鸣般的射击使车身颤动了一下，伴随着一股短暂的烟雾，一团小小的火焰从炮口喷出。几乎在同一时刻，炮弹击中了我们身后的地方。随即，马力强大的柴油发动机加大了转速，这只钢铁巨兽沿着峡谷的边缘离开了，履带叮当作响。

泥土淋了我一身，但敌人没有发现我。那辆坦克知道我们趴在这里，但他也许没有注意到我们精心伪装的掩体。他肯定认为，在这片地带，我们没有任何反坦克武器。尽管如此，这辆坦克在驶过峡谷顶端的平坡并进入峡谷前，还是显得小心翼翼。坦克停在那儿，侧面对着我们，一发反坦克炮弹或88毫米高射炮弹便能干掉它。但我清楚地知道，我们的反坦克武器此刻正守卫着铁路线和村庄。

突然，这辆坦克向后倒车，并试图转向，但它没能完美地做到这一点，坦克的一条履带碾上了峡谷的边缘，造成了轻微的断裂。这时，我看见峡谷中有几个工兵，他们拿着某些东西忙碌着——看上去像是棍棒或是木杆什么的。就在这时，魏歇特打断了我，他提醒我注意敌人的步兵，对方在坦克的掩护下正朝着我们逼近。我该怎么做——开火？是的，我应该这样做，否则，敌人就会扑上来——哪怕这意味着敌人的T-34会发现我们的阵地。

我蜷伏在机枪后，扣动了扳机。魏歇特为我供弹。几乎在这同一时刻，迈因哈德和其他人也对着进攻中的敌步兵开火了。第一排敌人倒在了地上，其他人迅速趴了下来，但在这片积雪覆盖的草原上，他们毫无遮掩。敌人的坦克在做什么？那辆T-34已经发现了我们，炮塔转动着指向我们。然后，它压低炮管，直接瞄准了我们。它离我们的距离不到50米，留在原地继续开枪简直就是发疯，所以我把机枪从阵地上拉下来，跟其他人一起，隐蔽在战壕中。炮弹击中了我们身后几米远的地方，巨大的爆炸声混合着四散飞溅的弹片。

"这次算我们走运，下次我们就要倒霉了！"魏歇特说道。一股寒意沿着我的脊柱传遍了全身。

这时，"猪猡"兴奋地叫嚷起来："坦克被干掉了！"

我们赶紧爬上战壕向外望去，那辆断了一条履带的T-34挂在峡谷的边缘，车身后部冒出了浓浓的黑烟，但很快便消散了。

有人叫了起来："工兵们用空心装药干掉了它！"

我们如释重负，对工兵部队的那些家伙感激不尽。后来，一位工兵下士告诉我，这易如反掌，因为那辆T-34根本没有发现他们就在峡谷边缘的下方，坦克几乎就停在他们头顶上，所以他们轻而易举地把自制的"手榴弹式炸药"放到了坦克的履带下。尽管如此，他们也差点被破裂的履带打死。

我们今天的运气相当不错，敌人坦克的炮火只让我们的三个人负了轻伤。工兵们被迫用烟把那辆坦克的组员熏出来，但对方在坦克里坚持了几个小时，希望能被他们自己人所搭救。最后，他们爬出了坦克，我看了看他们。我有一种奇怪的感觉——既有些好奇，也感到一丝威胁，甚至还带有某种尊重。看着他们所戴的头盔，我觉得非常惊讶，恰当的描述是，这种头盔是把一些吹足了气的自行车内胎缝合到一起，一条接着一条。为什么要这样做，我不明白，也许是为了隔音和保暖。

11月26日。今天的开始伴随着地面的雾气。在冬季阳光的照耀下，雾气消散了，这让我们获得了很好的视野。德国轰炸机在护航战斗机的陪伴下，不受干扰地在万里无云的湛蓝天空中嗡嗡飞过。格罗梅尔识别出那些飞机是He-111和Do-17。在过去的空战中，我经常看见身材苗条的护航战斗机，Me-109。偶尔，我们也能认出重型的Ju-52，这种飞机被称为"容克大婶"，用于货运或运兵。这些飞机装载着沉重的货物飞入斯大林格勒，如果幸运的话，他们便能空机返回。

瓦利亚斯和"猪猡"一早便走进村里，以便清洗内衣，并用背包里的除虱粉清理身体。这些小东西在我身上以惊人的速度繁殖，我已经用除虱粉擦拭了整个上半身。

瓦利亚斯说，元首在两天前已经宣布斯大林格勒为要塞。那些身处斯大林格勒城内的将士听到这一消息后都很愤怒，他们对战争进行的方式感到气愤，同时也因为他们已经丧失了逃离斯大林格勒包围圈的机会。他们公开宣称，敌人以前所未有的优势兵力构成了口袋阵，他们将被牺牲在这个包围圈内。而其他人则相信，霍特大将率领的装甲集团军正在逼近，他们很快就能突破敌人的包围圈。预备部队的许多人和我一样，对后一种说法深信不疑。

可是，这种乐观仅仅是建立在一厢情愿的基础上，很快便像一副纸牌那样分崩离析了。因为就连最下级的士兵也知道，敌人的作战力量每天都在稳步增长，而我们，由于武器装备不足，力量越来越弱。雪上加霜的是，这些日子以来，我们每天只能得到一点点硬饼干以满足咕咕作响的肚子。与斯大林格勒城内的将士一样，我们依然坚守着这处被完全孤立的前哨阵地，将因某些战略目标或其他目的而被牺牲掉。这种情况将在十二月初发生，只有几天的时间了，苏军的优势兵力将把我们碾为齑粉。

不过，在当天下午，我们的士气得到了一些提升，因为一门88毫米高射炮赶到了，它将被用于地面防御作战。我们还得到了一门安装在轮式炮架上的四联装20毫米高射机关炮。在这门88炮被带入小山丘上的阵地前，地面上已经挖掘好了炮位，这样，从正面观看时，只能看见一点点被漆成白色的火炮护盾。昨天，三辆坦克驶入了村内，为我们提供装甲支援，但由于炮弹短缺，不到万不得已时，它们不会被投入战斗。

11月27日。清晨时，敌人的侦察巡逻队偷偷地摸进村内。我们听见了枪声，应急反应部队成功地抓获了几名俘虏。随后，俄国人用重型火炮对村子进行了几个小时的炮击。早上，我们还遭到了迫击炮和"斯大林管风琴"的轰击。不过，对方没有发起进攻。昨天，工兵们在村内的部分地带埋设了地雷，不幸的是，我们的一位司机，驾驶着一辆人员输送车，不小心碾上了地雷，结果被炸上了天。

由于敌人的炮击非常猛烈，大部分时间里，我们只能像鼹鼠那样藏身于战壕中，偶尔探头查看一下，看敌人是否发起了进攻。轮到我查看情况时，我小心翼翼地把头伸向战壕边缘，可就在这时，一枚火箭弹在旁边炸开。滚烫的弹片呼啸着从我脑袋旁掠过，我的双耳像发了疯那样嗡嗡作响。泥土和碎片雨点般地落在我的头上，并洒在战壕里其他人的脖子上。但我们掩体的屋顶并未被炸塌。

由于大量炮弹的爆炸，这几个小时里，我们周围的积雪已经不再是白色，而是混杂了棕色的泥土。我们坐在战壕中等待着，这一切令人相当疲倦。这究竟是为了什么？没人确切地知道，我们只知道，这就是我们的活法——我们所能肯定的只有这些。也许，我们会被炮弹直接命中，这将彻底结束我们生命中仅存的那一点点东西。如果这种情况发生，也许我们根本不会留意到任何事情。倘若敌人发起大规模进攻，这种情况也很糟糕，但至少你还能进行自我防御。可在这儿，在这个可怕的战壕里，除了等待，你什么也做不了。

我试着去想其他的事情，但却无法做到。四周传来的呼啸和爆炸声驱走了其他所有的念头，唯一热切的希望是，这场令人紧张不已的喧嚣最终会平静下来。对这场炮击，唯一一个不受影响的人似乎是"猪猡"，与其他人不同，我从他的脸上看不出任何兴奋或恐惧。但他如何能感觉到我们的情绪呢？这个可怜的家伙听不到炮弹的尖啸和爆炸：他漠不关心地看着我们，还问我们在做什么。要想跟他说话，你必须凑到他耳边，对他大声喊叫，然后，他就明白了。

这场炮击持续了将近两个小时——这证明俄国人并不在乎耗费些弹药。但他们没有获得太大的成果，除了炸坏我们的一挺机枪并掩埋了一条战壕外，并未造成其他的伤害。

11月28日。27—28日的夜间平静度过，但今天一早，迈因哈德带来了坏消息。他说我们的军士长和另一位中士在昨天上午阵亡了。尽管跟军士长关系并不很铁——他总是与我们这些新兵保持着一定的距离——但我们还是感到非常震惊。另外，他是我们当中的关键人物，也是我们的上级，尽管性情严厉，但他总是很关心我们的福利——至少在桥头堡这里他能做到这一点。现在，他再也不在了。我们连里只剩下两位军士：一位运输中士和德林下士。迈因哈德说，军士长在和平时期服役于骑兵部队，是个天生的战士。

今天的天色看起来并不太好，多云、多雾，能见度非常差，我们必须特别小心，以防敌人突然出现在我们面前。因此，德林下士派了几个人到前方的观察哨去。迈因哈德估计，俄国人会利用这种天气逼近我们。事实证明他说的没错。

过了没多久，派到前方观察哨的人跑了回来，报告说他们听见从北面传来了动静，还听见用俄语下达命令的声音越来越大。不过，他们什么也没看见，但毫无疑问，敌人正从北面而来。另外，这些哨兵并未听见坦克的引擎声。看来，发起进攻的将是敌人的步兵。我们已经做好了准备，将给对方以"热烈的迎接"。

德林下令道，只有在听到他命令时我们才能开火，他打算让敌人靠近，进入到一定距离内，再用交叉火力打他们个措手不及。我们手持武器站立着，越来越兴奋。没人知道朝我们而来的将是些什么。这是战斗打响前最难挨的几分钟，你的全身都处于高度兴奋的状态。这几分钟的时间似乎永无止境……

然后，敌人出现了！最前面的俄国人逼近了，他们猫着腰，穿过雾色，朝着我们而来。每个人都在等待开火的信号。可惜我没有望远镜，因为情况有些不对劲——有些事情我不太明白。

有人叫了起来："那是我们的人！别开枪！"

德林下士也喊了起来："把头低下！都趴下！"

我们按照命令趴了下来，继续观看着。前方的那些士兵愈发靠近了，我已经能看见最前面的那些人。他们从哪里来？我暗自疑惑，因为他们的军装和钢盔看上去太新了。就在这时，迈因哈德的机枪吼叫起来，有人叫道，"他们是俄国人——穿着我们的军装！"

穿着德军军装的俄国人向前猛冲，试图一举攻克我们的阵地。他们身后的其他人穿着土黄色的大衣和脏兮兮的伪装服。我们所有的机枪和卡宾枪一同怒吼起来，构成了交叉火力。未被击中的俄国人赶紧趴在了地上，他们的进攻停止了。我们听见前方传来了叫喊声。然后，俄国人的两挺机枪开火了。一阵弹雨朝着我们扑面而来，迫击炮弹也在四下里炸开——差一点点，我的机枪险些被一发炮弹炸飞。我把机枪拽回来，蹲下了身子。

"他们又开始进攻了！"魏歇特叫道，一边把另一条弹链塞入了机枪中。

朝着身穿与自己相同的军装的敌人开火射击，那种感觉很奇怪，就像是在枪毙叛徒。对方试图以第二波次和第三波次攻克我们的阵地，但却未获成功——特别是当我们的工兵在他们侧翼打响后。

大批可怕的尸体倒在我们面前的雪地上，渐渐被冻僵，被纷飞的雪花所覆盖。我们听见了伤者的呻吟和呼救声，可我们无能为力。有的死者还穿着德国毛毡军靴，这种靴子也是我们迫切需要的。可能的话，我们会把它们从那些僵硬的脚上扒下来后再次使用。可我没能找到一双合适的，所以我还是穿着自己的旧靴子。我们的许多士兵甚至戴上了俄国人所戴的那种连耳式棉帽，这种帽子似乎是用一块压制毡做成的，非常简陋，但在冬天却很管用。我的靴子经过一个夏天后，变得有点大，不过，要是我再多穿一双厚袜子，并在靴子里垫上些报纸，我的脚趾就不会在冬季刚刚到来时被冻伤，我的许多战友都已深受其害。出于这个原因，几天前我们得到了一些看上去非常朴素的套鞋，这种套鞋是用稻草编织而成，"猪猡"称之为"稻草罐"。尽管穿上这种套鞋后我们无法大步行走，但站在战壕里，这种稻草鞋却能将我们的双脚与冰冷的地面隔离开。

魏歇特和另外几个人翻寻着苏军尸体上的背包，因为从昨晚起，我们只得到了一片面包和半杯热茶，其他什么吃的也没有。魏歇特饿得比我们都厉害。他找到了一些俄国军用黑面包，还有几块熏肉，显然，这也是来自德军的补给品。"猪猡"带给我一大包莫合烟丝，因为他注意到，我这一上午把口袋翻了个底朝天，想为自己的烟斗找到一撮烟丝。

当晚，我们再次在阵地前方设置了观察哨。凌晨三点，格罗梅尔叫醒我时，掩体内相当温暖，但就像是为了保持某种均衡，屋外冷得厉害。由于雾气，屋外的一切都覆盖着一层冰霜。我们的机枪上盖着帆布防水布，看上去像个白色而又奇怪的大疙瘩。在我们后方的小丘上，一发照明弹腾空而起。那里的视界比我们这儿更好些。

前方的洼地处，雾气非常浓。很多时候，我们甚至看不清放到面前的双手。我和"猪猡"蹒跚地走进雾色中。积雪在我们脚下嘎吱嘎吱作响，我们沿着地上的脚印向前走着。随即传来了一声含糊的"口令"声。

"铁路！"我轻声回答道。

"过来吧！"声音听上去很熟悉，但我看不见任何人。

"我们在你的右边，散兵坑里，"那个声音说道。

突然，一个人站在了我们面前，另一个人正从散兵坑里爬出来。该死的浓雾！要不是他们发出口令盘问，我们可能会踩到他们身上。

他们汇报说，前方一切平静。他们刚刚消失进浓雾里，"猪猡"便爬进了散兵坑中，而我还需要让自己把方位搞清楚些。我离"猪猡"只有几米远，可我看不见也听不到他的任何动静。我只知道他所在的大概位置。该死的大雾！我被一具死尸绊倒了，这才意识到，我离我们的防线太远了些。我的感觉不是太好，随即，我觉得自己听到了嘎吱嘎吱的脚步声，于是蹲下了身子。散落在四周的尸体更多了。一种可怕的感觉油然而起，我后悔不该离开"猪猡"。我无法叫他，因为他听不见。接着，我再次听见了脚步声和低低的说话声。俄国人！一个念头电光火石般地出现在我脑中。别慌——我这样想着。我的神经绷紧到了极限。我估计俄国人就站在四周，相互召唤，在这样的浓雾天气里，他们通过这种方式保持着相互间的联系。

慢慢地，我从那些声响处朝后退了回去，差一点踩到"猪猡"的头上！对他来说，在浓雾中什么也看不见，什么也听不着，这种感觉肯定很可怕。我告诉他，前面有动静，他把手拢起来放在耳后，听着我的话，这看起来非常可笑。随后，我们悄悄地爬了回去，把这个情况告诉了其他人。

我们静静地等待着，很快便清楚地听见了一些动静。德林下士发射了一发照明弹。照明弹只照亮了一片很小的区域，冷冰冰的，犹如鬼魂。一些身影僵硬地站在那里，一动不动，就像在地面上生了根。突然，他们散开了，最前面的都趴到了地上。我们朝着黑暗处开火了。俄国人相互叫嚷着什么。随后，我们听见了一些响动，他们迅速撤离了。第二发和第三发照明弹腾空而起。五个人仍趴在雪地上，其他人都已消失不见。

我们估计他们是苏军的侦察部队，要么就是一些迷路的家伙。他们的规模很小。我们又打了几发子弹，借着曳光弹的光亮，我看见两个家伙跳起身子，朝着后面跑去，其中的一个被子弹击中，倒在了地上。另外三个仍趴在雪地上。我们这里的某个人用俄语叫了些什么——肯定是我们这儿的俄国志愿者，他们一般在补给单位工作，现在也到我们这里帮忙。一个俄国人回答了几句，然后便高举双手站了起来，另外两个也跟着他站了起来。

三名俘虏中，有两个是妇女，我们称之为"女兵"。据说，她们比苏军男性士兵更加狂热。几个俘虏没有隐瞒，交代说，他们在浓雾里迷了路，与另外十五名士兵走散了。我们很清楚他们前线的位置，也知道他们每天都在不断加强前线的实力。

12月2日。清晨的浓雾消散殆尽。大批敌人在奇尔火车站方向活动着。我沿着战壕朝迈因哈德的阵地走去。此前，他一直在跟德林下士交谈，而德林则用望远镜查看着情况。

"德林认为俄国人正准备发起一场进攻，"迈因哈德说道。"他看见了大批的汽车和坦克。显然，对方正在运送补充兵。"

俄国人无所顾忌地在我们面前排兵列阵，这种肆无忌惮让迈因哈德非常恼火。

"这帮猪猡很清楚我们没有大炮，否则他们绝不会脸皮这么厚的，"他不满地抱怨着。

我们盯着敌人又观察了一个小时，然后意识到，敌人的主力正朝着东南方的上奇尔斯科耶而去。另一支作战部队应该是在窥视顿河上的桥梁。等俄国人夺取了桥梁后，他们就将包抄我们的后路，把我们囊入袋中。灯光的闪烁告诉我们，敌人的进攻得到了装备精良的坦克部队的支援。就在这时，三辆可怕的钢铁巨兽沿着铁路线朝我们而来。

突然，头顶上响起了巨大的发动机声响。

"我们的斯图卡来了！"一些士兵兴奋地叫喊着。

紧张和焦虑在这一瞬间消失了，我们欢呼起来，兴奋得就像是刚刚打开一份礼物的孩子。所以，这里毕竟还是与上层指挥部有联系的！难道这些飞机来自顿河南岸吗？直到后来我才知道，我们这里其实与上级没有联系：我们的飞行员在空中发现了地面上的情况，于是采取了行动。后来，斯图卡又提供了一些支援行动，都与我们没有关系。不过，他们每次出现都会受到我们兴奋的欢迎，它们鼓舞了我们的士气，哪怕仅仅是暂时的。

首先飞来的是三架斯图卡，它们俯冲而下，接着，又是三架。它们对我们阵地的前方发动了攻击，场面极为壮观，不过，即便对我们这些旁观者来说，它们同样带来了一种冰冷、令人不寒而栗的感觉。飞机发动机的整流罩上涂着可怕的鲨鱼嘴图样，这给敌人造成了一种不祥的预感：一场灾难即将降临在他们身上。斯图卡首先翻滚至一侧，随着警报器发出的尖啸越来越响，它们朝着目标俯冲下去。炸弹被投出后，它们立即沿大角度爬升，然后便对准下一个目标再次俯冲。对遭受到打击的一方来说，遭遇肯定很可怕。这一切就像地狱般恐怖，尽管战斗发生的地点离我们还很远。

接下来的几分钟里，黑色的浓烟翻滚着涌入晴朗的空中。我们注意到，一些坦克正沿着之字形路线移动，以躲避俯冲轰炸机的攻击。但它们并未得到逃脱的机会，因为斯图卡们一次次地俯冲，对着它们投下了大量的炸弹。

斯图卡将炸弹投完后转身飞离，消失于地平线。地面上留下的滚滚烟柱，有的大有的小，显示出被击中并遭到摧毁的目标数量——大多是车辆、坦克以及重型武器。斯图卡们干得非常成功，同时，苏军的步兵也被顿河南岸的战斗群阻挡住了。我们清楚地看见，顿河上的桥梁并未被敌人夺取。可这种情形还能持续多久呢？

12月3日。负责分发口粮的人员给我们送来了稀薄而又冰冷的咖啡，我们把它们放在炉子上加热。每四个人分享半罐头牛肉和一饭盒烤面包干，这顿饭将让我们支撑到明天晚上。格罗梅尔清点着面包干的数量，以便让每个人都得到绝对平均的分配。今天的口粮比昨天多一些，昨天我们得到的是一个发霉的面包，还要三个人分。

战争这一阶段的特点是，饥饿完全主宰了我们的思维，甚至连"我们是否能生还"这种持续的担忧也屈居次位：谈话的主要议题是食物。在夜里，我会梦见食物，甚至梦见烤箱中烘烤着的美味的烤肉。结果，醒来后更难挨了，特别是当我发现空空如也的肚子发出隆隆的声响时更是如此。

如果得到了足够的军用干面包，我们的生命便被重新注入了活力。我把面包放在嘴里慢慢地咀嚼，品尝着它的滋味。我从未想到面包会如此美味，甚至让我忘记了味道更好的蛋糕。但许多天来，甚至连面包也短缺。在正常时期，面包没什么稀奇，可现在真的很珍贵。

第五章

鲜红的雪
并非从空中落下

1942年12月4日。今天的开始与昨天一样——天色晴朗，空中没有太多的云。后来，云层开始聚集，天色变阴。下午时下起雪来，呼啸的寒风将积雪吹集起来。不多久，我们周围棕白相间的地面再次变成雪白、干净的一片。我将积雪铲出交通壕，这种工作让我浑身暖和。魏歇特设法保持着机枪射界的畅通。

我穿过交通壕，到相邻的掩体去看望瓦利亚斯、塞德尔和另外几个人。他们点了个暖炉，因此掩体里很暖和。看见瓦利亚斯时，我不禁笑了起来。他直着身子躺在掩体里，小腿消失进黏土墙中，就像被切断了那样。他们的掩体和我们的一样——就是一个扩大并加了屋顶的战壕——但对瓦利亚斯的长腿来说，这种掩体太过狭窄，于是他在墙上挖了个洞，以便把腿放进去。另两名士兵躺在他身边铺着稻草的地上，打着呼噜。我能听见他们的肚子发出的咕噜声。瓦利亚斯说，睡觉可以让你节省体力和能量。塞德尔站在火炉旁，搅拌着饭盒里的东西。他说，要是用一点面包干和融化的雪烧点热汤，在胃里维持的时间比干吃面包要长些。这也许是个重大的发现——有机会我也要试试看。迈因哈德的掩体里再次传来了口琴声。库拉特吹奏着一些相当伤感的曲调，唤起了我们对家乡的思念。

在训练营时，他们一直教我们该如何保养和使用我们的武器，以便干掉敌人。我们接受了训练，并为此而自豪，我们将为元首、人民和祖国而战，必要的话，不惜牺牲自己。但没人告诉过我们，在被打死前你可能会经历些什么。死亡并不一定在瞬间来临——它有许多种形式。在这里，短短的几天中，我们已经听到了伤者可怕的惨叫——躺在冰冷的地面上奄奄一息，这是多么可怕啊。这种念头令我们不寒而栗——我们可能也会躺在那里，根本没人来施以援手。没人告诉我们这种情况有可能发生，也没人告诉我们该如何应对内心的焦虑，这种焦虑感像火焰那样侵蚀着你，远比尽职尽责的冲动要强大得多。他们说，每个士兵都应该自己解决这一问题。但要命的是，每个士兵不得不隐藏自己的焦虑，以免被其他人发觉；如果不加以隐瞒，他的焦虑可能会被视作怯懦——就像矮小的格罗梅尔，甚至在遭到攻击的情况下，他也无法让自己对着敌人开枪。

魏歇特也注意到格罗梅尔无法朝着敌人瞄准并扣动扳机，甚至在被迫开枪时，他也会闭上眼睛再扣动扳机，所以，他根本看不到自己的子弹射向了哪里。不过，在训练营里，他是最棒的射手之一。他究竟出了什么问题？难道他像佩奇那样，看见敌人便神经崩溃？魏歇特还发现，每当敌人发起进攻时，他的表现都很差劲，目光闪烁不定，泪水汪汪，就像是在发烧。也许，我该和他谈谈，特别是因为他的表现已经影响到我们所有人的安全。不幸的是，我再也没有机会了，因为在接下来的几天里，我们遭到了持续不断的攻击。即便战斗稍稍平息，我们这些不需站岗值勤的士兵也都是倒头就睡，我们太疲劳了。

当天晚上，我再次到迈因哈德的掩体里去看他。德林下士也在那里，他告诉我们，要是有机会，他就会回村子里去取他的口琴。赶往掩体的途中，我听见库拉特的口琴传出了悠扬的曲调。当时我并不知道，这将是我最后一次看见活着的库拉特，一两天后，他和另一位好友一同阵亡了。

12月5日。夜里再次下起了雪。魏歇特和"猪猡"在清晨唤醒我时，村子里正进行着一场激烈的交火。据魏歇特说，战斗刚刚打响。他跟"猪猡"从前方观察哨回来，并未发现什么特别的异常，可现在，村内一片混乱。雾色中充斥着坦克和反坦克炮尖锐的砰砰声，噼里啪啦的步枪和机枪射击声也掺杂其中。

一名士兵飞奔过来，大声叫着，他们需要四联装高射机关炮的支援。牵引车的引擎迅速启动，拖着四联装高射机关炮，沿着小山丘朝村子驶去。照明弹不断地从那个方向升起。薄薄的雪片似乎使夜色更加模糊不清。"俄国人会利用这种天气发起进攻！"一位年长的二等兵爬过战壕时发表了看法。

随后，四联装机关炮投入了战斗，远处传来了它那低沉、断断续续的射击声，清晰无比。村内的两个地点发生了激烈的交火。很快，激战声平息下来，唯一的枪声来自奇尔方向的铁路线，是机枪的射击火力。

在这突如其来的平静中，我们听见峡谷处传来了响亮的发动机声，大量柴油废气飘入我们的鼻子。屈佩尔和瓦利亚斯朝我们这里跑来。我们猜测，肯定是一辆T-34陷进了峡谷中，因为先是发动机启动的轰鸣，然后又平静下来，这些声音始终来自同一个地点。我们猫着腰跑到峡谷旁，这里的地势非常陡峭。我们什么也没看见——峡谷中雾气太浓——但我们可以断定，一辆坦克被困在了下面。

"这是炸掉它的好机会，可该怎么做，用什么来干掉它呢？"瓦利亚斯问道。

就像是对他的问题做出回答似的，随着一声巨响，那辆坦克真的被炸了个四分五裂。爆炸的闪光把我们弄得头晕目眩，冲击波将我们推倒在地。坦克内的弹药受热后发生了殉爆，在峡谷间四处乱窜。借着拂晓的微光，我们看见浓浓的黑烟从坦克的发动机舱冒出。工兵们告诉我们，他们用两颗地雷干掉了这辆坦克[①]。

在随后而来的反击中，我们缴获了大量的武器，但在敌人的背包里找到的食物却很少。魏歇特搞到了一些苏军的军用黑面包，这种面包的味道像生面团，由于其材料的缘故，嚼起来像一块砂纸。不过，我们还是把这些面包吃了下去，以缓解自己的饥饿感。不时地，我再次听见了令人作呕的射击声，那名黑黢黢的下士又在对着死者或伤者的头部开枪，毫无疑问，他和以前一样，用同样的方式再次证明了自己的残暴。

12月6日。我们三个在温暖的掩体里打盹。魏歇特在外面站夜岗。我们听见冰冻的地面上传来了他的脚步声，越来越近。当他来到掩体前，撩起入口处悬挂的毯子时，我们都醒了过来。尽管每个人都很疲倦，但我们大多数时候睡得像只兔子，始终睁着一只眼，耳朵也保持着警惕，以防备一切不寻常的动静。魏歇特告诉我们，德林下士搞到了几箱弹药，我们应该去把我们的那一份取回来。

格罗梅尔和我跑去找德林时，天色还很黑。在前沿观察哨站岗的库拉特还没回来，显然，他这班岗还有20分钟。一切似乎都很平静，我们希望这种状况能保持下去。就在我走进掩体时，依稀听见了库拉特的口琴声。但这是不可能的——库拉特正在前沿观察哨的散兵坑里。难道是我听错了？会不会是神经紧张造成的幻觉？我返回到瓦利亚斯那里，他和塞德尔也听见了口琴声——不是曲调，而是两个响亮的音符，就像有人对着口琴吹了口气那样。他们也想知道究竟出了什么事。我们把这个情况报告给德林，他立即采取了行动。

[①] 二战中德军使用的地雷，可以像手榴弹那样抛出去炸毁坦克，但由于地雷的重量和威力，这种打坦克的方法非常危险。

"事情不对劲，要留神！发出警报，准备战斗！"

我迅速跑到机枪旁，拉开了盖在机枪上的防潮布。所有人都进入戒备状态，静静地等待着。等什么呢？我们面前的一切都很平静。会不会是库拉特不小心吹到了他的口琴？要是他发现了情况，按照常规，他会用枪声向我们发出警报。这会不会是虚惊一场？此刻，这班岗的时间已经到了，也许他们正等着下一班岗的人去接替他们呢。德林把所有的事情都停了下来。就在这时，一发曳光弹窜入空中。

那是什么？前方不到50米处，我们看见了一些身穿白色雪地伪装服的身影。我们的机枪和步枪对着他们开火了，对方立即趴倒在雪地上。随着天色渐渐放亮，我们发现了更多的俄国人。他们趴在第一群人身后，也穿着白色的伪装服，随时准备跳起身来。我们的工兵从侧翼对着他们开火了。可对方仍趴在雪地上，等待着。半个小时过去了，他们为何不发起进攻？他们接下来要干什么？他们在等什么？

很快，我们就明白了——他们在等坦克！一开始，我们只看见了两辆，接着又是三辆，从拂晓的雾色中出现了。它们朝我们逼近，轰击着我们的阵地。我们的88炮在干什么？精心伪装的88毫米高射炮肯定在等待机会。但这种念头只让我们平静了一小会儿。一门大炮对付五辆T-34能有什么好结果？苏军步兵在坦克的掩护下，排成散兵线朝着我们扑来。我们则试图压制住他们。

接着，就像晴空中突然出现的一道闪电，88毫米高射炮开火了。我们看见一发闪着白光的穿甲弹砰的一声击中了一辆T-34，造成了一股火焰，随后变成气味刺鼻的浓浓黑烟。88炮的炮管已经对准了下一个目标。炮弹钻进了第二辆坦克的履带，这只钢铁巨兽此刻只能在原地打转。在下一发炮弹到来前，坦克组员们还有足够的时间逃离，第二炮正中目标，当场将坦克击毁。另一辆T-34试图逃到88炮的射击盲区。还有两辆坦克则对着我们的88炮开火射击。它们的炮弹落点很近：一发跳弹像个火球那样，从一个雪堆砰的一声撞进了我们右侧的掩体。我们听见了惨叫声和"医护兵"的叫喊声。随后，敌人的第三辆坦克被击中了，它的炮塔再也无法转动。带着歪曲和不能动弹的炮塔，这辆坦克试图逃回后方。几分钟后，另一辆坦克跟上了它。那辆驶入88炮射击盲区的坦克，可以说才出虎口又入狼群。正当它试图进入射击位置干掉我们的88炮时，其位置刚好处在我们两辆坦克的炮口下，这两辆坦克一直在小丘后等着它。不过，在被它们摧毁前，这辆T-34成功地重创了其中一辆坦克。

尽管敌人的进攻被再次击退，但我们也付出了沉重的代价。T-34坦克的炮弹击中了我们的掩体，炸死了很有前途的反坦克手迪特尔·马尔察恩和一名三等兵，另外还有三个人身负重伤，其中一个的半条胳膊被炸断。直到当天晚些时候，待苏军的猛烈炮击平息后，我们才进入了阵地前方的地带。

在前沿观察哨旁边的散兵坑里，我们找到了库拉特和他的伙伴，坑里大摊的血已被冻结。俄国人残忍地杀了他们，夺走了他们的靴子和步枪。库拉特并未当即死去，他成功地用口琴给我们发出了警报。我们把两具尸体运回去并进行体面的安葬时，库拉特毫无生气的手里依然攥着他的口琴。他救了我们的命，如果不是他发出警报，敌人肯定会打我们个措手不及，并把我们全都干掉。

对大伙儿来说，今天又是糟糕的一天，我们这些幸存者再次获得了缓刑。格罗梅尔提醒我们，今天是礼拜天，也是圣尼古拉日。那又怎么样？对我们而言，这里已经不存在任何假日，只有生存，每一天，只要我们还活着，就是个好日子。今夜，我会睡得很不安稳。

12月7日。今天早上依然是雾气蒙蒙。到了上午，天色晴朗起来，能见度变得相当不错。敌人的狙击手再次疯狂地行动起来。当天上午，我们遭遇了三起事件。在火车站，他们发起了分路进攻，并用迫击炮轰击我们的村子。我们的斯图卡赶到后，一切都平静下来。它们轰炸了我们前方的苏军阵地。俄国人在雪地上伪装得非常好，他们居然能神不知鬼不觉地摸到离我们这么近的地方，这让我们深感惊讶。几个波次的斯图卡朝着俄国人发起攻击。我们已经习惯了它们俯冲时发出的刺耳的尖啸。腾空而起的黑色烟柱表明，它们又击中了一些车辆和重型武器，但它们无法阻止敌人在当天下午用重炮和迫击炮对我们实施炮击。唯有"斯大林管风琴"没有投入战斗，它们会不会被我们的俯冲轰炸机摧毁了？

当天的晚饭，我们意外地得到了豆子汤、土豆和面包。扬森渡过顿河，设法为我们送来了一些食物补给。

12月8日。今天几乎跟昨天差不多。能见度很好，我们的俯冲轰炸机一早便开始轰炸苏军的阵地。他们的这次行动更加靠后些：俄国人肯定在奇尔火车站后方的高地处聚集了强大的力量。数个波次的斯图卡再次发起了攻击，它们对准目标投下炸弹，黑色的烟雾升入了湛蓝的天空。

12月9日。这是个灰蒙蒙的早晨，敌人调集所有的重型武器，对着我们的村庄和阵地猛烈轰击。直到中午，我们才小心翼翼地从掩体的边缘探头往外观看。一场可怕的等待再次开始了。毫无疑问，俄国人是为昨天遭到斯图卡的轰炸而实施报复，今天的能见度很差，我们的俯冲轰炸机无法投入战斗。当天下午，俄国人从东面和南面（沿着铁路线）对我们的村子发动了进攻。不过，我们并未卷入战斗中。如果敌人成功地夺取村了，他们便能实施钳形攻势，从两个方向对我们展开攻击，将我们一举歼灭。大伙儿等待着，祈祷着不要让他们获得成功。

争夺村落的战斗持续了几个小时。最后，我们的预备队成功地发起了反击，再次将敌人赶出了村子。我方的损失也很大——六人阵亡，许多人负伤。

12月11日。今天，整个天空灰蒙蒙的，能见度很差。从清晨开始，炮弹便在我们四周落下，俄国人似乎不想给我们任何喘息之机。由于剧烈的爆炸声，我们听不见引擎的声响，根本没有意识到危险已经降临到我们身上。突然，五辆T-34幽灵般地出现在我们前方。不光是我们，就连部署在我们身后一座小丘处，为我们提供地面支援的88炮组也措手不及。炮组成员还没来得及转动长长的炮管以瞄准目标，五辆坦克便已同时开火。突如其来的炮击，再加上这么短的距离，这就意味着我们的88炮要完蛋了。令人惊讶的是，这门88炮成功地击毁了一辆坦克，随即被两发炮弹直接命中。我们看见火炮的部件和护盾的碎片飞入空中，几名炮组成员当场阵亡。接着，剩下的四辆T-34耀武扬威地朝着我们径直驶来，苏军步兵像葡萄那样攀在坦克上，但我们的四联装高射机关炮仍在开火射击。曳光弹击中了坦克，迫使上面的步兵跳下车，隐蔽在坦克后。

两辆T-34靠近了我们前方的战壕，但又转身离去。它们的侧面对着我们，很快便来到了迈因哈德的阵地前。这是每一个"坦克歼灭者"梦寐以求的机会。不过，它们知道我们已经不再拥有任何摧毁它们的手段。我们用所有的武器对着跟在坦克身后的敌步兵猛烈开火，但他们仍在不断地逼近，很快便冲到了迈因哈德的阵地前。一些敢于朝我们扑来的苏军士兵被我们的火力射倒了。手榴弹在瓦利亚斯和迈因哈德的身边炸开，突然，迈因哈德的机枪停了下来，尽管其他人仍在开枪射击。四联装高射机关炮瞄准了朝着我们逼近的苏军人潮，曳光弹嗖嗖地从我们的头上掠过。如果没有这门高射机关炮，我们早就被敌人打垮了。工兵们也从侧翼用他们的两挺机枪猛烈开火，将敌人的步兵成批地射倒。

俄国人的第一辆坦克停在迈因哈德阵地的上方，发动机的轰鸣愈发响亮。它转动履带，在原地转着圈，碾压着地面。这时，我们的四联装高射机关炮用高爆弹在近距离内对着这辆坦克开火了，但在坦克炮塔厚厚的装甲面前，他们的火力并不比爆竹更加有效。随后就出事了！那辆坦克在右侧突破了我们的防线，在近距离内对着那门四联装高射机关炮开火了。第二发炮弹命中了那门火炮，把它炸得粉碎。金属零件和各种人体部件飞入空中，落在后面的雪地上，洒了一地。一条被炸断的腿，仍穿着一只毡靴，落在离我们几米远的地方，断腿上涌出的鲜血将雪地染成了红色。我们无助地对望着，每个人的脸都涨得通红。尽管天寒地冻，但汗水还是从额头流入了我的眼中。我的嘴发干，舌头黏在了上颚处。

此刻，敌人的坦克肆无忌惮地来回逡巡，它们抵达并占领了我们的阵地。这里已经没有任何东西能阻止它们冲入村内并把那里打个稀巴烂。但至少我们在村子里还埋设了地雷，敌人的一辆坦克已经无法使用。其他情况我们一无所知。

敌人的一辆坦克待在我们附近，继续碾压着地面，另一辆坦克在塞德尔身边翻搅着泥土，随即向右侧驶去，而第三辆坦克试图越过小丘冲向村内。第四辆坦克已经成功地越过了小丘，正不停地朝着村内开炮射击。尽管我们拼死抵抗，但一些苏军士兵还是设法突入了我们的阵地。在接下来的白刃战中，德林下士和他的人将这些苏军步兵缴了械。此刻，只有我的机枪和工兵弟兄们的两挺机枪仍在开火射击。为我供弹的魏歇特抱怨着机枪子弹糟糕的质量，一些子弹甚至被枪膛内的抛壳挺扯断。我们只剩下一根备用枪管可用了。

"猪猡"站在我身边，尽可能快地用他的卡宾枪射击着。他待在原地，用紧张的双手重新装弹。我没有看见格罗梅尔，因为他站在魏歇特那一侧几米远的地方。魏歇特迅速扔给他两根卡了子弹的枪管。

"伙计，把子弹弄掉，你很擅长的！"魏歇特朝着他叫道。

就在这时，他伏下了头，惊呼起来："该死，T-34发现我们的机枪阵地了。"

一辆T-34转动炮塔指向我们的阵地，朝着我们驶来，它的引擎轰鸣着。我把机枪拉入战壕，自己也趴了下来。格罗梅尔和魏歇特匆忙躲进了掩体中。"猪猡"已经趴在战壕里，就在我身后。

伴随着刺耳的金属射击声，一发坦克炮弹准确地命中了我的机枪刚刚所在的位置。冰冷的泥土和滚烫的弹片雨点般地落在我头上。我的耳朵里嗡嗡作响，感觉就像耳膜刚刚被震破了。刺鼻的灰尘钻进了我的鼻孔，涌入我的肺中。但我还活着，"猪猡"也活着——我听见他在身后发出了痉挛性的咳嗽。接着，坦克钢制履带挤压车轮所发出的嘎吱声再次传来。这真是要命的声音！我像条虫子那样紧紧地贴在地上，战壕里的一切都变暗了——这辆钢铁巨兽直接停在了我们头上，挡住了光线。

此刻，锋利的坦克履带撕扯着战壕的边缘。冰冷的土块落在我背上，把我半埋起来。这个怪兽想把我活埋吗？我记得别人曾告诉过我，坦克会在散兵坑上面来回打转，直到坑里的人不再动弹并被泥土闷死为止。这种死法真可怕！

我惊慌失措！也许跟其他人一起躲在掩体里会更安全些。我朝着掩体爬去，"猪猡"跟在我身后。掩体内一片漆黑，我几乎分辨不出其他人的面孔，但我能感觉到空气中弥漫着恐惧和不安。敌人的坦克此刻就在我们头上。它会干什么？它来回转动，试着将掩体压塌吗？地面冻得很结实，但掩体顶能承受住它的重量吗？

可怕的时间一分一秒地流逝着，除了等待，我们什么也做不了。等死吗？也许我们可以用一枚地雷或磁性聚能装药干掉它，可我们手上什么也没有，所以我们只能期盼并祈祷死亡与我们擦身而过。

我听见"猪猡"开始大声地祈祷起来，我觉得我也需要通过祈祷来稳定自己的神经。自我长大后就没有祷告过，我认为自己年轻、健壮，不需要年长者的帮助。可现在，面对生命中的恐惧和死亡，那些早已被遗忘的话语浮现在我脑中。我没有像"猪猡"和其他人那样大声说出这些祷告：我在内心里默默地祈祷，嘴唇动都没动。我祈祷我们能从重伤中被解救，从可怕的死亡中被解救。

尽管我们的状况没有发生任何变化，但在祷告后，我感觉到了内心的平静和信念，对此，我无法用言语表述清楚。"猪猡"也结束了祷告，他看了看魏歇特，魏歇特坐在一堆稻草上，盯着掩体的屋顶。格罗梅尔的呼吸声沉重而又激动，他也向上看着。每当坦克射出一炮，掩体顶便颤动起来，横梁和木板间的泥土和积雪洒落在我们的钢盔上。伴随着发动机的轰鸣，这辆钢铁巨兽再次移动起来，冰冻的土块落入掩体中，坦克履带看得更清楚了。

千万别被活埋！这是我最担心的！魏歇特和其他人惊慌失措。

"快跑！"他惊慌地叫着，第一个冲到了掩体门口。

掩体门前堆着些冰块，魏歇特用脚把它们推开，设法挤了出去。战壕已被泥土和积雪半埋，我的机枪也被埋在了下面。不远处的战壕里，几名苏军士兵正在来回走动，瓦利亚斯和塞德尔朝那里扔了几颗手榴弹。我们听见工兵们仍在他们的战壕中开火射击。炮弹落在我们的阵地前，并在四周炸开。工兵们试图用他们的迫击炮提供交叉火力，这能阻止苏军步兵，但却挡不住他们的坦克。

停在掩体上的那辆坦克终于离开了，朝着村子驶去。我们这才意识到，刚才是死里逃生，地面上的履带印表明，那辆坦克错过了我们的掩体，它刚才是在掩体的左侧碾压地面。此刻，它正朝着工兵们的机枪阵地开火。我们惊恐地看着那个阵地挨了一炮，随即意识到，那挺机枪完蛋了，然后，那辆坦克转身返了回来。

T-34坦克沿着交通壕随意开炮，它来回转动，肆意碾压着战壕，卷起的大块泥土很快便将战壕填满。两名士兵惊恐而又绝望地跳起身，试图逃离战壕，但随即被坦克上的机枪刈倒。另一名士兵勇敢地朝着坦克炮塔投出了一颗手榴弹，但其效果就像是一颗雪球撞上了墙壁。这名士兵的逃离速度不够快，结果被坦克履带压倒在地。坦克炮塔的顶盖打开了，数枚手榴弹被扔进战壕中。

就在我拼命想把机枪从泥土中挖出来时，"猪猡"朝向我们冲来的两个苏军士兵扔出了一颗手榴弹。他们倒在雪地上痛苦地翻滚着。魏歇特来不及给卡宾枪重新装弹，他一把夺过格罗梅尔手里的步枪，对着即将跳入我们战壕中的一个俄国人开火了。我用手枪击中了另一个俄国人，鲜血从他喉咙处的伤口滴下，他叫喊着跑了回去。其他人也跟着他跑了。我们再次得到了喘息之机。此刻，战壕里只剩下几个苏军士兵，但那辆T-34仍在。它碾压着履带下的一切——这里没人能干掉它。

就这样完了吗？一辆T-34就能把我们全干掉？空气中弥漫着恐怖，但在面对那辆钢铁巨兽时，也有万般的愤怒和一丝无奈。一名士兵的神经再也承受不住被困在战壕里的压力，他跳起身逃了出去。T-34转身追了上去，把他撕成了两半。一幅可怕的场景！格罗梅尔忍不住呕吐起来，他爬回到掩休内。

坦克一遍遍地碾压着阵地，然后，它慢慢地逼近了我们的掩休。轮到我们了吗？它是不是知道我们还在这里，还活着？我们该怎么做？逃跑不是个好办法，但不跑的话，这座掩体就将成为我们的坟墓！在潜意识中，我听见村子里传来几声爆炸，这让我想起了另外几辆坦克。但我的心思完全集中在眼前这个钢铁巨兽上，它的发动机轰鸣着，正朝我们驶来。它一边移动一边开炮，并用机枪扫射着火炮的盲区。

没有获救的希望了吗？我迅速祈祷了一番，并看了看其他人，他们正无助地隐蔽着。这次，那只巨兽还会漏过我们吗？我们还会像上一次那样走运吗？

我最后看了一眼那辆T-34，此刻，它距离我们已经不到30米，就在这时，我突然感到从地狱升到了天堂。我的恐惧消失了，体内的血液兴奋地奔涌起来。身边的一切都已被遗忘，我的眼中只看见一辆拖车牵引着一门反坦克炮从小丘后出现了。拖车甚至还没停下，三个人已经跳下车，迅速解下火炮，把它推入了阵地。炮手转动火炮的轮子，对准了那辆坦克。T-34发现了这门反坦克炮，它们之间的距离不到100米。

坦克炮塔慢慢地转动，寻找着目标。谁会先发制人？肯定是我们的反坦克炮。但它能击中敌人的坦克吗？第一炮就将决定胜负！我把其他人叫出掩体，而我自己却兴奋得差点摔倒。随即，火炮的射击声穿透了烟雾弥漫的空气，闪电般的爆炸照亮了四周，炮弹命中了——正好击中坦克的炮塔！随即，第二发炮弹接踵而至，再次命中了坦克，T-34的炮塔被炸得腾空而起，歪倒在一侧。

"好哇!"许多发炎疼痛的喉咙异口同声地欢呼起来,几个小时来的恐怖和绝望,神奇地得到了纾解。得救了!在关键时刻我们获救了!那些操纵反坦克炮的家伙真神了,他们的第一炮就决定了这场战斗的胜负,使我们从徘徊在四周的死神手里侥幸逃生。我很想狠狠地拥抱那些炮手,他们的行动太英勇了。"猪猡"、格罗梅尔和魏歇特也迅速恢复了常态。

就在这时,两个俄国人像被蜜蜂蜇了那样,慌慌张张地冲出德林下士的掩体,兴奋激动的我们并没有注意到他们,于是,这两个家伙朝着他们的出发地逃去。没有枪声和炮声,此刻,双方出现了暂时的停火。我们无法忍受继续待在战壕里了。于是,大家爬了出去,其他人也像钻出洞穴的老鼠那样爬了出来,一个个浑身泥泞,面色苍白,但都为自己还活着而高兴。后来我们获悉,今天,除了轻伤和重伤人员外,我们还有八个人阵亡,其中有一些显然是被活埋在掩体里。

令我们沮丧和悲痛的是,德林下士和他的两名部下也在阵亡人员中。我们几个被困在战壕里的人,瓦利亚斯和塞德尔毫发无损。屈佩尔头部和肩部负伤,跟其他伤员一起,被送回到村子里。迈因哈德失去了他的机枪,他没来得及从敌人的坦克履带下抢回机枪。维尔克也在这场梦魇中得以重生。

反坦克炮组的几位成员此刻都在战壕中,魏歇特和我过去看望他们,并对他们的救命之恩表示衷心感谢。我们与小丘之间的地面被坦克履带翻了个底朝天,其间混杂着积雪。空气中弥漫着一种新的、特殊的气味,这种味道来自散落在地面上,支离破碎的人肉。不知怎么,对死尸我多少有些习惯了,可现在却完全是一种新的、可怕的体验。

倒在这里的不仅仅是些尸体,有的尸体上带有明显的伤口,还有的尸体,某些部位已经消失不见。地上还洒落着来自胳膊、大腿或臀部的肉块,甚至还有半个头颅,上面仍戴着已经损坏的钢盔。这些是88炮和四联装高射机关炮组员们的遗体,他们被T-34的炮弹直接命中,被炸得粉身碎骨,残骸被抛入半空。我们蹒跚着向前走去,这一幕太惨了。

另一群士兵赶过去,也对那个英勇的三人反坦克炮小组表示感谢。炮组的领导是一名下士,胸前佩戴着一级铁十字勋章和银质战伤勋章,证明他早就是个作战经验丰富的士兵。在我们眼里，他是个英雄，如果不是已经获得了一级铁十字勋章的话，他现在也应该得到一枚。三个人钢盔下的脸胡子拉碴，满是污垢和汗水。这位下士看上去很面熟，我曾在哪里见过他？我朝着他们走去，他转过身来，我认出了他。

"海因茨！海因茨·鲁曼！"我叫道，旁边人都吃了一惊。

尽管我的脸上污秽不堪，但这位下士也认出了我。在斯大林格勒包围圈外，这个荒芜的桥头堡，意外的重逢充满了惊讶和兴奋，我们俩搂在一起。海因茨对这一巧遇仍感到惊讶不已，他想知道我是何时、如何到这里来的。

我向他解释了情况，这个世界真的很小，生命中经常会有这种奇妙的重逢。幅员辽阔的俄国，此刻有数百万德军士兵，我却与海因茨·鲁曼相遇了，他是我们家乡小学和中学校长的小儿子。更重要的是，在受到生命威胁的关键时刻，他不仅救了我，也救了我们其他人。

大约在八天前，他从顿河南岸的下奇尔斯卡亚到达这里。昨天他接到了命令，让他用反坦克炮为我们提供支援，以对付苏军的坦克。从海因茨那里我第一次获悉，我们在顿河南岸建立了两座桥头堡，由数支部队的残余力量坚守，而我们这支队伍守卫着前突的"刺猬"防御阵地，是一支"缓冲部队"——换句话说，我们就是一支将被主动牺牲掉的部队。

问及另外三辆坦克时，他告诉我，一辆坦克在村边碾上了地雷，他干掉了另一辆沿着铁路线前进的坦克，第三辆苏军坦克从东北方进入村内，结果被我们剩下的最后一辆坦克击毁，但我们的坦克也因履带损坏而动弹不得。我们还有许多来自家乡的消息需要交流，但他已经得到了命令，马上要返回村内的阵地。离开时，他又把我叫过去，告诉我说，下次有机会的话他会来找我，这样我们就可以在一起好好聊聊往事了。

不幸的是，这个愿望没有实现：我再也没有见过海因茨·鲁曼。我一直没能弄清，他是否在12月13日阵亡在村子里，他是不是被留在顿河那里的人员之一，或者，他会不会在顿河和奇尔的防御战中阵亡或被俘了。另外，我在接下来的休假中经常能看见他的父母，我跟他们谈到了这次不寻常的重逢，但并未从他们那里获知他究竟出了什么事。

现在，迈因哈德成为剩下的十四名士兵的领导，因为在我们当中，他的军衔是二等兵。没轮到我站岗时，我睡得像根木头。可当瓦利亚斯唤醒我时，我匆匆跳起身，敏捷得就像关在笼子里的动物刚刚被放出来那样。我仍有些迷迷糊糊，但这证明了一点，我的神经并没有彻底恢复到常态。我想到，这跟迈因哈德从斯大林格勒来到我们这里时一样。天哪，在布济诺夫卡的掩体区时，我们充满了对获取胜利的渴望！对等待赶赴前线参战的机会深感不耐！现在，经历了整整三个星期的战斗后，再也没人提起英雄主义或作战热情了。相反，我们唯一的希望是活着逃出这个死亡陷阱。这场战争并不是我们所想象、所谈论的那样。作为一名士兵，你知道战争也意味着死亡。但在没有亲身经历过的情况下谈论它，就像讨论一栋失火的房屋，而你并不在屋内那样。我们已经置身于火海中许多天，并感受到炽热的温度，我们还失去了许多战友。

12月12日。清晨，维尔克来换岗时，一抹淡红色的光亮出现在东方的地平线上。

"今天将是阳光灿烂的一天，"维尔克说道，我表示了同意。

随着天色渐渐放亮，气候总是会变得更加寒冷，我冷得要命，很高兴能回到温暖的掩体里。"猪猡"靠着墙壁，嘴里嚼着一块面包。格罗梅尔也醒着，为我热着一杯咖啡，尽管咖啡是在一个小时前送来的。就着方块面包，我们还得到了一勺果酱，这是很长时间都没见过的东西了。

格罗梅尔绝对是个很好的朋友，但我无法确定自己是否真正地了解他。他真的无法对着敌人开枪吗？为什么？不可能是出于恐惧，因为在我们发起反击的时候，他毫不犹豫地加入了我们的行列。但在昨天的战斗中，魏歇特夺过他的卡宾枪时，发现枪上的保险还没打开，这太糟糕了。倘若敌人距离我们再近些，这种情况的严重性是显而易见的。不过，他也通过某些事情对此加以弥补，例如清理卡在机枪枪管内的子弹。在这方面，他是个专家。通常，留给我们清理被卡住的子弹的时间很短，但这对他来说毫无难度。在昨天的激战中，格罗梅尔起到了很大的帮助。

我们看见空中有一架德军的双尾翼侦察机，正朝着斯大林格勒飞去。它飞入了高射炮火形成的白色烟雾中。没多久，这架侦察机便被击落了，在空中留下了一道黑色的烟雾。另一架飞机飞得很低，在我们村子的上空投下了一些补给物资和弹药箱。看来，今晚我们又将得到些饼干了。

除了遭到一个小时的炮击外，今天可以被看作是平静的一天。格罗梅尔清楚地知道每个星期的每一天，他告诉我们今天是星期六。但这与其他的日子有什么区别呢？今天就像个假日。我们现在的要求真的不高！仅仅因为遭受的炮击比平日少一些，我们就感到了安宁和平静。但明天还会像今天这样吗？我们希望如此，可这种愿望仅仅是梦想而已：在现实中，它会像春季阳光下融化的积雪那样消散。因此，明天可能会像过去一样，几乎没有什么希望，也不存在任何未被提及的问题。这次会轮到谁呢？谁将冰冷而又僵硬地躺在残酷可怕的俄国土地上呢？谁会死去，并被他的朋友们所目睹、所哀悼呢？

没人能事前知道自己是否会是下一个。对那些不幸被击中的人来说，死亡总是突如其来，而且总是来得过早。死亡降临时，我们希望它能迅速结束。到目前为止，我所听见的哭喊声都是来自我们的敌人，他们身负重伤，奄奄一息地倒在我们阵地的前方。我经常在夜里醒来，觉得自己听到了他们在黑暗中发出的呻吟，但没人能救他们。上帝保佑，别让我们遭受这种可怕的命运。

12月13日。昨晚，我睡得很不好。格罗梅尔想叫醒我时，我其实已经醒了。我的内心并不平静，但我无法对此做出解释。胃里有种不适感，就像个蚁冢。屋外的寒冷可能对我会有些帮助。

我遇到了正在巡逻的瓦利亚斯，他告诉我，有传言说，霍特大将率领着他的装甲部队，正赶往打破斯大林格勒包围圈的途中。这是真的？还是像以前那样，仅仅是个传闻？也许，这真的是一次重大的救援行动，这不正是那些被围困的将士们热切期盼的吗？不过，这次救援行动会不会为我们这个饱受摧残的"刺猬"阵地做些什么呢？再一次，这些问题似乎没人能做出回答。

突然，风里传来了一种我们过去从未听过的声音，有点像号声，远近不一地重复着。后来，我们听见了强有力的发动机声，从奇尔方向而来，穿过夜色朝着我们逼近。号声是个全新事物，我们无法据此判断出对方队伍的头尾。遇见迈因哈德时，他说他注意到那个方向的探照灯不时地被打开。

"看来，他们正在那里集结部队，"他自言自语地说着，随即又补充道："伊万们肯定在策划些什么！要是我们知道是什么就好了。"

我们周围的气氛变得紧张起来。此刻，整个防区保持着戒备。士兵们出现在战壕中，紧张地来回走动着。每个人都紧紧地盯着前方，但此刻天色尚黑，什么也看不见。清晨5点，我去叫醒魏歇特时，他已经站在掩体的前面，凝望着奇尔的方向。胃部的紧张感现在更加强烈了，我记得在家里时，也有过同样的不安，通常出现在我将要参加重要的体育比赛开始前。可是，在这里，这种不安更为强烈。这是一种凝聚起来的兴奋和刺激，由某种正在逼近，但我们却不知道究竟是什么的威胁所造成。

一种令人窒息的局面！可我们不得不等待，一直等到天色放亮。矮小的格罗梅尔是唯一一个待在掩体里的人。我走进掩体，用暖炉仅剩的一点点热量热了点饮料。这些饮料是昨天空投的补给罐里剩下的。格罗梅尔正在睡觉，但他的呼吸不太规律。他面对墙壁躺着，身子不时地发出抽动。正当我把加热过的饮料从饭盒倒入杯中时，他突然站起身，嘴里叫嚷着，朝着掩体的入口冲去，但他依然处在半睡眠状态。我惊讶地放下杯子，伸手拉住了他的衣袖。格罗梅尔拼命挥舞着胳膊，叫嚷道："猪猡！猪猡！我来了！救救他，救救他！"我抱住他的腰，紧紧地箍住他的双臂。然后，我看见他再次平静下来。

魏歇特站在我们身边，轻声问道："小伙子，怎么了？做噩梦了吗？你知道，'猪猡'在迈因哈德的掩体里。"随后，我们走出掩体，来到了清晨雾蒙蒙的空气中。东方出现了一道狭长的光线，宣布新一天的黎明就此到来。格罗梅尔仍有些昏昏沉沉，他试图找到恰当的话语来解释他做的梦，但他的声音被彻底淹没在随之而来的巨响中。

朝我们扑来的敌人肯定有上千人，像个沸腾的地狱那样吞噬着我们周围的土地。我们还没来得及跑回掩体，在外面站岗的维尔克慌慌张张地跑了过来，摔倒在我们面前。我们不安地相互看了看，每个人都脸色苍白。没人说话，但很明显，恐惧充斥着我们皮肤上的每一道皱褶。我们的眼中闪烁着狂乱的兴奋。浓烟滚滚！火焰和闪亮的金属从空中落在我们四周。如果不知道毁灭性的炮火是来自苏军一方，我们肯定会理所当然地认为，在这里，12月13日，世界末日来临了。

我无法忍受再待在掩体内：我想看看将把我们彻底毁灭掉的地狱。刚把头稍稍探出掩体，我便被吓得呆若木鸡。整个地面舞动着，带着地狱般的混乱向山丘处延伸。没有一平方英尺的地面是平静的，喷泉般飞出的泥土混杂着冰冷的积雪和闪亮的金属片四散纷飞，这片地带被雨点般落下的炮弹彻底翻了一遍。但没有人能挪动半步，以避开这场灾难。雷鸣般的爆炸和空中的尖啸如此剧烈，我们再也无法忍受这种声响了。掩体的顶部已经被迫击炮弹、斯大林管风琴和步兵轻武器制造出许多浅坑，但在两天前，我们刚刚对屋顶进行过加强，所以到目前为止，它还能撑得住。

半小时后，这场地狱般的灾难有所减弱，但对我们来说，这段时间漫长无比。交通壕和我们的阵地几乎被填满，我们还活着，这是个奇迹。敌人现在想干什么？我们知道，这种疯狂的炮击是他们进攻前的准备，但敌人仍隐藏在清晨的薄雾后。

有人叫着我的名字！然后，我们看见了瓦利亚斯。冒着迫击炮弹的爆炸，他朝着我们匆匆跑来，来到我们面前时，差一点摔倒在地。瓦利亚斯气喘吁吁，几乎说不出话来，污秽的脸上满是汗水和泥浆，但我们仍能看出他的面色苍白如纸。

随即，瓦利亚斯尖叫起来："德林的掩体又被击中了！迈因哈德、猪猡和另外几个人都被炸死了。掩体外的一个小伙子只负了轻伤，我已经为他进行了包扎。可塞德尔和另外两个人也负伤了，我需要更多的绷带，这样才能为他们包扎。"

魏歇特将两包绷带塞进他的手里，瓦利亚斯沿着之字形匆匆跑了回去，以避开袭来的迫击炮弹。

迈因哈德和"猪猡"的死，对我们是个沉重的打击。我流下了眼泪，这并不仅仅是刺鼻的烟雾所造成的。恐惧越来越紧地纠缠着我，我的喉咙发干，我觉得自己似乎就要被勒死了。我的目光盯着瓦利亚斯，看着他毫发无损地跳入了战壕。

随后，维尔克歇斯底里地大叫起来："坦克来了！一大群——数量很多！"他最后的这句话被淹没在坦克朝着我们射出的炮弹的爆炸声中。

随即，我也看见了它们！起初，它们像一堵火墙那样朝着我们推进，然后，一大群棕色的钢铁甲虫越过白色的草原朝我们慢慢逼近。一场坦克的进攻！维尔克匆匆数了数，50辆，但肯定不止这个数字。原来，这就是俄国人想干的——他们组织起一场大规模的坦克攻势，来对付我们这个孤零零、装备简陋的前哨阵地，这处阵地长时间地阻挡住了他们，并给他们造成了太多的损失。

T-34坦克喷射出深具威胁的炮火，沿着与铁路线平行的道路向村子驶去。只要十五分钟它们就能到达村落，并从后方席卷或切断我们的阵地。我们知道我们已经无法守住这里了，这段永无休止的恐怖时刻，其可怕的结局即将到来。问题是，我们是否还有逃生的机会呢？

我们站在掩体的掩护中，脸上满是汗水，紧盯着迎面而来的坦克，此刻，翻搅着地面的剧烈爆炸，向着山丘的安全处延伸。山丘附近的一些士兵跳出战壕，朝着隐蔽处跑去。他们想抢在坦克前赶到村子里，这样，他们便可以渡过冰冻的顿河逃生。越来越多的士兵这样做了。他们奔跑着穿过雨点般的炮火和弹片。但他们需要奔跑的距离较远，能让他们生还下来的机会很小。地面上散落着武器、大衣、装备以及其他的物品，丢弃这些东西能让他们跑得更快些。许多人被击中后倒在了地上，还有些人挣扎着爬了起来，流着血继续逃命。我们该怎么做？

格罗梅尔和维尔克像笼中的困兽那样在掩体里进进出出。魏歇特伏在我身旁，也准备逃跑，但他还没决定该如何行事。他指着两个跳出战壕的家伙，这两人穿过致命的炮火，朝着安全处跑去。我认出了高个子的瓦利亚斯，另一个是塞德尔，他的头上扎着绷带。塞德尔倒下了，但随即又跳了起来，继续奔跑。维尔克激动地朝我们打着手势，示意敌人的第一辆坦克已经到达了村子。我们该怎么办？跟着他们一起跑？我们距离那座小丘最远，就算能幸运地跑到那里，山丘后面等待我们的又会是什么呢？

但很明显，我们也不能待在掩体里——这意味着我们会被打死或被困。就算不死，活着让俄国人抓俘虏吗？我无法活下来的。

"他们都跑了！"维尔克激动而又惊讶地叫嚷着。

"不，不是所有人，还有些人仍在阵地上，"魏歇特回答道。

但维尔克已经脱掉了他的武装带，冲入了这口沸腾的大锅。我看见他一边跑一边扔掉了沉重的大衣，然后，我扶着魏歇特和格罗梅尔爬上了战壕，他们已经扔掉了一切不必要的行装，匆匆逃命。现在，轮到我了！我是最后一个吗？不是，我看见战壕里还有几个人等待着。还等什么？无非是两种选择——逃命或留下。继续留在掩体里，等着俄国人穿过炮弹的爆炸赶到，这需要极大的勇气。

我是个多么出色的士兵啊！我并未扔掉身上的一切，而是希望带着自己的腰带和所有的装备。奔跑的时候，我马上意识到，自己的速度不够快，于是，我边跑边扔掉了自己的大衣，松开腰带，让身上的东西落在了地上，手里只握着一支鲁格尔手枪。

我冲过地上的弹坑，跌跌撞撞地跑过逃命的士兵丢弃的物品。炮弹在我四周不停地爆炸。这是一场生与死的奔逃。许多人并未能逃至小山丘后，他们无声无息地倒下，或者就是在地上呻吟着，还有些人喊着救命。我怎么救他们？我随时可能倒在他们身边。死亡或身负重伤的恐惧打消了其他所有的念头，我只看见保住自己性命的唯一机会。等到达山丘并藏身于山丘后时，我剧烈地咳嗽起来，浑身被汗水湿透，我的那些战友早已消失在视线外。我被一具尸体绊倒，摔倒在雪地上，这里的雪地一片洁净，几乎没有人践踏过。将我绊倒的这具尸体是施瓦茨下士，他倒在数处伤口所形成的血泊中。从面色上判断，他死了没多久。

随即我发现了自己面前新的危险。数辆T-34在村子前方逡巡，挡住了我们的逃生去路。它们驱赶着前面的几名士兵，这些逃命的德军士兵像兔子那样沿着之字形路线奔跑，试图躲开坦克。但俄国人的坦克用机枪开火了，一些人被射倒在地，随即又被坦克履带碾得粉身碎骨。我必须冲过去！这个念头不断地在我脑中回荡——我必须待在坦克的盲区！子弹在身边呼啸掠过，我突然感到左胸部遭到了重重的一击。中弹了？可我并未觉得有什么削弱了我，并让我放缓脚步，于是我继续向前猛跑。

突然，维尔克出现在我身边，他跪下双膝，大声咳嗽着。

"该死，我坚持不下去了！这简直是要命！"

我抓住他的胳膊，把他拉了起来，但刚走了几步，他的双腿再次软了下来。他被击中了？就在这时，我惊恐地看见一辆T-34坦克朝着我们冲来。我用尽全身最后的力气跳到了一旁，但维尔克再也站不起来了。坦克履带从他身上碾过，他那惊恐的惨叫声被淹没在坦克的炮声中。它从来不会注意有人被它轧死了。现在，坦克朝着单独的士兵射击着。再也没有阻碍我的东西了：我没命地奔跑起来，肺部喘得像一对陈旧的风箱。终于，我跑到了一个围栏处，纵身跳了过去。我摔倒在另一侧坚硬的地面上。我在地上躺了片刻，汗水从额头流入了眼中。我用手背擦抹额头时才发现，手上全是血，但我摔倒在石块上，手上仅仅被轻微地擦伤。然后我注意到一间支离破碎的小屋，它能为我提供些掩护——我必须赶到那里！我紧走了几步，来到了小屋前。

破裂的房门倒在地上。等我发现残存的墙壁后埋伏着一辆T-34坦克时，已经太晚了。坦克的炮塔盖敞开着，一声雷鸣般的炮击几乎将我的耳膜震碎。突然，一名苏军士兵跳过墙壁走进屋里，随即停住了脚步。我们俩都大吃一惊，相互对望着。此刻的他手无寸铁，而我手里握着一支鲁格尔，正对着他。这个俄国人很年轻，和我差不多大，他不安地盯着我手里的枪。如果他攻击我，我就开枪，但他没动：他只是站在那里，两只手垂放在身体两侧。

我慢慢地向后退去，直到身子碰上了一根横梁。然后我转身朝着河岸处的灌木丛跑去。在那里，我遇到了一群德军士兵，和我一样，他们筋疲力尽，在这里稍事喘息后，他们朝着冰雪覆盖的顿河冰面逃去。大批苏军坦克的机枪火力和炮火集中到了河岸上，冒着可怕的枪林弹雨，这些德军士兵试图渡河逃至对岸的安全处，以便加入到其他德军的行列中，他们完全处在惊慌失措的状态，正为了自己的生存而苦苦挣扎。为了避免落入无情的敌人的手中，他们选择了较小的风险——跨过致命的冰面，就在几分钟前，这里还是一片平静。我也抓住了这根希望的稻草，朝着对岸冲去。

对坦克来说，冰面太薄了，因此，它们沿着河岸排列在高地上，对着我们开火射击，就像是在靶场打靶。炮弹不停地爆炸，在我左右两侧，不时有人倒在雪地上。白色的伪装服被他们身上的鲜血染红了。被打死的人堆积如山，负伤的人呻吟着，呼叫着救命。许多地方的冰面被炮火击碎，激起的水柱高高地窜入空中。冰面破裂后，倒在积雪上的许多尸体消失进汩汩的河水里。我跌跌撞撞地跑过冰面上的死者和伤者，耳中只有爆炸声，我意识到，地上的积雪已被鲜血染成了红色。最后，我终于跑到了对岸的安全处。

我们当中，并没有太多人成功地逃至遥远的河对岸，并在那里的白桦林中获得隐蔽。可就算在这里，我们也不安全。坦克炮弹在树梢上炸开，弹片和树枝雨点般地落下。许多人以为自己已经安全了，结果却在这里负了伤。

树林中有许多掩体。正当我们跑过一座掩体时，一名下士朝我们挥着手，示意我们进去。我跟跄着冲进了掩体的通道，花了几分钟时间才恢复了正常的呼吸和说话能力。感谢上帝，我终于在这场渡过顿河的死亡之旅中生还下来。

这些掩体的状况好得出奇，不仅干净，而且相当专业，都是用相同长度的白桦树干搭建而成，肯定是为了长期防御而建造的。不过，谁知道它们在这里被空置了多久呢？一名士兵估计，这些掩体曾被一支炮兵部队所占据，他看见过顿河河岸上准备的炮兵阵地。我认为这些掩体在这里可能已经有一段时间了。

那位下士递给我一根烟。当我伸手到左胸袋里掏打火机时，我的手指夹住了一块铁，打火机已被一发子弹或弹片打得变了形。手指摸到的地方，金属壳已被击破，我甚至能闻到军装上渗出的打火机油的气味。我想起在我到达小山丘时，左胸部感到重重的一击。这只坚硬的打火机，是上等兵格拉拉在斯大林格勒时给我的，可能就是它救了我的命。我不知道他和其他人现在怎么样了。但现在没时间缅怀往事——我们必须继续逃命！最后一批逃过顿河那场可怕磨难的士兵中的一员气急败坏地说，敌人的步兵和迫击炮部队正踏过冰面，很快就会到达这里。

我们没有武器，根本无法挡住他们。那位下士丢弃了他的冲锋枪，而我手上只有一把手枪。下士跑在最前面，穿过树林中的灌木丛，我们紧紧地跟在他身后。每个人都显得惊慌失措。头顶上，我们听见迫击炮弹在树梢处的爆炸声，碎片雨点般地朝我们落下。此刻应该是钢盔派上用场的时候，可我们在仓促逃命时，为了减轻重量，早已将它们丢弃。

在树林边缘，我们出现在一片冰雪覆盖的草原前。冰冷的寒风将粉状的雪吹入小土堆，土堆渐渐变成了大雪堆。我的体力慢慢地得以恢复，身上的汗水渐渐消退了。但现在，我开始发冷。其他人的情况也和我一样。我们把衣领竖起来，仍戴着帽子的人把护耳拉下，遮挡住自己的双耳。

我们顶着寒风，隐蔽在一道峡谷中，在这里，我们遇到了另一群筋疲力尽的士兵，他们也是我们部队的人。他们已经在雪地里挖了坑洞，以躲避刺骨的寒风。令我高兴的是，在一个雪坑里，我遇到了我的朋友，瓦利亚斯和格罗梅尔。他们俩平安地逃过了顿河，但现在却冻得要命。瓦利亚斯的头上甚至没有帽子，而格罗梅尔则坐在雪坑里瑟瑟发抖。

寒冷会致命，特别当身体憔悴到像我们这样。而且，这里看不见房屋和谷仓——根本没有温暖的容身处。因此，我们必须继续前进，直到找到自己人为止。可他们在哪里呢？他们会不会去了南面更远处，以至于我们找不到他们？冒着寒风行军非常累人，尽管运动能让我们保持些温度。

一些负伤的士兵再也无法前进半步了。我们在下一道峡谷处休息，并在雪地里挖了些坑。但在坑里待太久会把我们冻僵，所以我迫使自己不时地站起身，来回奔跑几步，以放松自己僵硬的身体。

12月14日。清晨时，我们被猛烈的炮火赶出了峡谷：俄国人发现了我们，并用迫击炮对准我们实施炮击。我们像受惊的公鸡那样四散奔逃。刺骨的寒风将冰冷的雪花抽到我们滚热的面孔上，雪花立即融化成细细的水流，随即又被冻成小小的冰块，挂在我们胡子拉碴的脸上。重新集结起来后，我们听见右侧传来了交火声，突然，一股德军士兵出现了，他们冒着纷飞的大雪朝我们跑来，大声叫喊着：俄国人就在他们后面。我们加入他们的行列，一同奔跑起来。在我们身后，伴随着步枪的射击声，俄国人的一挺机枪吼叫起来。一名德军士兵转过身，疯狂地叫喊着。他举起步枪，朝着敌人拼命开枪，可没走几步，他便中弹倒在了地上。又一个士兵阵亡了。

我们拼命奔跑着。身后的射击声越来越猛烈。枪声中，我们听见了苏军先头部队的叫喊声，"乌拉"的喊声就在我们身后，这让我们逃得更快了。突然，三辆坦克出现在我们前方——德国的突击炮！它们等待着，直到我们从它们身边跑过后，它们这才开火了。我们身后的枪声和叫喊声沉默下来。突击炮慢慢地向前驶去，并以最高的频率开炮射击。我们突然发现自己置身于一个战斗群中，在坦克的支援下，他们发起了反击，将敌人赶了回去。可这种状况能持续多久呢？

跟随着这场反击，我们加入了这支部队，随后又跟着他们返回到进攻出发地。一名负责的少尉决定把我们这三十来人整合到他的部队中。他们居住在一个集体农场和一些农场建筑中。尽管我们获得了一些吃的东西，这是两天来的第一次，可我还是觉得悲惨无比。或者，这就是怯懦吗？不管怎样，一名刚刚穿过炙热的地狱的士兵，看起来他似乎已经向自己所遭受的苦难屈服，就像大多数他的朋友和战友那样，你还能指望他什么呢？他是否应该将死亡作为士兵的命运，心安理得地予以接受，并继续战斗下去呢？该死的！如果我们发起一场进攻，并有一些获胜的机会，那我会这样做的。可现在，我们正在仓皇逃窜。当你手里不再有任何可用于保护自己的东西时，这是怯懦吗？

我们三个最终加入的这群乌合之众，的确对我们战斗意志的提高毫无帮助。他们都是些散兵游勇，就像在雷特斯乔夫加入我们队伍里的那些人一样，那帮家伙士气低沉，我们根本无法安排他们作战，他们所想的只是如何更好地逃命。我们都曾听说过，当领导的是如何使用他的枪让这些人听话的——这帮家伙都曾是逃兵，看见敌人撒腿便跑。有些人甚至对着自己的胳膊或腿开枪。他们会用一片面包挡在枪口前，以免留下火药或灼伤的痕迹。自伤的行为一旦被发现便会被送交军事法庭，可以肯定，等待他的将是枪毙。

一名二等兵将被送交军事法庭，因为他被认为故意让自己的双脚被冻伤。他们送他去救护站前，他告诉我们，随着俄国人发起的一场进攻，他靠装死捡了条命。为了不被敌人发现，他躲在一个雪堆里过了一夜。第二天早晨，另一支德军部队发起了反击，他获救了，可他的双脚冻成了两个冰块。不幸的是，这支部队里没一个人认识他。

新的部队给我们配发了卡宾枪和弹药。另外，我还得到了一套旧衣服，这套衣服原本是一套白色的伪装服，包括一件夹棉外套和一条裤子。但我们没有得到钢盔。寥寥无几的几座房屋被挤得满满当当。我们班住进了一间棚子里，构成棚壁的木板间的缝隙非常大，透过缝隙，狂风席卷着冰冷的雪花吹进棚子里。我们尽量用地毡把这些缝隙覆盖上，棚内只有潮湿的稻草可供我们睡觉。可尽管如此，还是比我们在冰冷的草原上露营要强得多。第二天早晨，我们得到了一些热饮，尽管是替代品咖啡，但它至少让我们的体内产生了一丝温暖。

12月15日。我的情绪已经跌至谷底。我们获知，已经有一群士兵坐着卡车离开，现在，我们也要跟着三辆突击炮和两部卡车撤离。据说，那些离开的士兵来此之前属于一个惩戒连。真是谣言满天飞！

我们出发了，一直向前，朝着前线的某处而去。雪下得更大了，很快，我们便只能看见前方一片白色的地面，只有偶尔出现的灌木丛将其打断。阵地在哪里？如果它们真的存在，肯定也已被积雪覆盖。身后的房屋早已消失在这片雪幕后。在这片冬季的荒原上，队伍里的中士似乎显得局促不安。他决定在一道宽阔的峡谷前停下。

突然，某个地方传来了步枪的射击声。几个身影穿过纷飞的雪花出现了，跟着我们跑入了峡谷中。他们是从敌人那里逃出来的德国士兵。他们告诉我们，从昨天起，他们就在这片积雪覆盖的荒原上迷了路，到处都是俄国人，他们完全是因为运气好才没有落入敌人的手中。他们所属的战斗群驻守在冰冻的奇尔河畔，昨天，一群苏军坦克搭载着步兵打垮了他们的防御。幸存的德军士兵四散奔逃，此刻正在这片大草原上四处游荡。在刚才的交火中，一名士兵身亡——他再也无法前进一步了，因为昨晚睡着后，他的两条腿都被冻僵。在我们前方的苏军士兵正忙着架设起四门迫击炮，准备对我们开火。

我们的中士犹豫不决，他派一名传令兵回去，要求三辆突击炮赶上来。只要它们赶到，我们就将对敌人的迫击炮阵地发起进攻。我们等待着——由于天寒地冻，我们在雪地上挖了些藏身处。有那么一刻，我们身上很暖和，因为刚刚经历了行军，但随着风力加剧，寒风透过衣服传到身上，使我们不由自主地颤抖起来。瓦利亚斯不时地用手拍打着小腿、胳膊和肩膀。他所得到的冬衣太短，脚上穿着双裂了缝的旧毡靴，这双靴子是从一名阵亡的士兵脚上扒下来的。格罗梅尔也穿着一双旧毡靴，他的大衣破破烂烂，是那种薄薄的陆军款式。但他说里面还穿了件很暖和的羊羔毛背心，在集体农场时，另一名士兵试穿过这件背心，结果发现它太紧了。格罗梅尔的头上戴着顶俄国的毛皮帽，这是一名突击炮组成员给他的。结果，这让他看上去像个俄国佬，我们中的一些人已经开始称他为"伊万"。我身上穿着那套伪装服，遮风挡雪的效果相当好，可在这个血腥的国度，我仍觉得冷得可怕，拿破仑和他的大军就曾在此全军覆没。那段历史的详情，我曾在书上读到过，现在，轮到我亲身经历这一切了。自己可能会在这片白雪皑皑的荒原上负伤，无助地躺在地上，直到身体慢慢地被冻成冰块，想到这些便让我不寒而栗。

突击炮怎么还没来？我们左等右等，然后——太迟了！我们听见了迫击炮弹破空的呼啸，尽管炮弹的落点离我们稍有些距离，可尖啸的弹片四散飞溅，从我们头上不远处掠过。这种情况并未给我们造成太大的恐慌：我们曾经历过比这更为严重的状况。我甚至决定站起身来，这样便可以让双脚活动一下。接着，一发炮弹在我们对面的斜坡上炸开，我们甚至能看见弹片在雪地上嘶嘶飞过。一名士兵大叫着，我觉得左膝盖下传来一阵轻微的疼痛。他们召唤着我们组里的医护兵，此时，这位医护兵正在照料一名大腿处被弹片划伤、血流不止的伤员。这名伤员穿着蓝色的军装，是空军野战师里的一名二等兵，他所在的部队被打垮后，他和另外三个人加入到这支队伍里。

医护兵救治完那名伤员后，我让他帮着看看我觉得被弹片击中的地方。在我膝盖的正下方出现了一个小洞，约有一颗豌豆那么大。它并未给我造成太重的伤，我的腿也行动自如，但一股细细的血沿着胫骨流下，颜色几乎呈黑色。

医护兵为我敷了些药膏，"太糟糕了，"他几乎是带着歉意说道，耸了耸肩膀。

我明白他的意思，他想告诉我，很不幸，这个伤势无法让我获得离开前线回家的资格。我觉得失望——回家的希望破灭了。随即我又想到，人的情感和态度居然能变化得如此之快。就在几个星期前，我还梦想着荣耀和英雄主义，信心满满，可现在，这一切都已破灭。此刻，我渴望着能负上个Heimatschuss[1]，对我来说，这似乎是体面地告别这片令人身心俱毁的环境的唯一办法，这样的话，我至少可以在后方休养几个星期，从而摆脱这个可怕的国家和她那严酷的冬天。

这种想法是不是怯懦的表现呢？在这里，我们仅凭血肉之躯便能阻挡住一场全面的雪崩吗？就靠这些充满了绝望和被冻死的恐惧，在冰冷的雪坑里瑟瑟发抖的士兵？每天早晨醒来后，他们都会感谢上天自己的骨头还没被冻僵，因为面对进攻中的敌人，他们仍需要它们带着自己逃至安全的地方。我并不认为这样一群拼凑起来的乌合之众，在没有适当的重武器的情况下，能在冬季的顿河和奇尔河上阻挡住俄国人。任何一个仅凭一处伤势便能逃离这一险境的人，真的可以说是上苍保佑了。

---

[1] 这个词指的是所负的伤既不至于让自己残废或阵亡，但又能被送回国休养。

要是尽想着自己也可能加入这一"负伤回家"的行列是不现实的：这是个梦想！什么时候才会美梦成真？弹片和子弹的飞行轨迹并不会遵从普通士兵的意愿。弹片和子弹坚硬、滚热、危险，它们搜寻着隐藏在肮脏的衣物下的生命，试图通过狠狠的一击将其消灭。

风更大了，它号叫着穿过峡谷，在我们的雪坑周围旋转着。它卷起粉状的雪花扑在我们的脸上，融化在温暖的皮肤上。移动左腿时，我感到一阵牵引的疼痛，同时还有些轻微的肿胀感。

下午晚些时候，三辆突击炮赶到了。由于雪很大，他们想等等再发起进攻。但敌人却抢先动手了：对苏军来说，这种天气正适宜于进攻。等他们靠近了峡谷，我们才注意到他们。

突击炮使用了杀伤人员的高爆弹。我们对着雪花纷飞的雾霾盲目射击着。雪片不停地落在我们的脸上，迷糊了我们的双眼。随后，那些"鬼魂"消失了！我们几乎压制不住敌人的还击。

"这只是他们的一个侦察班，"属于中士圈子里的一名三等兵说道。他告诉我们，昨天早晨，敌人攻击了这里，一些阵亡士兵的尸体就倒在这里，已经被积雪覆盖了。

随后，我们听见侧翼传来了一阵交火声。三辆突击炮奉命返回集体农场。事态会如何发展呢？我们待在自己的雪坑里等待着。我再次想站起身来，但却发现自己无法做到——就好像我长了条木腿。左膝盖完全僵硬了，要是敌人在此刻发起进攻，恐怕我就完了。我无法行走，更别说奔跑了。天哪！我焦急地呼叫着医护兵。他轻轻地敲着我的膝盖，它已经肿得像个气球。膝盖处的皮肤绷得紧紧的，仿佛用涂料涂抹过那样，呈深蓝色。

"大出血，"医护兵说道。膝盖下的小洞导致小腿处大量出血，药膏封住洞口后，血液无法流出，在小腿内淤积起来。

"我对此无能为力。你这条腿应该上石膏，让它无法动弹。但在下奇尔斯卡亚的医护人员给你的腿打上石膏前，你最好先让医生看看你的伤势，否则很容易造成败血症。"

下奇尔斯卡亚？

"我怎么才能赶到那里呢？"我问道，我既觉得惊讶，也为自己或许能离开这个烂摊子而感到高兴。

医护兵耸了耸肩，"我也不知道。"

"可我没办法行走，"我忽然感到一阵紧张，每当焦虑感出现时，我总有这样的感觉。

"我知道，"医护兵点点头，"还有个二等兵也负了伤，我想让他搭乘突击炮回去，但他们的车子里放不下一具担架。"

该死！现在，我得到了一个离开这里的机会，可我却走不掉。还有什么比这更倒霉的吗？但我随即又得到了一线希望，医护兵返了回来，告诉我说，今晚我们将待在峡谷里，并会获得补给。然后，我们应该会跟着补给卡车返回集体农场。至于补给车辆何时到来，他不知道。我们只能等待。

好吧，这意味着什么呢？要等多久？两个小时还是三个小时？这真的无关紧要，因为我知道，我很快就将踏上通往安全之处的路途。但我现在还没有到达那里！接下来的几个小时里，我左思右想。我无法相信自己能离开这里——离开这片白雪皑皑的草原，它对任何人都不抱同情，它只会加剧我对负伤或被冻死的恐惧。但接下来敌人的进攻——这是我们无法抵挡的——将改变一切。我无法行走，我将不得不留在这个糟糕的雪坑里等着结局的到来。我只能祈祷这种情况不会发生。

上帝肯定听见了我的祈祷，因为补给卡车比预想的来得早些。他们还带来了命令，让我们这支队伍立即出发，据报告，敌人已经突破了集体农场的侧翼防御阵地。卡车司机急着回去。瓦利亚斯和格罗梅尔把我扶上了车，那位二等兵的三个朋友也帮着他上了车。我们坐在空荡荡的车厢里，背靠着车厢的侧板。那位二等兵疼得很厉害，他呻吟着向他的几个朋友告别。

一想到格罗梅尔和瓦利亚斯还将继续留在这里，离开的兴奋感大打折扣。我的喉咙里像是堵了些东西，越来越强烈，我的眼睛潮湿了。此刻的情形就像是我抛弃了他们。身处这些陌生的士兵中，我们三个亲如兄弟。我们在一起同甘共苦，尽己所能地相互帮助。他们向我挥手道别时，格罗梅尔用手臂擦着眼睛，瓦利亚斯则试图以夸张的情绪来掩饰自己的情感，他大胆地宣布："别忘记向蒂沃利的金发女招待打个招呼，告诉她，我很快会到那儿安排跟她的约会的。"我强迫自己笑着，并向他保证，我会告诉她的。随后，卡车驶入了黑暗中。

尽管卡车的车厢上蒙着帆布，可寒风还是从四面八方灌进来，冻彻骨髓。卡车沿着突击炮履带碾出的车辙印行驶着。每当汽车驶过隆起的地面，我们都能感觉到车厢的颠簸。那位二等兵轻声呻吟着，似乎处在极大的痛苦中。除了包扎些绷带外，医护兵为他做不了什么。他摸索着口袋，掏出一包Aktive递给我。相对于手卷的香烟，Aktive就是我们所说的现成的香烟。

我很感激，因为我那烟草袋里，粗劣的烟丝已经见底了。我们俩默默地吸着烟。卡车颠簸着，猛地来了个急转弯。我感觉到膝部的疼痛，负伤的二等兵强忍着伤痛，呻吟着："真糟糕！起初，你白天盼夜里等，想负上个Heimatschuss，结果，一切都变了！你甚至对此高兴不起来，因为你不得不满怀羞愧，悄悄地离开那些战友。这些可怜的小伙子们还能再见到自己的家乡吗？"

幸亏在黑暗中他看不见我的脸，也感觉不到自我们离开后，我的喉咙里涌动着的酸楚。甚至连辛辣的烟草也无法驱散这种感觉。

到达集体农场时，天色已近拂晓，营地里弥漫着一种常见的气氛。一些人正等着卡车的到来。我们听见西面传来了断断续续的坦克炮火。一名军官允许一些衣物被装上了卡车。一位下士和另外两个人上了车，坐在这些包裹间。其中的一个人头上裹着绷带，黑暗中，我看不清他的脸，但我认出了他的声音。

"库尔特·塞德尔！"我惊喜交加地叫道。

真的是他！一时间，我们俩有说不完的话——从死亡降临到冰封的顿河以及之后的一切。他告诉我，他和其他一些人在河岸处等了很久。冲在最前面的俄国人快到他们身后时，他终于开始逃命了。当时，苏军的坦克已经离开。他和另外三个人成功地摆脱了俄国人，后来遇到了另外一群被苏军追赶的散兵游勇。直到今天他们才遇到了这股较大的德军作战部队。

我指了指他头上的绷带，他告诉我这只是个小伤，几乎已经痊愈，但因为没有帽子，所以他没把绷带拆掉，以此来保暖。塞德尔不属于幸运地得到了Heimatschuss的人，但他可以继续留在后方照料自己。

这次之后，我们再也没有见过。到达下奇尔斯卡亚前，我和另外几个伤员被装上一辆救护车，塞德尔和另外几个人则跳下了卡车。直到后来，我在康复连里才获知，塞德尔阵亡了。

救护车把我们送到一座大型建筑物前，轻伤员下了车，我和另外两个伤员则被担架送入了一间充斥着乙醚和石碳酸气味的房间。伤员躺得到处都是，他们中的一些人呻吟着。屋外传来了下达命令的声音，拖车和坦克轰鸣着，远处的炮声清晰可辨。

对这一切，我已不再担心——我在这里感到很安全。可我真的安全吗？一个小伙子告诉我，他是两个小时前负的伤，就在北面不远处。苏军一直在进攻，而且，据他说，我们的军队无法阻挡他们太久。尽管这样，可我在铺了稻草的床上睡得很安稳，因为我实在太累了。屋里暖和得让人有点不太习惯，再加上知道自己今晚不用出去，这让我大为放松。

12月16日。两名医护兵把我抬上担架，睡眼惺忪的我刚抬起身子，立即呻吟着倒在担架上。我第一次感觉到膝盖处发出了剧烈的疼痛。他们把我送进一间光线充足的房间。屋里，有人正将截断的残肢断臂、血淋淋的身体部件从地上收集起来。过了一会，一个穿着血迹斑斑的橡胶围裙的男人来到我身边，陪在一旁的中士称他为"少校军医先生"。他用剪刀剪开我的左裤腿和两条棉毛裤，检查着我的膝部。我的腿呈暗蓝色，从大腿一直延伸至小腿处，肿得像条充了气的内胎。他给我打了一针，并告诉一名助手，用夹板把我的腿固定住，再敷上石膏。

"只能这样了，其他的，我们也做不了什么，"他说着，朝下一位伤员走去。

医护兵把我大腿以下的裤子和棉毛裤全部剪掉，熟练地用夹板固定住我的腿，再敷上湿湿的熟石膏。石膏成形得很快。然后，我得到了一张负伤证明，上面加盖着相应的日期，这张凭证被固定在我的胸前，接着，我被转送至另一间专用病房，屋里，一些伤员正在休息。通过这些伤员我了解到，这里都是些可以移动的伤病员，我们将被转送到莫罗佐夫斯克，那里有一座大型的医护站。过了一天，我再次被送上了救护车。

第六章

暂时的平静

12月17日。前往莫罗佐夫斯克的途中，救护车不时绕路而行。据说苏军在北面突破了我们的另一道防线，守卫这道防线的是意大利人。据称，俄国人正向南推进，隆隆的炮声在远处也能听见。我对此并不太关心，因为自己并未置身于战斗中，而且我认为，就我目前所处的环境，只能得到那些卧床不起的伤员们的看法。如果没人打扰的话，我就呼呼大睡，不管在救护车上还是后来在莫罗佐夫斯克。我把过去几个星期里所缺的觉补上了。我的腿裹着石膏，所以并不需要特别的医护，只有在他们给我送饭来或必须服药时，我才会被唤醒……

12月18日。我已不再计算日子了，所以，突然被高烧惊醒时，我记不起自己在莫罗佐夫斯克酣睡了多久。我被注射了几针，模模糊糊地意识到，自己好像跟另外几个伤员一同被送上了一列救护车。高烧加剧了，我的眼前出现了一些可怕的画面，使我喊叫、呜咽、战栗。

渐渐地，周围的一切变得清晰起来，我这才意识到，自己正在一列救护列车上，躺在白色高低床的上铺。一名年轻的金发女护士站在我的床铺旁，戴着一顶标有红十字徽记的帽子，轻声唱着圣诞颂歌。一些伤员用他们不太完美的嗓音跟她一起唱着。

车轮的节奏变化着，形成了一种强烈而又危险的敲击声。这种声音在我脑中痛苦地回响着。我闭上眼睛，将自己滚烫的额头贴到了冰冷的车窗上。但这并未能让我凉快下来，反而融化了车窗上的霜层。

这时，一只凉爽的手放在了我的太阳穴上，但随即被我头上的汗水所浸湿，一个温柔的声音平静地说了几句话。这个声音仿佛隔着一层薄纱，我意识到是那位年轻的女护士。她给了我两颗药，帮着我服下。之后，我筋疲力尽地睡着了，但我没做任何梦。

12月26日。圣诞节第二天的下午，我再次能清晰地思考了。床铺上摆放着给我的圣诞礼物，尚未开封。我对礼物的丰富感到惊讶，这些礼物各种各样，都是这几个月来我们从未见到过的好东西，其中包括许多香烟。我点上一根烟，发觉味道不错，这意味着我已逐渐康复。但我还是花了点时间才真正弄明白自己身处何方，以及我已从败血症的危险中获救的事实，在集体农场时，医护兵曾告诉我，我可能会招致败血症。

走道对面，躺在上铺的一位病友刚刚醒来，他用友好的口气问候道："嗯，刚刚转危为安吧？很高兴你终于醒了，我的朋友。"

我向他微笑着，随即看见他伸直的右臂像只翅膀那样伸出，后来我才得知，士兵们把这个叫作"斯图卡"，因为裹着石膏的胳膊呈某种角度伸出，有点类似"斯图卡"俯冲轰炸机的翅膀。这种治疗方式通常用于遭受枪伤后断裂的胳膊。我估计这位朋友就是断了胳膊。

他告诉我，昨天，火车停靠在斯大林诺，一些轻伤员下了车，只有重伤员和发高烧的人还留在车上。不过，空出来的床铺又被住满了。

"我们现在正在回家的路上，"他愉快地对我说道："穿过克拉科夫到西里西亚，然后，我很快就能到家了。"

"您的家在哪儿？"我问他。

"马里恩巴德，在苏台德区，"他带着明显的自豪告诉我。然后，他向我描述了他的家乡，使她听起来就像是世界上最美丽的小镇，我不禁产生了一种冲动，有机会的话应该去拜访一下。没想到的是，战争临近结束时，我就在那个风景如画的疗养胜地。经历了六次负伤，最后一次负伤后，毫无疑问，与病友的这番谈话对我在那里的军医院结束自己的军旅生涯产生了影响。

"您是在哪儿负的伤？"我问道。

"在斯大林格勒，12月10日，"他说道，我看见他的面孔抽搐着。"斯大林格勒"这个沉闷的词突然出现在车厢里。列车上大多数伤员都来自斯大林格勒，或像我这样，来自顿河或奇尔河包围圈的边缘。

"能离开那儿真是靠运气，此刻，那里恐怕已经陷入血腥的困境了。"

"为什么会这样？"我问道，这些日子以来，我一直没有听到过那里的战况。

"因为留在包围圈里的前景已经暗淡无比，"躺在下铺的一名伤员说道。"最后的希望是霍特和他的装甲部队能打破敌人的包围圈，但这个希望已经破灭，他们被用于其他地方了。"

其他伤员也参与进来，他们恨恨地对高层发出了抱怨。一名伤员气愤地说，那帮家伙都该去死。没人表示反对，因为所有人都知道他不是信口开河。他和其他一些身处包围圈内的人亲身经历了这一切，他们曾得到过希望和被救出去的承诺，直到大势已去他们才意识到，斯大林格勒的第6集团军实际上是被抛弃了。

他们当中，只有很少一批人交了好运，因为自己的伤势，在关键时刻被飞机送出了包围圈。他们说，这种好事现在几乎是不可能的了。一名伤兵的头上包裹着绷带，只能用一只眼睛往外看，他嘲讽着军方最新的广播报道，他们故意把斯大林格勒的灾难缩小化，并对第6集团军的失败进行了高度程式化的宣传报道，认为德军士兵心甘情愿地进行着英勇的抵抗。

并不是每个人都如此坚强，许多人甚至无法掩饰他们每日的恐惧。睡在我下铺的一位小伙子肯定就属于这一类型，因为从我醒来后，他就在抽泣，一直没停过。出于好奇，我趴到床铺的边缘往下看，发现他的左臂和肩膀被绑成了"斯图卡"。我无法看清他的脸。他的抽泣没完没了，永无止歇。他的哭声折磨着每个人的神经，特别是对那些需要好好睡觉的重伤员来说更是一种严重的干扰。

最后，那位头上裹着绷带，只露出一只眼睛的士兵被搞得不胜其烦。他转向那位抽泣着的小伙子，生气地对他说道："看在上帝的份儿上，别再哭了！你这不停地哭泣要把我们所有人都逼疯了！"

可这家伙丝毫没有反应，相反，他抽泣得更加厉害。最后，火车到达克拉科夫，他和另外一些伤员被送下火车，我们这才摆脱了他。

12月28日。车上只要一出现空床铺，马上便有新的伤员填补上来。第二天，我到达了目的地，在巴特扎尔茨布龙下了车，这里靠近希尔施贝格，位于巨人山脉的脚下。我向车上的病友们道别，他们还要继续向前。

12月29日—1943年1月20日。在一座新设立的军医院里，我们从除虱室出来后，便躺在了干净的床铺上。医院的日子，过得平静而又安稳，对此，我几乎没有什么记忆。这些日子迅速淡出了我的记忆，快得就像哈尔茨奶酪的熟化过程，每隔一天，他们便会在晚饭时将这种奶酪放在我们的饭菜上，作为口粮提供给我们。

我在日记里不得不提一下某位长着尖脑袋和凸出的青蛙眼的主治医生。切开了腿上的石膏后，他告诉我，他怀疑我是假装负伤，企图逃避职责。这个长着青蛙眼的老家伙甚至问，我是怎么给自己的腿敷上石膏的。他粗暴地对待着我那条被虱子叮咬、污秽不堪的腿，过了好一会儿，他又厉声命令我站起来，别假装负伤。他甚至威胁说，要写报告送交军事法庭，并咆哮着指责我装病、畏惧面对敌人等等。

确实很奇怪，甚至连我也无法找到伤口的任何痕迹，我已找不到弹片钻入小腿的确切位置。豌豆大小，淡红色的疤痕很容易被虱子的咬伤所覆盖，我的腿上布满了这种伤痕。

X光照片最终证明了我的清白。我看着这位青蛙眼军医难以置信地盯着清晰可辨的锯齿状弹片，看上去，他那对金鱼眼随时可能从头上蹦出。作为一名主治医生，完全没必要向一名普通士兵道歉，但他喃喃地述说着原因，这里总有些混在伤员里的家伙，试图通过自伤或其他一些伎俩来逃避前线的职责。接下来的治疗期间，我发现这块弹片并没有给我造成其他的麻烦，因此我认为，这就是一个幸运的Heimatschuss，而且，上帝的关照将我从可怕的命运中拯救出来。

在医院里我们获悉，为斯大林格勒提供的补给已经无法通过空运完成，包围圈内的伤员也无法被运出。因此，第6集团军的命运已经被决定。我们不知道的是，希特勒已宣布那里为"斯大林格勒要塞"，实际上，包围圈里的任何人都已无法逃脱。我们想知道，我们是否能弄明白这场灾难最初是如何发生以及为何会发生的原因。

1月21日，我出院了，并获得了疗养休假。最后，我回到了家中！但我再也不能像过去那样自由自在、不受约束了。我无法轻松地挥挥手，对自己所经历的一切说声再见：我的脸皮可没那么厚！

走过村里的街道时，几乎没人注意到我。是啊，为何要注意我呢？到处都是当兵的，他们中的许多人我都不认识。一名佩戴着黑色战伤勋章的普通士兵太过稀疏平常，根本不会引起任何人的兴趣。这种勋章，就连膝盖下中了一块小弹片也能获得一枚。

过去的朋友中，很少有人问起前线的情形。我告诉他们后，他们变得很好奇，但没人相信我所说的。实情将使他们无所适从，因为，到目前为止，据他们所知，德军士兵的形象就是他们每天从军方广播中听到的那样——英勇无畏，奋勇向前！如果他们阵亡牺牲，只会是在进攻或实施防御期间。他们从不会放弃每一寸土地，除非是出于战术原因奉命后撤。只要看看斯大林格勒即可——这就是个证明！

休假的唯一问题是，日子过得太快了。现在，我必须返回因斯特堡的营地，先去"康复连"。

2月14日。我到达了因斯特堡。去连部的路上，我感觉到连队里轻松的气氛，还遇上了几个看上去喝醉了的家伙。他们欢迎着我这个新来者，对我说着"HELLO"，尽管我们实际上并不认识。一位二等兵拍着我的肩膀，递给我一杯杜松子酒，我屏住呼吸把它灌了下去。

报到完毕离开连部时，我不小心撞上了一名士兵，他带着一个硕大的铝壶，里面装满了咖啡。滚烫的咖啡洒在我整洁的军装上。我生气地看着被溅湿的裤子，这时，对方朝着我吼了起来："蠢货！你眼睛瞎了吗？"

我彻底愣住了！站在面前的是总觉得饿的汉斯·魏歇特，千真万确！在雷特斯乔夫的那场激战后，我就再也没见过他，我以为他不是失踪就是阵亡了。还没等我说话，他已经猛地将手放在了我的肩膀上。

"欢迎重返人间！"他说道。

我还记得12月13日那天，骨瘦如柴的他跳起身，冒着苏军坦克凶猛的炮火，在我前面朝着那座山丘跑去。

我随即获悉，魏歇特和瓦利亚斯刚刚出院，正在"康复假"期间。我们有许多分别后的话要说，可这里太吵了，于是，我们几个在食堂里找了张桌子坐下。

在食堂里，瓦利亚斯像变魔术那样摸出了一瓶东普鲁士的"捕熊者"。这是一种很好喝的饮料，用蜂蜜和酒精制成，有点像甜酒，与令人不快的杜松子酒相比，我更喜欢这种"捕熊者"。

"你猜，我是从哪里搞到的这东西？"他问道，强忍着长有雀斑的脸上露出的笑容。

"我想，你马上就会告诉我的。"

"我是从蒂沃利的金发女招待那里搞到的！"他自豪地笑着。

我听呆了。

"那么，我想我不用向她转达你的问候了吧，还记得我负伤时你要求我做的吗？我估计，你大概也不想请我喝一杯了吧，就像你曾答应过的那样。"

"不，不！你把我当什么人了？赫尔穆特·瓦利亚斯说话绝对算数！"高大的瓦利亚斯拍着胸脯："不过，你总得先让我回家休假吧。"

我们换了个话题，谈起了各自的经历。我先说，于是我谈起了我的伤势以及在医院里，那位青蛙眼军医的插曲。然后，魏歇特讲述了他和另外两个人如何冲过可怕的顿河冰面的情形，在弥漫的大雪中他迷了路，直到第二天，他才遇上了一群后撤中的德军士兵，这群士兵由空军中的补充兵组成。沿途中，一些被打得支离破碎的队伍加入进他们的行列，他们停下后，再次被派入了战壕中。一月初，在奇尔河南岸的某处，他负了伤——"子弹射穿了大腿，伤到了骨头，"魏歇特说道。由于伤口不断化脓引起了并发症，他恢复了很长时间。瓦利亚斯则告诉我们，他一直跟随着一个战斗群行动，直到一月中旬。他们慢慢地向南撤退，并迟滞敌人的推进。1943年1月17日，在顿河上的康斯坦丁诺夫卡附近，他负了伤，一块手榴弹弹片击中了他的喉咙。我们看见他左耳下方有一道深深的疤痕。

"格罗梅尔和塞德尔的情况如何？"我问道。

没错，瓦利亚斯说，他确实跟塞德尔在一起，可在12月底时，一颗手榴弹炸断了他的两只脚。"就在我们眼前，他因为血流不止而慢慢死去了，"瓦利亚斯低声告诉我们，随即沉默下来。我们等着他恢复过来，等他又喝了两杯"捕熊者"后，我又问起了格罗梅尔的情况。我猜，他也阵亡了。

瓦利亚斯点点头，闭上了眼睛。

"这发生在什么时候，怎么发生的？"

"就在你负伤后的一两天，下奇尔斯卡亚附近。"

矮小的格罗梅尔，他那张苍白的面孔和哀怨的眼神出现在我眼前。他无法对着敌人开枪射击，我看着他时，他便闭上眼睛扣动扳机。他为什么会这样，我可能永远无法知道原因了。

瓦利亚斯肯定明白了我的心思，他把手放在我的胳膊上。"我知道原因。就在他阵亡前几个小时，他向我承认，他所信奉的宗教不允许他开枪杀人。他告诉我，在上帝面前，我们都是兄弟。"

"可他不是个懦夫，阵亡前，他救了我和其他人的性命，"瓦利亚斯继续说着："我永远忘不了这个。"

"这事发生在下奇尔斯卡亚西面的战斗中，前一天，我们在那里击退了敌人的一次进攻。到了夜里，气候发生了变化，我们遇上了猛烈的暴风雪。我们没有留意俄国人趁着这种天气偷偷地发起了进攻，结果，他们冲进了我们的阵地。谢天谢地，还有一些坦克能为我们提供支援，它们立即对进攻的敌人开火了。可有些俄国人已经冲到了我们的阵地处，一个大块头俄国佬端着冲锋枪，像疯子似的对着我们扫射。突然，他弯下腰，用冲锋枪对准我和另外几个人，我已经能感觉到滚烫的子弹射入我胸膛的情形，就在这时，在他身旁的一个小伙子跳起身，用步枪枪托砸在他的胸前。俄国佬倒在了地上，可他手里的冲锋枪却开火了。一串子弹全射在这个小伙子的身上，他当即跌入了战壕里。"

"我们立即开枪干掉了那个大块头俄国流氓，可是，由于战斗正在进行，没人留意刚才倒下去的是谁。当时的雪下得很大，我们也没看清楚是谁救了我们。直到击退了敌人的进攻，我们这才发现，是我们的格罗梅尔，是他救了我们的性命。他的身子被打得千疮百孔，已经死去了。我们撤走时，把所有阵亡战友的尸体全都带上。格罗梅尔和其他阵亡的战友一同被安葬在下奇尔斯卡亚。"

我们陷入了沉默，每个人都沉浸在自己的回忆中。阵亡于顿河桥头堡大批战友的形象不断浮现在我眼前，其中的许多人跟我很熟，他们对我非常重要。但死亡不会理会这种友情，也不会在乎幸存者的感受。

3月15日。我在康复连里已经待了四个星期。瓦利亚斯和魏歇特的休假明天开始，所以我会送他们去火车站，跟他们告别。个把月后，我们才能再次相见。

5月2日。开始自己的行程前，我在衣袖处缝上了三等兵的徽记，随之而来的军饷也略有增加——尽管这些日子里买不到什么东西。在波兰拉多姆的陆军疗养所，我过了个暑假。日子过得很愉快，我的健康恢复得也很好。1943年的六月很快就将到来。天气很好，暑期结束后，我被晒成了健康的棕褐色。

6月3日。过去的几个星期里，康复连里的人数明显减少。在这里待得最久的人，缓慢而又稳定地被逐一送回法国北部的原部队中。我们师在俄国的残部，此刻也驻扎在法国，所以，依靠新兵和康复归队的老兵，这些部队得以重建。

第七章

追杀意大利游击队

7月11日。回到康复连时，我接到了命令——赶赴新建师的第1营第1连报到。该连目前驻扎在诺曼底的弗莱尔。我们这群士兵总共十四人，被卡车送到了火车站。

7月30日。接下来的几个星期里，我们学习着各种纪律。这里的主要任务是熟悉武器和野外训练。我们获得了全新的MG42机枪，取代了旧款的MG34，这种机枪具有更高的射速，每分钟大约1000发子弹，而且不易受到寒冷、潮湿或是泥污的影响。由于以前接受过的训练，我和几个朋友被分到了连里的重武器排，全连再次达到了满编状态。奥托·克鲁普卡（在因斯特堡的康复连里，他和我是很好的朋友）、魏歇特和我进一步加强了重机枪的操作训练，瓦利亚斯则被派去操作迫击炮。我们的教官——从下士到担任排长的上士——几乎都是经验丰富的前线士兵，他们中的许多人都获得过勋章。训练很艰苦，但并不令人厌烦。

由于我在艰苦但却非常值得的重机枪训练中总是全力以赴——除了射击练习外，还包括构建机枪阵地以及搬运沉重的三脚架和弹药箱——这使我到了晚上根本没有外出活动的欲望。以往的经验告诉我，在紧急情况下，至关重要的一点是，拥有训练有素的身体，并能牢牢地控制住你的武器。我相信，这两个条件——再加上自己的好运气和上帝的帮助——是自己到目前为止安然无恙的原因所在。

8月15日。是该跟法国说再见的时候了。毫无疑问，许多法国小姐长长的睫毛下流出了滚滚热泪，但她们可能会留恋我们这些帅小伙中的某一个，并已做好了扩大他们家庭的充分准备。从另一方面说，开拔的士兵挺起了胸脯，使他们的勋章叮当作响——如果他们确实佩戴着叮当作响的勋章的话——这就反映出，青春勃发的地中海姑娘肯定不会太过糟糕。尽管我们的目的地是绝密，但有传言说是意大利。巴多格里奥将军已经逮捕了墨索里尼，并掌控了意大利政府，德国政府担心他将带着意大利脱离德意轴心。

接下来发生的事情证实了我们的猜测。我们先搭乘火车到达了蒂洛尔的兰德克，然后再从那里乘卡车前往梅拉诺。当地居民给予我们的欢迎难以用言语形容——似乎每个人都沉浸在一场聚会中。由于天气炎热，卡车后厢的篷布被卷了起来，我们在车里挥着手，结果差点被糖果、巧克力、水果、美酒以及大量的鲜花所淹没。我们只能缓慢地前进，路边，数百名当地居民跟着我们奔跑，伸出手与我们相握。奥托甚至把一个美女拉上了卡车，她一个接一个，轮着亲吻我们。她告诉我们，我们是南蒂洛尔人二十五年来看见的第一支德国军队。他们害怕战争的阴云，而德国合并南蒂洛尔的做法使他们都很高兴。当晚，我们停在梅拉诺过夜，并加入了当地人举行的狂欢，一直玩到深夜。

8月31日。意大利的局势变得越来越危急。我们一直保持着警戒状态，但战地演练始终没有停息。原野灰制服把我们弄得汗流浃背。意大利人公开批评墨索里尼，显然是他把一切都搞糟了。有传闻说，巴多格里奥已经与盟军进行了和平谈判，并想解除意大利与德国的协约。

9月3日。我们终于获得了热带军装，这让我们觉得自己就像是一群度假者。轻巧的军装看上去不错——卡其色的衬衫和短裤，足以让我们应付这里不同寻常的高温气候。据说，英军已经在意大利南部登陆，正从西西里向北推进。又有传闻说，我们将被调至那不勒斯。

9月8日。意大利人获知，巴多格里奥与盟军签订了和平条约。对他们来说，战争已经结束。大多数意大利人兴高采烈，可我们却发现，我们现在与过去的盟友正处在战争状态。我们接到的命令是，尽快解除意大利军队的武装。

9月9日—13日。我们的第一个目标是位于摩德纳的意大利兵营。清晨时，我们的连长在一辆坦克的协助下，把兵营的意大利指挥官彻底搞懵了，我们没有遭到任何抵抗便占领了这座营房，这是一次勇敢的袭击。意大利人完全出乎意料，许多士兵还躺在床上。我们对意大利士兵居住的兵营如此庞大而感到惊奇——从我们的角度来看这是个优势，因为我们可以借此轻而易举地控制住他们。将他们解除了武装后，我们把这些俘虏交给一支押送部队，把他们运送出去。随后，我们又赶往博洛尼亚，第二天，在皮斯托拉兵营，同样的行动再次重复。另有传言说，盟军可能会入侵里窝那——维亚雷焦地区。但我们并未获得正式通知。

9月14日。我们向西推进，在比萨和里窝那之间的一片森林中占据了阵地。我们听说墨索里尼已被德国伞兵部队救出，并被送至元首大本营。预期中敌人的入侵并未发生，取而代之的是敌机对我们不断的扫射，尽管它们并未给我们造成什么损失。

接下来的几天令人非常愉快。从补给品的角度看，我们过着奢侈的生活。解除意大利军队武装的过程中，被我们夺取的物资补给站里，各种食物应有尽有，堆得满满当当。每天的口粮都很充足，我们兴高采烈地品尝着葡萄酱、鲜奶油以及真正的摩泰台拉香肚。另外，我们还吃着硬皮的意大利白面包，愉快地喝着葡萄酒。接下来的几个周末，我们参观了佛罗伦萨附近的领主广场以及比萨的斜塔，或者就是跟着我们的连长，驱车赶往里窝那的海滩游泳。

9月20日。不幸的是，我们再次被调动。我们首先要向北翻越亚平宁山脉，再朝东北方前进，穿过费拉拉和帕多瓦，然后，沿着亚得里亚海海岸直奔的里雅斯特。沿途，我们与游击队发生了一些冲突，但我们遭受的损失微乎其微。管理机动车辆的中士在处理缴获的意大利车辆时遇到了一些困难，由于我拥有驾驶所有军用车辆的驾照，于是我也被派去驾驶车辆。首先分派给我的是一辆重型意大利三轮摩托车，尽管我很久都没有开过摩托车了。我很快便习惯了这部摩托车的重量，尽管它和我们德国的挎斗摩托车不太一样，它的挎斗位于车身的左侧。翻越亚平宁山脉的曲折路途中，这辆摩托车的发动机突然出现了问题，差一点跌入峡谷中。这个故障肯定是化油器或点火器造成的，因为每当转弯时，发动机便会突然熄火，这样下去的话，会让我掉队的。就在我恼火地再次发动引擎时，发动机突然启动了，摩托车猛地向前蹿去。尽管在通常情况下我都能迅速控制住失控的摩托车，可在一个右转的急弯处，我再也控制不住这辆摩托车了。摩托车加速越过了道路左侧的护墙，在冲往万丈深渊的途中停了下来。运输中士帮着我把这辆摩托车彻底推入峡谷，以免落入游击队的手中。

然后，又交给我一辆大众桶式车，起初，它给我造成了许多麻烦。开着它时，这部轻飘飘的车子在路上左摇右晃，让我感到欣慰的是，多亏路上没有人朝着我的车走来。这是我第一次驾驶小汽车。我获得的一类和二类军用驾照，是驾驶五吨重的亨舍尔柴油卡车得来的，操纵那种卡车靠的是粗暴的两脚离合，转向时只能靠蛮力打方向。所以，接下来的十五分钟里，我努力让自己习惯这部轻型"卡丁车"敏感的方向盘，最后，我顺利地驾驶着这部车跟上了车队里的其他车辆，运输中士对此深感满意。

9月23日。我们到达了目的地，在集结区过了一整天。我把那辆大众桶式车交还给其他人，因为我觉得，担任一名重机枪手的任务更为重要。

9月25日。我们和其他一些部队在伊斯特拉半岛追捕当地的游击队。支持巴多格里奥的游击队员们藏身于复杂而又崎岖的地形中，很多时候，他们躲在山洞里。因此，我们所从事的任务对体能的要求很高，大多数时候是靠步行，因为在这种地形上，车辆行驶起来非常困难。

9月27日。我们在几座房子里抓获了两名带着枪的游击队员和一名姑娘，他们没来得及逃跑。一位我不认识的中士想把他们立即枪毙掉，跟这些游击队员待在一切的还有几个住在这里的居民，他们坚持说受到了游击队员的胁迫，这才让他们待在自己的屋子里。与另两位中士商量后，这名中士释放了几位居民，押着几个游击队员跟我们一同前进。

我们继续赶路，弗里茨·哈曼和我走在队伍的最后面。那名中士押着三个俘虏等我们俩赶上来，然后命令我们，把这三个家伙押到岩石后就地枪毙。我们俩惊呆了，然后我们告诉他，还是找别人来干这个活儿吧。

中士大发雷霆，他吼叫起来："这是个正式的命令！这帮猪猡朝着我们开枪，打伤了我们的同志，他们甚至有可能杀死我们！而且，我们不能磨磨蹭蹭地带着这几个流氓。"他用冲锋枪口指了指我们身后的岩石，"你们到那里把这几个家伙解决掉，到峡谷里去。"

这时，弗里茨·哈曼也喊叫起来，他的声音如此之大，山腰处似乎也传出了回声："快走，你们这帮猪猡！"

我们押着几个俘虏离开了道路，来到了岩石嶙峋的峡谷中。一路上，我打量着他们，尽管他们的皮肤被晒得黝黑，但看上去个个面色惨白。汗水从他们脏兮兮的脸上流下，他们的眼中闪出惊恐的目光。他们很害怕，因为他们明白了中士交给我们的任务。俄国的作战经历使我知道，恐惧有许多种不同的类型，但这些人肯定属于那种严重的类型，因为他们明白，无处可逃了。

最年轻的一名游击队员吓得体似筛糠，他不停地对我们说着话，尽管他知道我们根本听不懂他的话。那个姑娘，我估计她的年龄不会超过25岁。她长着一张窄而坚毅的面孔，大大的鼻子。她慢慢地走在我们前面，每走一步都侧一侧身子。她想回头看看我们的脸，但看见的却是黑洞洞的枪口，两支卡宾枪无情地驱使着他们继续往前走。

该怎么做，我已和弗里茨·哈曼达成了一致。我们押着几个意大利人来到了峡谷中，没人能从道路上看见这里的情形，我们喊了起来，就像是在下达命令："往前，往前！快点！"——这是我们此刻所能想到的仅有的意大利语——然后，我们对着空中开了几枪。三名俘虏立刻明白过来，他们像兔子那样撒腿便跑。我们随即转身返回部队。回荡在山谷里的枪声足以向中士证明，我们已经执行了他的命令，这位中士也没有再提起这一话题。

尽管我们违抗了命令，而且，那三个游击队员仍会继续投入战斗，但我们两个都没有良心上的不安。相反，我们为自己成功地摆脱了这种事情而高兴。否则，这件事情的结局就很难说了。中士肯定认为，他的命令在战争期间是完全合乎情理的——尽管如此，可我不得不问问自己，他会亲自执行这种处决吗？不管怎样，弗里茨·哈曼和我一样，都不是冷血杀手。但愿我不会被那种盲目的仇恨所蒙蔽，丧失了人类所有的情感，野蛮地屠戮手无寸铁的男男女女。

我告诉弗里茨，在雷特斯乔夫桥头堡，我曾遇到过一个名叫施瓦茨的下士，他处决负伤的苏军士兵时，对着他们的头部开枪。弗里茨解释说，那些枪杀手无寸铁者的家伙肯定有虐待狂的倾向，战争为他们提供了借口，这帮家伙打着保护其他战友的幌子，实际上是为了满足自己惨无人道的兽性。结束了在意大利的任务后，我和弗里茨又在俄国并肩战斗了一段时间，我们打死了许多敌人。可是，尽管战争有时候可能会使正常人变得麻木不仁，但我们绝不会屠杀那些手无寸铁的人。

10月10日。搜捕游击队的任务已经结束。虽然我们遭受了一些伤亡，但与俄国前线的经历相比，这只能算一场狩猎探险。我们从里耶卡海湾驱车出发，沿着亚得里亚海沿岸的公路行进，景色很好，湛蓝的海水一览无遗，最后，我们到达了的里雅斯特北面的目的地。

10月11日。再见，意大利！谢谢您！非常感谢你那美丽的风光和精妙的古典建筑，这一切让我们不胜钦佩。还要感谢你那灿烂的阳光，晒得我们汗水涔涔，以及你那美丽无比的蓝色海洋。我们希望有一天能重返这里。谢谢你那出色的美酒，不仅滋味绝伦，而且解渴——尽管有时候喝得太多会让我们的头脑昏昏沉沉。这片阳光普照的土地，与其居民相得益彰，在我们身边的意大利人，他们那极富韵律感的声音就像是滚滚而下的瀑布。

对这个国家，我们所剩下聊以自慰的物品——这是些可怜的安慰——只有几桶葡萄酒，外加十来瓶白兰地，这还是我们驻守在这里的最后几天里，设法从达尔马提亚海岸的一处酒厂废墟中抢救出来的。这些纪念品帮助我们许多人克服了与意大利分别的伤感，甚至缓解了重返可怕的俄国战场的悲观想法。消息传播得很快，据说，一支指挥小组已经上路。

10月16日。我们得到了几天放松的时间，在此期间，连队里的一些老兵喝得烂醉，随后，我们赶到了卢布尔雅那，住进了准备好的兵营。在这里，我们还有机会邮寄包裹回家。我包了一盒好酒和一些柔软的制靴皮革寄回家，这些皮革是我从一间燃烧着的皮革厂里抢出来的。

10月17日。在卢布尔雅那火车站，我们和我们的车辆登上了一列货运列车。天气很冷，还下着雨，我们穿着薄薄的热带制服，被冻得瑟瑟发抖。

10月19日。清晨时，我们到达了维也纳，在这里，我们换上了常规的陆军军装。然后，我们向着东方，朝着未知的目的地而去。

第八章

重返俄国地狱

火车隆隆地朝着东面已经行驶了两天。车内的士兵们不是在写家信，就是在玩扑克牌，要么就是全神贯注地进行着其他活动，或者像我这样，思考着某些事情。许多回忆浮现在我脑中，我思考着上次在俄国所发生的事情以及这次可能会面临的情况。不过，与过去那些日子相比，一切都不同了。这不仅仅是因为我现在更加全面地了解了战争，与初次踏上东线时不同，那时的我满怀兴奋，根本没想到由于我们战略的矛盾会导致一场可怕的灾难。更多的是因为我知道，自己现在隶属于一支强有力的作战部队，训练有素的人员，再加上必要的重型装备，对付哪怕是最顽强的敌人也不在话下。

我不明白自己短短几个月前的悲观消极为何会如此迅速地转变成一种积极的态度。持续不断的宣传，伴随着诸如"为祖国应尽的义务"以及"为了大德意志帝国"做出"光荣的奉献"等口号，已经对我产生了作用。自己正在为一项正义的事业而奋战，对此，我深信不疑。

10月22日。今天，我们本应该下车，但在短暂的停留后，火车继续前进。我们听见四周传来隆隆的雷鸣。我们这些士兵不明就里：我们只能猜测我们将被送至何处。我们知道，俄国人通过他们的八月攻势，穿过哈尔科夫后继续向西推进，目前正位于克列缅丘格与第聂伯罗彼得罗夫斯克之间的某处。重新组建的第6集团军——我们就隶属其下——将在这一地区加入战斗[①]。

几个小时后，火车停在一条笔直延伸的铁轨上，我们下了车，搭乘我们自己的车辆，朝着炮声传来的方向而去。我们驱车驶过贫瘠的草原以及尚未收获的玉米地。在我们四周，战争遗留的残迹随处可见——苏军的坦克和火炮，也有德国的各种武器——这一切充分证明了过去几个星期里，双方进行的你来我往的拉锯战。前线在哪里？据说现在已经不存在完整连贯的战线，我们的上尉不得不小心翼翼地侦察前进。

10月23日。我们停在玉米地旁休息，所有的车辆都已被分散开。我们下车活动活动手脚。在落日余晖的照耀下，玉米地里金光闪闪，薄雾慢慢地从地

---

① 此时的第24装甲师隶属于第1装甲集团军。

面升起，我能感觉到俄国冬天的逼近。我们的车辆所投下的阴影越来越刺眼，前方传来的隆隆炮声也越来越响亮，我们已经分辨出侧翼传来的坦克炮声。此刻的前线蜿蜒曲折，就像是一条无头的蛇。尽管激战声离我们尚远，但敌人的先头部队很可能在我们的身后。一架"缝纫机"的驾驶员肯定也是这样认为的：这架飞机突然出现在晴朗的空中，格格作响地飞临我们上方。它肯定是从玉米地前方的洼地里飞出来的。

我们惊讶地注视着俄国人的这架双翼飞机，它从我们的头上掠过，盘旋上升后，这架飞机关闭了引擎，突然以近乎垂直的角度朝着我们俯冲下来。这家伙疯了吗？

飞行员把身子探出驾驶舱，我们听见他大声叫喊着："Ruski？Germanski？（俄国人？德国人？）"

我们都愣住了，说不出话来。你听说过这种事情吗？这家伙不知道下面的部队究竟属于哪一方，可他却敢驾驶着这架老古董飞得如此之低。这架飞机没有受到任何打击，它迅速转身飞离。我们只是目瞪口呆地看着，没人对着它开火。

但这位飞行员却不太满意。由于他戴着厚厚的飞行护目镜，再加上落日余晖，还因为他没有遭到攻击，他肯定认为下方的是"Ruski"。他向右急转，再次以小角度朝着我们飞来。这次，他遭到了步枪火力的齐射。子弹射穿了飞机薄薄的外壳，击中了发动机。这架"缝纫机"像块石头那样从三十英尺的高度坠入玉米地里，随即起火燃烧。

几个德军士兵飞奔过去，帮着飞行员从驾驶舱里逃生。一开始，这位飞行员像喝醉了的哥萨克人那样，大声咒骂着，可等他摘下金属镶边的护目镜，发现我们是"Germanski"后，他看上去就不那么愉快了。不过，他随即笑了起来，承认自己犯了个愚蠢的错误。连直属队的三等兵鲁德尼克递给他一根香烟，他立即点上火吸了起来。俄国飞行员的口袋里有一包过滤嘴香烟，显然味道要更好些，因为他丢掉抽了半截的德国烟，换上了自己的香烟。

"我们把你击落后，你还以为是自己人吧，嗯？"鲁德尼克对着他笑着，并将他脖子上挂着的一个皮囊摘下，里面装着地图以及其他一些颇具价值的文件。鲁德尼克把皮包递给了我们的上尉。这位飞行员的大腿被一发子弹擦伤，医护兵为他进行了包扎，后来，他被送上了救护车。

此刻，太阳已经落下：西面的地平线处，只能看见一抹淡淡的红色，很快就变得越来越苍白。

"明天会是个好天，"最后一个爬上汽车的弗里茨·科申斯基说道。

我们出发了，摸着黑继续向前行驶，直到一名搭乘着装甲侦察车实施侦察的摩托车传令兵示意我们停车。我们前方的村子应该已经被俄国人占据了。他们守住了通往村内的一条补给通道，但这条道路很少被使用。

"下车！"

车辆分散开，我们站在那里，等待着。我听见连长询问那辆侦察车的司机，村内苏军的实力以及附近是否有敌人的坦克。他不知道。随后，一名传令兵向我们传达了命令，就地据守，等到明天早上，部队中的其他单位与我们会合为止。届时，我们会获得突击炮的增援。

10月24日。天气晴朗，但风很大，也很冷。此时，全团已经进入了集结区，准备发起行动。对村子的进攻开始后，我们与敌人发生了初次接触。对我来说，这次的战斗与上次在卡拉奇时不同。在这里，我们占据了优势，很快便将敌人击退。大家对此欢欣鼓舞。村内并没有重兵把守，道路也没什么人使用，但我们却在这里缴获了大量的武器，我们的工兵随即把它们全部炸毁。我们还抓获了大约60名俘虏，他们被送往后方。此刻的前线非常混乱：在许多地段，苏军坦克已经突破了德军的防线，此时已位于我们的后方。

10月29日。我们在拂晓时离开了新普拉加，清晨时，我们的装甲部队赶到了。我们跟着他们对敌人发起了进攻。攻击过程中，敌军火炮和"斯大林管风琴"不停地对着我们轰击。我们遭受了伤亡，必须不断地挖掘散兵坑让自己隐蔽起来。我们部队里的供弹手，海因茨·巴尔奇，头部负了重伤，没多久，一名意大利志愿者，我们叫他"马可"，肩膀被弹片撕了个大口子。就这样，我们一公里接着一公里将敌人逼退。天黑后，包括我在内的一些士兵忽然发现，我们正处在一群敌人当中，他们用俄语朝我们喊叫起来。这群敌军大约有十个人，在黑暗中，他们无法迅速逃离，于是，他们放弃了抵抗，举手投降了。

黑暗中，我们搭乘着坦克继续推进，时不时地停下，跳下坦克步行前进。连长给我们下达了严格的命令，只要停顿的时间够长，必须挖掘散兵坑隐蔽。弗里茨·科申斯基也在我们这个小组里，他拿着一把从车上搞来的长柄铁锹，这使我们在地面上挖掘散兵坑的速度比使用小型折叠铁锹快得多。在这场向前推进的过程中，我们停留的次数非常多，我估计，这几天里，我在苏联土地上挖掘的坑洞，比我这一辈子在自家花园里捣鼓的要多得多。

我的手上磨出了水泡，这使我不禁咒骂起这该死的挖掘工作，一次接着一次，让人心烦。但我知道，这些散兵坑非常重要，尤其是当我们身处开阔地，并发现自己正遭到炮击或处在敌机的袭击下时更是如此。

10月30日。今天，我们在因古列茨河西面的捷尔诺瓦特卡附近对敌人发起了进攻。尽管敌军的炮火很猛烈，但我们还是获得了成功，在另外几个连队和一个反坦克排的支援下，我们在河东岸建立起一个小型的桥头堡。行动开始后，敌人的坦克炮火使我们损失了一门20毫米高射炮和一辆坦克歼击车。这两部车辆被彻底烧毁，高射炮组成员悉数阵亡，坦克歼击车里的乘员被严重烧伤。

尽管天色已晚，但我们的连长想将阵地前移，并对聂达沃达村实施侦察。侦察排报告说，村里的房屋都沿着一条小溪排列。他们在村内只发现了少量敌军，尽管他们还发现一辆T-34贴着一道树篱守卫着街道，但这条街道似乎没什么人使用。

"很好！我们先把坦克干掉！"我听见连长这样说道。车辆留在原地隐蔽，而我们则分成小股朝着村子而去。连直属队跟着上尉走在最前面，一辆75毫米自行反坦克炮跟随着他们。我们小心翼翼地慢慢向前，随着尖兵发出的信号，自行反坦克炮立即关掉了引擎。

离敌人的坦克越来越近，我们也变得愈发谨慎。我们能听见发动机低沉的声响，不时地还有压低了的说话声在夜色中传来。我们小心翼翼地摸索前进。自行反坦克炮的发动机静静地运转着，履带在地面上轻松移动。此时的天色几乎是漆黑一片，但云层在空中的漂移不时地使这片地带沐浴在苍白的月光下。我们看见前方出现了灌木丛和房屋的阴影。命令被低声传达下来，我们随即散开。

"保持联络！慢慢向前，还要再小心些——我们有的是时间！这是上尉的命令！"

自行反坦克炮慢如蜗牛地向前移动着。在我们前方出现了一排树篱，敌人的坦克应该就在那里的某处。如果我们被敌人发现，那就失去了奇袭的机会，敌坦克会在近距离内对着我们开火。大伙儿沿着树篱蹑手蹑脚地行进着，树枝勾破了我们的弹药袋，我们立即停下，融入灌木丛的阴影中。自行反坦克炮缓缓移动着，一次只前进一码。可是，敌人的坦克在哪里？

仿佛是为了回答我们的疑问似的，一部柴油发动机突然间启动了。声音从右侧传来，就在我们前方——那里的灌木丛与村内的房屋和蜿蜒的道路形成了一个角度。它发现我们了？

一种兴奋感使我们的神经紧张起来。如果此刻有一发照明弹升空，整个局面将会一片混乱。我们屏住呼吸，自行反坦克炮也关闭了引擎，但炮手调低了炮管，并转动炮管瞄准了柴油发动机发出声响的位置。我们这些士兵趴在地上，紧紧地盯着黑暗处。坦克的发动机声清晰响亮，令人紧张不已。可什么状况也没发生。

"我们必须再靠近些，"我听见了上尉的低语："他们开着发动机，不可能听见我们的动静。"

自行反坦克炮小心翼翼地开到了前面，炮组成员们做好了随时开火的准备。我们以房屋为掩护，猫着腰向前推进。突然，敌人的坦克关闭了引擎。我们的自行反坦克炮也立即关闭了发动机。这可真让人大伤脑筋！

敌人的坦克组员们可能也和我们一样，正盯着黑暗处，并不确定该如何行事。在敌人的眼皮下发射一枚照明弹可能不是个好主意，最好的做法是尽可能快地离开这里，以便获得一些距离。

苏军坦克组员们发现我们时肯定也是同样的想法，因为就在这时，坦克发动机轰鸣起来，我们随即听见履带驶过道路的声响。我们的眼睛已经习惯了黑暗，这使我们清楚地看见了坦克的轮廓。正如侦察排报告的那样，这辆T-34就靠在树篱旁，此刻，它在灌木丛的掩护下正在驶离。自行反坦克炮的炮手瞄准了黑暗处。月亮再次从云层后出现了，暗银色的炮管熠熠生辉。

"准备完毕！"

一个声音打破了紧张的状况。伴随着沉闷的炮声，一道白色的闪电划破了黑夜，将我们身边的一切照亮。借着刺眼的亮光，我们看见了那辆T-34，距离我们不超过30米，车身正对着我们。我们看见一些身影沿着灌木丛奔跑着，寻找着隐蔽。炮声撕裂了空气，几乎是一瞬间，自行反坦克炮的炮弹在那辆T-34的侧面车身上炸开，撕开了一个拳头大的洞。几秒钟后，第二发炮弹再次命中目标，借着曳光弹的光亮，我们看见T-34炮塔的舱盖处冒出了滚滚浓烟。舱盖猛地被打开，一个俄国人用手捂着头上的伤口，爬出坦克，慌慌张张地跳入了小溪中。

我们趴在灌木丛中，朝着俄国人开枪射击，他们出现在房屋之间，对着我们开火还击，但没用多少时间，他们不是被打死打伤，便是被迫逃离。我们没时间逐一搜查每间屋子，但我们在村子前设立了阵地，因为我们估计，敌人可能会试着重新夺回村落。

10月31日。接下来的几个小时里爆发了一场激烈而又艰苦的交火，但我们还是挡住了敌人的进攻。我们的自行反坦克炮击毁了五辆T-34。后来，我们又缴获了七辆T-34，这些坦克是因为燃油耗尽，被它们的组员们所丢弃。敌人的步兵也被击退，他们在距离我方阵地仅有几百米的地方掘壕据守，但大多数敌人躲藏在100米开外的一处洼地里，避开了我们的火力。我们选择村边的一个小丘作为我们的重机枪阵地，因为这里居高临下，视野非常好，但那片浅浅的洼地里长满了高高的杂草，隐蔽性非常好。另外，对我们来说，控制右侧的河岸也是无法做到的，因为那里灌木丛生，由我们的一个轻装排据守。

结果，敌人出乎意料地从河岸处发起了进攻。土黄色的钢盔从洼地处伸出时，我们才发现了这些进攻者。第一波次的敌人被我们两挺重机枪凶猛的火力刈倒，后面的人立即缩回到洼地里。接下来发生的事情令我们毛发悚然：我们真真切切地目睹了苏军指挥官对他们的部下实施的毫无人性的对待，我们真的很同情这帮可怜的家伙。

由于我们两挺MG-42在50米距离上猛烈的火力，敌人几乎没什么机会冲出他们隐蔽的洼地，更别说对我们所在的小丘发起进攻了。我们听见苏军政委用凄厉的哨音迫使他的部下们向前冲锋，仿佛他操控着一群疯狗。只要一看见他们的身影，我们便开火，任何一个敢于跳起身冲出洼地的俄国人，根本无法向前多冲一步——最多两步——便被子弹击中。而活着退了回去的士兵则像动物那样遭到了斥责和辱骂。

苏军的政委或指挥官疯了吗？也许，他只是担心自己的性命不保，因而牺牲自己的部下。他不可能不知道自己已经落入了一个陷阱中，等到天亮后，他就再也没有逃脱的机会。他是不是打算牺牲自己的士兵，以此来牵制住我们，这样他便可以在夜色的掩护下偷偷逃生？但是，死亡正等待着他，不幸的是，也正等待着那些可怜的倒霉蛋，这比被子弹打死更加糟糕。

我们的坦克投入了战斗，位于侧翼的两辆坦克离开了队列，朝着那片洼地驶去。我注意到两辆坦克的炮管与其他的坦克炮不太一样，又粗又短，正指向地面。

弗里茨·科申斯基很熟悉这些装备。"喷火坦克！"他的叫声很大，一旁的我们听得清清楚楚。

我曾听说过这种武器的威力，后脊梁不禁一阵阵地发冷。我可不想成为洼地里那些家伙中的一员，那个疯狂的混蛋很快就将失去他那只一直吹着的哨子。现在，对洼地里的这些人来说，已经没有生还的机会了。我问自己，苏军士兵一直在盲目服从命令，甚至在眼前这种状况下亦是如此，会不会因为不服从的话就会被毫无人性的指挥官枪毙呢。

甚至在喷火坦克消失进洼地之前，我们便已看见长长的火柱从炮管喷射而出，火柱所经之处，所有的一切都被彻底烧焦。洼地里爆发了恐慌——我们听见了惊恐的叫嚷声。伴随着浓浓的黑烟，传出了一股肉体和衣物被焚烧后令人难以置信的恶臭。一些俄国人跳起身，冲出了洼地，他们浑身是火，拼命地哭喊着。这些人惊慌失措地从我们身旁跑过，倒在地上来回翻滚着。许多人跳入了小溪中，试图挽救自己的性命。火焰的热度如此强烈，我们待在自己的阵地上也能感觉到。眼前的情形确实非常可怕。我们爬出散兵坑，跟上了前进中的坦克，我们必须把残余的敌人悉数消灭。

推进了一公里后，我们遭遇了猛烈的还击火力：敌人已经挖掘了防御阵地。就在我们无法继续前进一步时，四辆喷火坦克从侧翼发起了进攻。这种武器太可怕了！这是我第一次体会到它的破坏力，可怕的恶臭让人透不过气来，几乎要令我窒息，这种感觉很难忘记。

11月1日。这一天，我们的部队里阵亡负伤了许多人。后来，我们在捷尔诺瓦特卡桥头堡取得的胜利被国防军公报提及，并对我们的上尉提名表扬。这种特殊的奖励通常被用于激励部队的士气。

11月2日。我们奉命火速赶往一个新的地区。一如既往，我们这些普通士兵对目的地一无所知，但有传闻说，我们正在第聂伯河上构建桥头堡。我们彻夜赶路，在卡车后厢里被冻得要命。过去的两天里，夜间或下雨的白天寒冷无比，可怕的狂风冻彻寒骨。地上满是泥泞，车辆频繁陷入其中，深达车轴。等我们帮着把车辆推出泥泞，重新爬回车厢后，我们的军装和靴子上沾满了乌克兰黏稠的黑泥浆。终于，我们到达了一个村子，住进了屋子里，在这里，我们获得了新的毡靴以及加厚的冬季伪装服，俄国的冬天即将到来。

11月5日。我们退回到一个名叫"沃什内·罗佳斯奇克"的大型集镇周围的防御阵地中。主战线距离这里应该非常近。我们能听见远处传来的炮声以及战场上的其他声响。我们获知，俄国人沿着一条宽广的正面突破了我军的防线。我们团，在火炮和坦克的支援下，本该在清晨时发起进攻，以便重新恢复原先的防线。

11月6日。经过重型和中型火炮长时间的炮击，我们沿着一条宽广的正面向着敌人推进。迎接我们的是苏军猛烈的拦阻弹幕。太阳升起后，迎着阳光前进的坦克炮手们看不清目标，他们不得不频繁地停下坦克，仔细寻找着炮击目标。战斗演变为一场凶残的厮杀，双方都伤亡了大批军官和士兵。我们这里，阵亡的人很多。在我身边的一名下士，头颅被一发炮弹炸飞。一块弹片把我机枪上安装的弹鼓撕了个裂口。

尽管伤亡惨重，但我们还是设法突破了苏军的防御，并迫使敌人狼狈逃窜。喷火坦克担当起扫荡据守在散兵坑和战壕中负隅顽抗的敌人的任务，它们留下了一片满目疮痍的焦土，连着几个小时，带着恶臭的黑烟升入空中，污染了空气。黑烟与空中飘动着的白云相融合，携带着被烧焦尸体的残渣越过广阔无垠的乡间土地。

就在我们觉得今天也许能稍稍放松些时，俄国人发起了反击。他们用"斯大林管风琴"和榴弹炮实施了毁灭性的弹幕射击，把我们打了个措手不及。我们再次遭受了大量伤亡，但在此期间，我们获得了一队"大黄蜂"重型坦克歼击车和一些安装着150毫米榴弹炮的"熊蜂"自行火炮的支援，敌人已经没有机会突破我们的防区。此时，我们的斯图卡俯冲轰炸机也对敌人的集结地发动了袭击，我们看见黑色的烟柱升入空中，这就表明它们命中了它们的目标[1]。

我们扫荡完旧战线上的阵地后，第79步兵师重新占据了他们先前的阵地。当晚，我们转移至一个新的防区，这使我们再次靠近了沃什内·罗佳斯奇克镇。俄国人在这里的防御比较薄弱。我们后来获悉，被我们击败的是携带着大炮和重型武器的一个苏军近卫炮兵师，另外还有两个近卫师也在人员和装备上遭受了严重的损失。

但这场胜利也让我们付出了高昂的代价。光是我们排的阵亡人数便超过了20人，我们团损失的全部人数加在一起超过了一个连（大约155人）。阵亡者中，除了士兵、军士以及军士长外，还有些军官，其中包括第1营和第2营的营长以及三个连长。我们的重武器排损失了一个迫击炮分排和一个重机枪分排。令我们所有人感到痛惜和愤怒的是，深受大家尊敬的法贝尔下士被一颗手枪子弹从背后击中身亡，开枪的是一个布尔什维克军官，这家伙负伤后倒在地上，法贝尔刚刚为他进行了伤口包扎。这起事件让我想到了施瓦茨下士，当初在雷特斯乔夫附近的桥头堡，他开枪打死那些装死的俄国人，当时我还认为这种做法很不人道。这次，我可没那么多想法了，轻装排的一名中士举起手里的冲锋枪，把那个王八蛋打了个稀巴烂。但愿上帝能阻止我的愤怒发展成这种强烈的仇恨，否则，我将成为另一个施瓦茨。

11月7日。在以后的日子里，我们会想念深受大家尊敬的连长，他总是和我们一样身处最前线。排长告诉我们，上级已经命令我们的连长接管一个折损过半的营，而我们将得到一位新连长。与此同时，有消息说，我们师将赶赴第聂伯河上具有战略重要性的尼科波尔桥头堡。此时的气候发生了变化。尽管在夜里会出现冰冻，但白天时却下起雨来。地面泥泞不堪——甚至连履带式车辆的通行也会出现问题。我们花了许多时间，艰难地将汽车推出泥沼。

---

[1] 在德文中，Hornisse和Hummel都是"大黄蜂"的意思，为作区别，特译为"大黄蜂"和"熊蜂"。实际上，"大黄蜂"坦克歼击车在德军装备序列中，后来被改称为"犀牛"。

折腾了几个小时后，我们筋疲力尽地到达了第聂伯罗夫卡，这是尼科波尔桥头堡东端的一个大村子。我们浑身湿透，身上沾满了黑色的泥浆。村子里应该还驻有一个步兵师师部和一个山地兵单位，据称，他们辖下的作战部队正沿着主战线掘壕据守，以抵御敌军持续不断的攻击。

11月8日。我们住进了被一支国防军装甲部队放弃的住所。我们班搬进了一间宽敞的木屋，在这里，我们遇到了一位俄罗斯妇女，她和18岁的女儿卡佳住在一起。她们俩住前屋，屋里有一个很大的黏土制暖炉，按照俄国人的习惯，她们把这座暖炉作为床铺使用。我们这些士兵搬进了另一间房间，屋里也有一个暖炉。屋外潮湿阴冷，我们给暖炉加上燃料，然后开始清理房间。

第九章

尼科波尔桥头堡的警报

接下来的十天（11月9日至19日），我们在第聂伯罗夫卡等待着发起进攻的命令。我们知道，主战线就在村子南侧几公里处，左侧的阵地由第3山地师的人据守。与他们毗邻的右侧，是第258步兵师的散兵坑和战壕。这两支部队都因夏季的激战而耗损严重。他们以虚弱的兵力和武器装备守卫着宽广的防区，抵挡着装备精良的敌人。谈及此事，我们这些士兵都很同情那些可怜的家伙，他们在前线据守了这么久，不得不生活在潮湿、泥泞的散兵坑中，还要与敌人激战。

我们已经升级至一支精锐部队，武器装备更加精良，而我们得到的任务是，只有在敌军突破我方防线时才能发起反击。实施了一次成功的行动后，我们得以享受到一些特权，可以返回自己的住处——这与其他守卫在最前线的部队不同——我们获得了更多的尊重。

经历了尼科波尔桥头堡的激战后，我们遭受了严重的损失，整整耗损了三个轻装连，尽管我们一直在获得新兵的补充，但没有一个连队能做到齐装满员。经历了整整两个月的激战后，尼科波尔桥头堡战役才最终结束。

我们的头儿已经阵亡，因此，排长指定老兵瓦尔德马·克雷克尔和弗里茨·科申斯基担任班长，并给他们配备了冲锋枪。我的副射手是健壮的三等兵威利·克劳泽。二等兵海因茨·巴尔奇被一发反坦克炮弹直接命中而身负重伤后，曾为我担任副射手的弗里茨·哈曼升为主射手，接掌了一挺重机枪。为他担任副射手的是装甲掷弹兵比特纳，是个年轻人。我们小组中阵亡的两名供弹手由一位志愿者和装甲掷弹兵默施替代。

我们的迫击炮分排也进行了重组，豪克中士身负重伤后，芬德下士接替了他。他们那里，除了瓦利亚斯外，我只认识三等兵埃利希·舒斯特和京特·普法伊费尔。迫击炮分排就住在与我们相邻的房子里，有时候，他们三个会过来跟我们一起玩牌。其他人大多是最近分来的。奥托·克鲁普卡现在隶属于排直属队，同时还是上士的私人军械师，我们把上士称为"头儿"。

军士长总是身处前线以身作则，但他是个经验丰富的老前辈，因此总是小心翼翼，以免冒上任何较大的风险。这对我们重机枪组很有好处，因为，由于拥有猛烈的火力，我们通常执行为进攻中的轻装排提供火力支援的任务，这就使我们避免了与敌人发生近距离交火。

作为连长的接替者，一名中尉短暂地接管了我们连。在他指挥全连的这段时间里，一些颇具创意的士兵把一间空房子改成了桑拿房——这个主意很妙，我们对此加以了很好的利用！

从一开始，魏歇特和我便与卡佳形成了很好的关系，她是"房东"玛特卡的女儿。她们俩都在厨房里为那些山地兵干活，卡佳干半天，她的母亲则干一整天。卡佳长着一头金发，是个身材苗条的俄罗斯姑娘，也被称为"Panyenka"[①]。她把自己的头发编成小发辫，像花环那样盘在头上。她穿着一件宽大的俄式风格连衣裙，这条蓝色的裙子已被洗成了灰白色。每天早晨，她都打扮得干干净净，走近时，能闻到她身上散发出军用肥皂的味道。她看见我们便会用俄语跟我们打招呼"Sdrassvitye"（你们好），她的眼睛像矢车菊那样明媚。我觉得，要是让卡佳穿上些时髦的衣服，她将是个妖媚动人的窈窕淑女。

由于存在间谍和游击队活动的危险，我们得到命令，不得与当地居民保持密切的关系，不过，我们经常有事情必须跟卡佳和玛特卡商量。米沙是一名乌克兰志愿者，他在我们的部队里担任翻译。后来我学会了一点点俄语，我或其他人需要什么东西时，起码我能让俄国人明白我的意思。魏歇特充分利用了我的这一优势——他经常带着从其他地方搞来的鸡，请卡佳和玛特卡烧给他吃。我们的士兵与卡佳之间甚至会出现一些调情的场面，每当我们的俄语发音不正确或是她试着说德语时，她会被逗得咯咯直笑。不过，我们当中没人认真地考虑过与她如何如何：她对这个问题绝对免谈。

过了一段时间，对我们来说，卡佳成了我们的守护天使。这一切开始于某一天，我们从战场上返回住处，又湿又冷，冻彻骨髓，结果发现我们的房间被打扫得干干净净，温暖宜人，就连我们的床铺也换上了新鲜的干稻草。日复一日，卡佳以这种方式照顾着我们，为了表示感谢，我们给了她好多军用口粮中配发的巧克力块。有一次，她想为妈妈问我们讨要一双袜子，她马上得到了好几双，另外还有些内衣。她甚至还得到了一件热带制服中的卡其衬衫，穿上这件衬衫后，她看上去相当迷人。卡佳欣喜若狂，对着屋里墙壁上挂着的半块

[①] 意思是年轻的小姐。

镜子不停地照来照去。当我们不得不出发参加战斗时，她看上去很紧张，我好几次看见她的眼中噙满了泪水。每当我们坐上卡车时，她总会跑来跟我们告别，她站在那儿挥着手，直到我们消失在视线外。有好几次，她是在最后一刻才匆匆跑来，因为战斗警报响起时，她还在厨房里削土豆。

11月22日。夜里再次出现了霜冻，清晨时下起了蒙蒙细雨。这场雨再次使地面变软，我们很快便陷入了深及脚踝的泥泞中。前方，沿着主战线，激烈的战斗正在进行，可一个小时后，我们获悉，敌人已经被迫向南后撤。第2连连长和连直属队的几名士兵阵亡。但我们的胜利也很值得一说：师属高射炮排把他们的高射炮当作地面支援武器，至少打死了50多名敌人，我们还缴获了一些T-34坦克，另外还摧毁了16门反坦克炮和一些野战炮。

我们待在集结区，等待着对敌人发起进攻的命令。夜间，这里非常寂静，我和我的副射手威利·克劳泽把满是泥泞的散兵坑清理了一番，在坑底铺上草，再覆盖上几块从弹药箱上拆下来的木板。这让我们打起了精神，现在，在这个近两米深的坑里，我们可以睡上一会了。

11月23日。清晨，我们被敌人猛烈的炮击惊醒，苏军的炮火集中在我们右翼的步兵阵地上。我们聆听着炮火的齐射，暗暗希望步兵兄弟们能撑住，但我们的思绪被我们所听过的最响亮、最可怕的发动机声打断了。散兵坑的墙壁和地面颤抖起来，就像是发生了地震。发动机的轰鸣越来越响，随后，在战壕壁之间形成了回响。慢慢地，一个巨大的物体沿着峡谷底部出现了。这东西大得像一栋房子，前面安装着一根长长的炮管。我数了数，共有四辆这种钢铁怪兽——这东西比我以前见过的任何一种装甲车辆都大。它们配备着很宽的钢制履带，以极慢的速度向前移动着。

所有的士兵都爬出了自己的散兵坑，观看着这些钢铁巨物，就连我们当中的老资格们也说不清这是什么东西。很快，一个消息像野火那样传播开来：这是新式的75吨"费迪南德"坦克歼击车，配备着一门88毫米主炮和一种特殊的瞄准器，可以在前所未闻的距离上击毁敌人的坦克。车组中的一名下士告诉我们，这种钢铁巨兽由两台巨大的柴油发动机和两具电动引擎驱动。它们依靠超宽履带前进，可即便如此，它仍会陷入泥泞中。下雨和泥泞是它们最大的敌人，能让它们完全动弹不得。所以，"费迪南德"更适用于阵地战和防御作战。目前，有五辆"费迪南德"被部署在这一防区进行性能测试。

在谈到"费迪南德"坦克歼击车时，我想说一下几天后发生在这里的一起事件，以此来说明它们的打击效果。当时，我们遏制住敌人的进攻，并发起了一场反击。为我们提供支援的是四辆突击炮和四辆"费迪南德"。敌人消失进一片日葵地里，我们随即占领了他们的阵地，就在这时，苏军的22辆T-34朝着我们隆隆驶来。我们的突击炮和"费迪南德"驶入了身后的一条峡谷，彻底隐蔽起来，它们等待着，直到T-34进入到有利的射程中时它们才开火，六辆T-34当场被击毁。其他的T-34停了下来，随即开火还击。我们身后的大炮再次怒吼起来，三辆T-34的炮塔被炸得飞入空中，另外两辆T-34燃起了大火。剩下的T-34转身逃离，它们在较远处停了下来，再次转过车身面对着我们。11辆T-34停在它们认为安全的距离外，已经离开了我们的坦克和反坦克炮的射程。但它们错了，接下来发生的事情令人难以置信。"费迪南德"向上移动了一些，驶出了峡谷，这样便可以获得更好的视野。与此同时，苏军的T-34在一排小土丘上就位，以便观察我们的动静——通过机枪上的瞄准镜，我能清楚地看见它们。四辆"费迪南德"几乎在同一时刻开火了，我清楚地看见炮弹在T-34坦克中炸开，两辆坦克冒出了浓烟。两发命中！在这么远的距离上，简直令人难以置信。敌人的坦克开始移动，"费迪南德"继续开炮射击，它们又击中了一辆T-34。剩下的敌坦克仓促逃离，躲到了土丘后。

此刻，俄国人肯定很想知道，与自己对阵的是什么神奇武器。从现在开始，"费迪南德"将成为T-34的大克星，我们对此深信不疑。由于敌人的步兵就隐蔽在300米外的向日葵地里（向日葵尚未收割），所以我们决定守在敌人丢弃的阵地里过夜……

出于安全原因，隔一阵子我们便会发射照明弹。午夜时刻，一个黑色的阴影突然出现在我们上方，朝着我们的阵地投下了一些炸弹。过后，又有两架"缝纫机"在我们的头上盘旋，只要看见一丝亮光便会投下炸弹，防止我们用照明弹照亮阵地的前方。右侧的一挺轻机枪被击中了，我们听见有人在叫喊救护兵。这样一来，我们连烟也不敢点，哪怕是在隐蔽物下。

我们注视着阵地前方，一片漆黑。威利·克劳泽觉得自己好像听到了什么动静。我什么也看不见，而且敌机就在上方盘旋，我们无法发射一枚照明弹以看清面前的情况。有那么一阵子，一切都很平静，可突然，我们右侧的一挺轻机枪开火了。与此同时，数发照明弹终于腾空而起，一下子将前方照得雪亮。沿着整条防线，机枪和步枪开火了。我们也发射了一枚照明弹，借着亮光，我们看见阵地前方有些人跳起身试图往回跑，剩下的人高举双手投降了。

我们在阵地前方抓获了六名俘虏，相邻的右翼阵地上，轻步兵单位抓获了十一名。所有俘虏立即被押送到我们连的战地收容所。这些俘虏令人惊讶：他们都是爷爷辈的老人，留着长长的胡须——据我估计，他们中最年轻的也已50岁了。我们从这些战俘嘴里得知，他们三十个人，由一名政委带领，任务是突破我们的防线，抓舌头。他们想了解我们部署在这一带的新式武器到底是什么东西。我们发现这些人都是最近才征召入伍的新兵，只接受过"如何开枪"这种简单的训练，然后便得到了一支步枪，并被派上了前线。

更令我们吃惊的是，他们在政委的带领下，从向日葵地里朝我们的阵地爬来，他们的行动极其谨慎，300米的距离，他们爬了近四个小时。而我们阵地上方的"缝纫机"也是这一行动的组成部分。我们严重破坏了他们的计划，尽管我们的防线处在他们的炮火射程内，但除非他们能摸进我们的阵地，否则就只能继续猜测这种新式武器究竟是何方神圣。

接下来的几个星期，几辆"费迪南德"坦克歼击车常常被部署在桥头堡。由于其精良的装备，很快便获得了一片赞誉，作为一款出色的坦克歼击车，它在防御战中无可挑剔，但由于其自身重量过于沉重，在俄罗斯大草原的沼泽和深深的泥泞中，很难发挥出它的最大优势。这也正是尼科波尔桥头堡被疏散，我们开始穿过乌克兰的沼泽，从第聂伯河撤往布格河时，工兵的一支特殊爆破队不得不将它们炸毁的原因所在。

11月24日。夜里出现了霜冻。我们依然坚守着第聂伯罗夫卡与斯达汉诺夫之间的防御阵地。"费迪南德"的到来鼓舞起我们的士气，尽管到了夜间，它们便被撤至另一个地区。

早上的天气出现了变化，大雨倾盆。我们只能用防潮布尽量把自己覆盖住，但这并未能得到太好的防雨效果。我们被淋得浑身湿透，在泥水中挣扎着。随后，战斗的轰鸣朝着我们的防线扑来，坦克炮的吼叫撕裂了空气。两个小时后，激战声渐渐平息下来。这场鏖战主要是坦克大战，我们并未参与其中。

战果传播得非常迅速，我们的"费迪南德"在这一区域击毁了敌人的40辆坦克和15门反坦克炮。我们的"熊蜂"和"大黄蜂"也干掉了15辆敌军坦克。在我们西面，师里的其他单位也成功地击退了敌军。

此刻，一切都平静下来，雨依然下得很大，黏稠的泥浆渐渐淹没了我们的散兵坑。敌人同样遭遇了地形的困难——我们获悉，他们在运送补充兵、武器弹药以及其他补给品方面遭遇了问题。

11月25—28日。我们在污秽的散兵坑和战壕中又待了四天。天气变化多端，但主要是寒冷、潮湿、多雨。我们的装备被弄得脏兮兮的，出现了卡滞。夜间通常会出现冰冻，然后，所有的一切都被冻得硬邦邦的，我们的许多武器都已无法使用。这些武器到了夜间便被换下，因为白天我们一直处在炮火下。由于条件恶劣，供应给我们的伙食没个确切的时间。有一次，送饭菜的车辆从八公里的后方赶到前线，居然用了两个小时。

11月29日—12月1日。敌人以营级规模的兵力对我们发起了三次进攻。他们成功地在几个地段突破了我们的主防线，但我们每次都在突击炮和重武器的支援下将他们击退。敌人遭受了严重的损失，不得不调集新的补充力量。

12月2日。山地部队的赶到终于让我们松了口气。他们的车辆到达时，雨下得很大。俄国人好像知道我们在忙些什么，因为他们马上使用重型火炮对我们实施了炮击。我们再次遭受了一些伤亡，两部汽车被击中后报废。司机试图驾车驶离危险地带，但厚厚的泥浆使这一努力根本无法做到。我们搭乘的汽车也陷入了泥泞，大家只好跳下车，帮着把车辆推出泥潭。返回后方的路程通常只要15～20分钟，可现在却需要两个小时。

我们累得筋疲力尽，还带着因战友阵亡而造成的沮丧，费力地拖着疲惫的身子走进住处。第一个迎接我们的是卡佳，她给了我们一个惊喜，我们每个人的床铺上都摆着一份小礼物——两根香烟，几张用来写字的纸，一包卷烟纸，还有些类似的小玩意儿。这些东西大概是她从那些山地兵手里要来的。现在，三张床铺空了出来，其中两张床铺的主人负了伤，另一张是装甲掷弹兵默施的床，可他已经阵亡。卡佳在他的物品上放了个用树枝做成的小小的十字架。我们不知道她是如何得知这一情况的。

12月3日。我们一个个无精打采，墓地里的十字架每天都在增加。阵亡者中，许多是来自轻装步兵，我跟他们很熟。我还记得在法国，后来在意大利，他们是那么开心，那么满怀希望，可现在，他们离开了我们。特别令人悲痛的是，我们获悉，就在几个小时前，我们被山地部队接替的那场炮击中，连直属队幽默搞笑的三等兵鲁德尼克，不幸被弹片击中头部，当场阵亡。现在，我们唯一想的就是睡觉，没人唠叨这些。

12月4日。昨天就像是过节，我们洗了澡，刮了胡子，还换上了干净的衣服。食物也很好，我们吃到了菜炖牛肉和面条，作为饭后甜点，我们还得到了粗小麦粉做的布丁。我们还花了点时间清洗弄脏的军装，并把武器清理干净。我们甚至还趁着屋外下雪的机会睡了会午觉。可是，降雪并未持续太长时间：它只是增加了道路的泥泞程度。我们在通往厕所的路上铺上了木板，这样，我们至少可以让自己的靴子保持干净。

由于我们遭受的损失，一些班和排进行了重组。现在为我担任副射手的是保罗·亚当，他是个结实的小伙子，以前被分在罗特曼的重机枪分排里。威利·克劳泽被派去给弗里茨·哈曼担任副射手。我们队伍里的志愿者被转到了轻型补给车队，作为交换，我们得到了几名迫击炮分排的成员。这种人员的重新分配总会带来一些不自在，不过，影响确实不大，因为通常说来，不管是在住处还是在前线，我们都是个紧密的团队。

继续掌控一挺重机枪对我来说非常重要——否则的话，我会有一种强烈的不安，一种不踏实感，这一点毫无疑问。我觉得我们的头儿也认为他可以信赖我——尽管他告诉我们，从第2连给我们调拨了两名二等兵，他们也是重机枪射手。但弗里茨·哈曼和我继续掌控各自的机枪，这是对过去几周里我们的表现的一种肯定。

12月5—9日。给我们派来了一名新连长，由于各个连队规模的缩小，连里军官的调换司空见惯。我们的新连长——他们都称他为"老头"——显然没有在前线部队服役过，尽管他装作很有经验的样子。这就是说，他会不时地召集起他的下属，给他们上作战课，这些内容都是他从军校或其他什么地方学到的。奥托过去是一名专业服务生，现在，他时常被"老头"叫去充当勤务兵，他告诉我们，"老头"掀起了一股外文热潮，他在授课时主要采用一种所谓的"学术式"德语，里面掺杂了大量的外来语。奥托说，最可笑的是，那些军士被问及他们是否听明白时，他们总是回答："明白了，中尉先生！"事后，他们又向"萝卜"打听，课上到底讲了些什么。"萝卜"是连部的一名下士，也是个学究气十足的家伙，他在意大利得到了这个绰号，因为他不吃肉，总是吃素。

于是，"萝卜"便用"预防性进攻"、"按比例投入"、"扩散式前线的划界"以及类似的专业名词给大家解释"老头"所说的意思。"老头"居然指望自己的部下能理解他这种"优雅"的语言；显然他在他自己的世界里浸淫得太久，已经无法用简洁明了的话语阐述问题了。

有一次，在一群整装待发的士兵面前，他问一名装甲掷弹兵是否做到了"自我整合"。这名年轻的士兵分到我们这里刚刚三天，他来自上西里西亚，说一口滑稽搞笑的方言。他疑惑地看着"老头"，但似乎又明白过来，回答道："我不知道，中尉先生！"

我们可以看出"老头"没料到会是这个回答，于是，他问道："为什么不知道？您已经跟我们在一起待了三天了。"

"是的，中尉先生，"这名士兵回答道："可我在两个小时前刚刚得到第一片止泻药。"

在场的人个个捧腹大笑！这名年轻的士兵以为"老头"问他木炭片是否治好了他的腹泻。"老头"也跟着我们笑了起来，但他没有意识到，我们发笑是因为这名士兵面对一个故弄玄虚的问题做出了令人高兴而又务实的回答。实际上，"老头"想知道的是，他的士兵在部队里是否感到轻松自在。

经历了这个插曲后，来自上西里西亚的这名掷弹兵——他名叫约瑟夫·施皮特卡——成了许多笑话的主题。我们叫他"Peronje"：他经常用这个词，这个词显然涵盖了许多主题，但他从未说过它的实际含义。施皮特卡很快就成了我们关系密切的朋友。他是个可信赖的伙计，即便在前线战壕里他也干劲十足，我们不得不多次拉住他，免得遭遇危险。

12月14日。昨晚完全是一场庆典。你能听见士兵们放声大笑，就像有人刚刚说了个超级搞笑的笑话那样。你能听见许多营房里传出了歌声，混杂着手风琴的伴奏，持续了一整夜。这让我想起了德林下士，在雷特斯乔夫时，他吹奏的曲调几乎一模一样。士兵们的歌曲——通常是喜庆而又快乐的，但有时也有忧伤感人的。然后，所有人都平静下来，沉浸在自己的思绪中，每个人都问自己，下一次纵情歌唱时，自己是否还在呢。作为缓解，许多人把注意力转向白兰地酒瓶。他们喝得酩酊大醉，倒在自己的床铺上沉沉睡去。

瓦尔德马·克雷克尔和二等兵弗里茨·科申斯基就是其中的两个，他们是从哪儿搞来的这些白兰地？他们似乎发现了一个无穷无尽的宝藏。有时候，他们中的一个会消失，不多久便会带着一瓶酒再次出现。有一次，我闻了闻瓶子，味道让我感到相当恶心。弗里茨·哈曼说这是"萨马贡卡"，是一种俄国人自制的白兰地，通常用甜菜或玉米酿成。你可以从在厨房里干活的俄国志愿者手里买到这种酒。现在我知道了！他们在营房里狂喝滥饮这种令人厌恶的垃圾，因为这里就是"产地"，他们知道，等上了前线就再也喝不到这么多酒了。

12月15日。这里连着几天遭遇了强烈的霜冻，道路再次可以通行了。昨天甚至下起雪来，你能感觉到圣诞节的来临。这将是我在俄国度过的第二个圣诞节。要是我们够运气的话，也许可以在营房里庆祝节日的到来。

12月16日。今天，我们用白垩把所有可用的车辆涂了一遍，以此来作为伪装色。为了接下来的作战行动，我们把作战伪装服翻转过来，这样，白色的衬里便被暴露在外面。我和魏歇特以及保罗·亚当花了几分钟时间赶到重组后的迫击炮分排。瓦利亚斯告诉我们，从另一个连队给他们分来了三名士兵，都是相当有经验的老手。还没等我们走进他们居住的小木屋，一股炖鸡的香味飘入我们的鼻子里——这太令人吃惊了，因为在村子里征用家禽或其他任何物品都是严格禁止的。可是，一锅香喷喷的鸡汤实实在在地沸腾着。我看见魏歇特舔了舔嘴唇。

我们走进木屋时，屋里的几个人不是躺着就是围坐在一起喝鸡汤。有的人手里握着鸡骨头，快活地啃着。简短的问候和介绍完毕后，魏歇特好奇地问道："顺便问一下，瓦利亚斯，这种好东西是从哪里搞到的？"

还没等瓦利亚斯回答，一个名叫伯恩哈德·库巴特的二等兵抢着说道："从哪里搞到的？好吧，三只火鸡突然飞进了窗户，就停在玛特卡的汤锅上，这些该死的东西不肯离开，明白了吗？"

魏歇特目瞪口呆地看着他，我们都笑了起来。

"这里长着羽毛的动物都是居民饲养的家禽，你们知道的，"二等兵啃着鸡块继续说道："当然，我们真的很犹豫，这些可怜的家伙冻得要命，它们只是想待在这里暖和一下。"

屋里的人赞同地微笑着，有几个家伙甚至笑出声来。

二等兵用他啃了一半的鸡骨头指着屋外："对它们来说，外面肯定是太冷了，简直就是冰天雪地。"

库巴特耸了耸肩。魏歇特暗暗希望能得到一块宝贵的鸡肉，他继续问道："是啊，然后呢？"

库巴特摸了摸发红的前额，慢慢地说道："是啊，然后，我当然是满足了它们对温暖的需求，不过……"他用双手做了个扭断它们脖子的姿势，"……我当然不能把活着的鸡放进锅里。你明白的，对吧。"

魏歇特笑着说道："没错，看来我们应该把住处的窗户打开，也许会有一两只被冻得半死的鸡飞进来。我总是对这些长着羽毛的朋友特别有感情。只要它们看见我，便会伸长脖子等我帮它们挠痒痒。"

库巴特被一块鸡骨头呛住了，恢复过来后，他盯着魏歇特看了一会儿，毫不含糊地说道："最好离它们远点，你这个偷鸡的家伙，你知道相关的规定。要是他们抓住你，这种屁事会波及大家，我们可能也会因此而倒霉。"停了片刻，他继续说道："换句话说吧，离那些鸡远点，好吗？挠痒痒什么的，大家都明白是怎么回事。不过，要是你愿意的话，可以过来跟我们一起啃点鸡骨头。"

魏歇特没再说话，他朝我们笑着，又对库巴特咧嘴笑着，上颚的一排金色假牙赫然可见。然后，我们每人都得到了一块柔嫩的鸡肉和半饭盒油乎乎的鸡汤。我们注意到库巴特就像班长那样，在这里是说了算的人物。瓦利亚斯后来告诉我们，他的朋友都把库巴特称为"觅食者"，以表彰他在组织食物方面发挥出的天才，毕竟，这个词比"小偷"要强多了。

通过与这些新来的士兵们的进一步交谈，我们听说了关于海斯特曼的一些传闻，他是个严厉的军士，在因斯特堡时我们就认识他。这家伙很会安排事情，所以他在连里担任装备军士，这样一来，他的任务主要就是跟车队打交道，从而避免了上前线作战。可是，库巴特接着说，海斯特曼的所作所为令人厌恶。部队在前线作战时，这家伙却在后方强奸俄国妇女。他以给她们工作为借口，把她们骗至自己的住处。山地兵们指控他强奸了两名替他工作的俄罗斯姑娘。据说，一天晚上，他把她们骗来，把她们带上他的汽车，强奸了她们。我敢肯定，他能干出这种事情。

尽管海斯特曼对此予以否认，但据库巴特说，上级部门还是对这一事件进行了调查。可这一调查却没能进行下去，因为海斯特曼突然消失了：他到后方的维修部门进行例行拜访，结果再也没有回来。据估计，他可能在穿越第聂伯河的低地时遭到了游击队的袭击，在能做到的前提下，游击队经常会实施这种攻击。没人确切地知道发生了什么，但正如我关心的那样，海斯特曼的这一章就此结束。回顾起来，我可以说，在战争期间我当然也遇到过其他令人厌恶的家伙，但没有一个像海斯特曼那样卑鄙、无耻、堕落。

12月17日。对我们中的一些人来说，今天是个非常特殊的日子。由于我们不断以身涉险，而且都还活着，所以我们被授予二级铁十字勋章和铜质近战勋饰。弗里茨·哈曼、瓦利亚斯和我是我们这个年龄组里的几名获奖者。我不能否认，自己对此感到相当自豪，不是因为二级铁十字勋章，而是因为自己现在终于可以被归入"前线士兵"这一范畴中。授勋是个奇怪的事情。当然，首先获得勋章的是上级长官，其原因不言而喻：试想一下，如果一名士兵获得了一级铁十字勋章，而他的排长没有，我们如何继续下去呢？部队里原有的权威等级会发生怎样的变化？

我们这些当兵的，知道颁发勋章的这些门道。他们说"我为人人，人人为我"，这个"我"指的永远是长官和上级。等他们被满足后，勋章甚至可以分发给印第安人。举例来说，如果一名普通士兵获得一级铁十字勋章的提名，那他真是拼着性命换来的。因此，我们这些前线士兵，将获得勋章的机会让给上级的概率远远低于后方人员。军官获得勋章通常是基于他的部下们所做出的贡献，同在前线时，士兵们会设法保全军官们的性命。一般情况下，没人会对这种体系提出质疑，只要上级能够证明他的领导能力即可。不幸的是，我也曾遇到过一些表现极其糟糕，远配不上他们所获得的勋章的军官。

尽管在几个月后我将获得等级更高的勋章，但我不会给予军事勋章过高的评价。这些勋章的获得，很大程度上靠的是运气，许多英勇的士兵从未得到过任何勋章，另外还有那些阵亡的战友，他们做出的贡献被低估了。在雷特斯乔夫的近战日里，以及后来战争行将结束时，我认识许多英勇的士兵，他们有好几次可以当之无愧地获得更高等级的勋章，但他们从未得到过，因为他们的上级在战斗中阵亡了，要么就是因为指挥官频繁更换，没人能证明他们的英勇无畏。还有一个可能是，他们的上级也许没想过对部下提出褒奖，从而为自己谋取荣誉。这就是士兵的命：最终的结果总是以上级的意见为准，除非，由于幸运的机缘巧合，他的英勇表现极为突出，以至于引起了更高层的注意。几个月后，这种事发生在我的一个朋友身上：他的英勇为他赢得了一枚骑士铁十字勋章。我获知这件事时已经是1944年春季，当时我们正进行着一场最为可怕的后撤，在深深的泥泞和沼泽中苦苦挣扎，这是我这一生从未经历过的。我们一路撤往布格河，再从那里被调往罗马尼亚。这场后撤持续了几个月，在此期间，许多战友永远地离开了我们，不过要感谢上帝的是，还有些人是因为负伤而暂时与我们分别。

今天，获得了自己的第一枚勋章后，我稍稍喝了点酒——我已经有一段时间对它们敬而远之了。在这样的气氛下，总是有说不完的话，结果，我们折腾到很晚才睡。

12月18日。夜里再次下雪了。我们用干净的雪擦拭身子，随后又打起雪仗来。清晨的阳光下，白雪闪烁着光芒，仿佛是钻石的碎粒洒在了上面。所有的一切异常安静，唯一的声响来自前线，偶尔会出现爆炸声和枪声——这只是司空见惯的骚扰性射击。昨天，村里放电影，连里的部分人员去看了，今天则轮到我们。

看完电影返回住处时，屋内弥漫着一股诱人的香气。卡佳和玛特卡给了我们一个惊喜，一锅热腾腾的甜菜汤——这是一种俄国式火锅，里面摆着泡菜、夹馅番茄，当然还有好多罐头牛肉，味道一级棒。这锅汤令人惊喜而又愉快。

保罗·亚当不停地在卡佳身旁绕来绕去，他们在一起欢笑着。我并不嫉妒他。我走到他们身旁时，卡佳正给他看几张家人的照片，这些"照片"其实是画像。

"上面是谁？"我问道，卡佳的表情变得严肃起来，她说了几句我听不懂的话。保罗的俄语学得非常棒，他告诉我，画像上的是卡佳的两个哥哥，他们也已投身这场战争。其中的一个画了这些画像，估计他是个出色的画家。

突然，卡佳抽泣起来，她诅咒着这场战争，然后，她举起一双粗糙的手叫道："Woina kaput！"，接着，她又重复了一遍："Woina kaput！"这句话的意思是"这场战争必须结束"。可怜的卡佳！我们也想让战争尽快结束，可谁知道它会不会呢。

12月19日。今天有些不同，再也没有平静可言了。我刚一醒来，一阵隆隆的炮声便开始了。炮击持续着，声音越来越响。俄国人的大规模进攻终于到来了。我们那些据守在主防线战壕中的士兵能击退敌人吗？看来没有！敌人突破了我军的防线，随即，我们这里响起了战斗警报。就在我们坐上汽车准备出发时，卡佳跑来跟我们道别。她的眼中满是泪水，难道她感觉到了什么吗？这场战斗将是我们所经历的最为激烈的一次，造成了大量的伤亡。我们事先并不知道这些，这对我们来说是件好事。

卡佳跟着我们的汽车跑了很远，汽车加速后，她仍朝我们挥着手，直到我们的车辆拐了个弯，消失在她的视线外。我们的车子朝着村口驶去，在一片天然的洼地里隐蔽起来。前方的激战声越来越响。大家跳下车，等待着投入战斗的命令。

就在这时，数辆T-34坦克突然出现在前方。它们距离我们仅有数百米，在一片山脊上，对着村子开炮了。一个消息像野火那样迅速传遍：敌人突破了我军步兵的防线以及山地兵的防区，显然已经冲过了我们设在村外几公里处峡谷中的炮兵阵地。苏军步兵涌过了防线上的缺口，并已开始将德军战俘后送。

身后，我们的突击炮和坦克驶入阵地，与敌人的T-34坦克展开了一场激烈的交火。T-34停在积雪覆盖的高地上，这使它们成了极好的靶子。不多久，我们已经干掉了敌人二十多辆坦克，而我们这一方只损失了两辆，剩下的T-34纷纷隐蔽起来。

接近中午时，我们这些装甲掷弹兵投入了战斗。我们必须越过无遮无掩的开阔地。敌人正等着这一进攻，一时间，所有的重型武器朝着我们招呼过来。地狱之门在我们四周敞开了，充满暴力和毁灭的恐怖场景倾泻而下。二十架战斗机在上空蜂拥而过，炸弹雨点般地投向我们和我们的坦克。我方的坦克迅速释放烟幕，以免被敌人发现。与此同时，我们也趴在了毫无遮蔽的地面上，此刻真希望自己是只鼹鼠，这样就可以钻到地下躲藏起来。

伴随着爆炸的冲击，身下的地面震颤着。我们的四周充斥着伤员们痛苦地呼叫救护兵的叫声。我们飞跑着穿过雷鸣般的地狱，脑中只有一个念头——必须在前方找到个隐蔽处。就算我们能穿过炮火的夹攻，前方依然存在着无数个死亡的可能性。跟随着我们的每一个动作，敌人的机枪、反坦克武器以及师属炮兵的火力朝着我们倾泻而下。

一串串炙热的子弹从我身边嗖嗖地掠过，将周围薄薄的雪层撕开。我感觉到皮肤上产生的一种灼痛，于是再次趴到了地上。倒霉的是，在我趴下时，机枪从肩膀处滑了下来，我的下巴撞上了机枪的钢套。这一撞击痛入骨髓，但我再次跳了起来，朝着右侧跑去，我看见那里有一片被积雪覆盖的灌木丛。子弹嘶嘶地钻入地里。这一瞬间，我想起了在过去几周里，我曾多次加速穿过敌人的弹雨，但在上帝的眷顾下，到目前为止我安然无恙。这次，我还能平安无事吗？

于是，我按照自己一直做的那样行事了：在"随时可能中弹"这一恐惧的驱使下，我猫着腰猛跑。我的身体仿佛是个正在充电的电池，我能感觉到热乎乎的电流顺着我的后背而下，额头上渗出的汗水滴入眼中，造成了一阵阵的疼痛。我不时地紧趴在地上，像乌龟那样把头缩进肩膀间。我情愿背脊朝天爬过这段距离，到达那片灌木丛，因为我觉得低飞的子弹不至于要了我的命。但我还是跳起身，将机枪扛在肩膀上飞奔起来。这段时间似乎永无止境，终于，我和我的助手赶到了那片灌木丛，为自己找到了一点点隐蔽。

在我们身后被炮弹翻搅得一塌糊涂的战场上，受伤者的惨叫声撕心裂肺，他们再也无法奔跑了。他们躺在大堆尸体间，在血泊中翻滚着，大多已经奄奄一息。身后不到十步的地方，我看见威利·克劳泽躺在一大摊血泊中，他已经死了，身上仍背着弗里茨·哈曼那挺机枪的三脚架。在我身边趴着一名年轻的掷弹兵，他属于德赖尔那个小组。他的头上流着血，试图冲到自己的机枪组旁。但他没能做到，我看见一串机枪子弹击中了他，他被打得千疮百孔，倒在了地上。保罗·亚当也目睹了这一幕，他趴在我身边，呼呼地喘着粗气。他的目光闪烁着，奔跑的过程中，他已经解下了自己的装备，用右手提着，因此，对面前的敌人来说，他是个很难击中的目标。在我们身后，一辆装甲运兵车正忙着收容战场上的伤员。

沿着这片灌木丛再往前，俄国人就隐蔽在他们的战壕中。这时，轻装排的机枪从侧翼对着他们开火了。我们的进攻开始了，我方的坦克和突击炮沿着宽大的正面向前推进，并炮击着苏军的阵地。俄国人的炮火再次回击。这一次，炮弹不光是落在我们当中，也落在苏军的防线上。俄国人匆匆发射了绿色的信号弹，接下来的炮弹便只落在我们这一侧了。"快，我们也发射绿色的信号弹！"有人叫道，随即，绿色信号弹从我们的防线窜入空中。这一招真灵！接下来的炮弹呼啸着掠过我们的头顶，落在远处的泥泞中。

在坦克的支援下，我们取得了不错的进展。我们右侧的排已经将手榴弹扔进了敌人的战壕。我给自己的机枪换上个新的弹鼓，跟着其他人朝敌人的战壕冲去。措手不及的俄国人慌了手脚，有些人扔下自己的枪支，跳出战壕朝着后方逃窜。有两个家伙仍站在一挺重机枪后，疯狂地开火射击。我对着他们扫光了弹鼓里的子弹，干掉了这两个家伙。就在这时，我的脚在战壕边缘的冰面上一滑，一头栽进了战壕里。

在我眼前，一个金属亮点闪烁着，我感觉到自己的右脸颊被划破了。我用右手提着机枪，正要站起身时，一名苏军士兵挺着刺刀朝我扎来。就在这一瞬间，他被一串子弹射倒了。弗里茨·科申斯基端着冲锋枪站在战壕的边缘，就在他要跳入战壕朝我赶来时，他弯下腰倒在了地上。我一把抓住他的伪装服，另一个人帮着我把他拉进了战壕。他呻吟着，面部痛苦地扭曲着。在旁边帮忙的是一个非常年轻的医护兵，他的脸色苍白如纸。这位医护兵嘴里喃喃地说着什么，我们俩紧盯着科申斯基白色伪装服上的斑斑血迹。

医护兵想把他稍稍翻转过来，但科申斯基用双手捂着自己的腹部，呻吟着："别碰我，疼死我了！"

医护兵点了点头。"腹部中弹，"他说道。

弗里茨试图让自己站起来："我能感觉到子弹射进我腹部了。"

我想给他些鼓励，于是低声嘟囔了几句我们会把他缝合起来之类的话。然后，我握着他的手说道："坚持住，弗里茨！我们没有太多的时间，你会没事的。"

他点点头，试图朝我挤出一丝微笑。

事实是，弗里茨·科申斯基救了我的命。下一次救我的将是别人，而我也会救其他人。这就是前线的行事方式。每个人都会尽力保住自己的性命，同时也会拯救自己的战友。没人会对此大谈特谈，这是自然不过的事。

我们的进攻继续着——敌人的战壕尚未被全部占领。我跟在其他人身后，很快便追上了保罗·亚当，他是进攻队伍中落在最后的一个。他转过身，一脸焦急地说道："天哪！你像只猪那样在流血！哪儿负伤了？"

我这才意识到，面颊上的血流到了脖子处。可是，我丝毫没有感觉到疼痛。随即，瓦尔德马·克雷克尔挤过狭窄的战壕，用绷带擦了擦我的脸。

"你很走运，这只不过是表皮伤，"瓦尔德马说着，往我的伤口上抹了点药膏。

我告诉他，他的好朋友弗里茨腹部中弹，瓦尔德马吃了一惊，他说道："腹部受伤非常糟糕。我只希望弗里茨在中弹前不要吃得太饱。"

所有人都明白瓦尔德马的意思。尽管没有人命令我们在投入战斗前不要吃得太多，但老兵们会提醒我们，战斗前不要把肚子塞得太满。如果你腹部中弹，空空的肚腹比满满的肚子具有更大的生还机会。没人确切地知道这种说法是否属实，可它听起来貌似有些道理。许多士兵，包括我，遵从了这一建议，但也有些人不在乎，只管放开肚子吃饱。更要命的是，他们刚一到达便把冰冷的口粮吃了个精光，哪怕即将要投入战斗也不例外。赶往进攻发起地的途中，有的人一边吃还一边说些"是福不是祸，是祸躲不过"以及"不能把这么好的东西留给伊万们享受"之类的话。我得出的印象是，许多人这么说这么做的目的是为了放松自己紧张的神经，这种紧张感是我们所有人在战斗前都会产生的。

我们都热切地希望弗里茨能平安脱险，然后，大家沿着狭窄的战壕向前冲去。战壕的某处堆放着许多苏军士兵的尸体，一具摞着一具，我们不得不艰难地从尸堆上爬过去。这些可怜的家伙，他们都很年轻，看上去和我们的年纪差不多。他们就是想要杀掉我们的敌人，可他们现在对我们不再有什么危害了，他们静静地躺在这里，就和我们身后，倒在白雪覆盖的战场上的那些战友一样。他们之间唯一的区别是军装，另外，他们可能不会像我们阵亡的战友那样，在第聂伯罗夫卡的墓地上得到一个木制的十字架，但等我们将敌人驱离他们的集结区后，如果时间允许，我们的后方人员会把这些敌人的尸体集体埋葬或加以火化。

当天夜里，我们后撤了一小段距离，占据了一道新的防线。令我们高兴的是，这里到处都布满了既设阵地，甚至还包括坦克的隐蔽处。在冰冻的地面上挖掘出新的防御阵地会把人累死。可即便是现成的阵地，敲碎冰冻的土块以伪装新的机枪阵地，这一过程也把我们累得浑身是汗。

夜里，我们听见敌人返了回来，开始在我们的前方挖掘阵地。我们清楚地听见他们使用镐和其他工具打破地面的声响，只有当我们发射过去一两枚迫击炮弹时他们才会短暂地停息一下。由于俄国人挖掘战壕忙得不亦乐乎，这让我们避免了进一步的近战，也使我们的食物和弹药补给可以不受阻碍地送至前线。从司机那里我们获知了一些这次进攻中我们遭受损失的坏消息。除第2营营长阵亡外，我们还得知第1营营长，即我们的前任连长，也在这场战斗中负了伤，和他一同遭殃的还有营里的另两位军官和一名高级军医。另外，"老头"的左臂也中了弹，据称，我们连的指挥权已被移交给一位大伙都不认识的少尉。

除此之外，我们连的损失是7死21伤，其中包括威利·克劳泽和年轻的装甲掷弹兵汉克，他也是我们重武器分排的人。还有两个刚刚加入我们队伍没几天的士兵也在这次战斗中负了伤。迫击炮分排报告说，他们有四个人负伤。而第2连则遭受了严重的伤亡，12名士兵阵亡，大批人员负伤，现在全连只剩下19个人。这是极其糟糕的一天，不会无声无息地就这样过去。作为一名胜利者，你经常会有某种自信，可每当我想到我们不得不付出的高昂代价，这种自信便大为受挫。

12月20日。保罗·亚当和我为了加强我们的防御阵地忙了一整夜，但这也使我们保持了身体的温暖。夜间的霜冻更为严重，我们得到了一条毛毯御寒。拂晓到来时，丝毫看不见敌人的迹象。俄国人都是伪装高手。

又过了一个小时左右，云层越来越厚，开始下起雪来。从我们的角度来说，下雪是件好事，因为白雪能覆盖一切，从而为我们的阵地提供良好的伪装。保罗一直用望远镜观察着远处的几个雪堆，我们估计，敌人就隐蔽在那下面。不过，俄国人保持着安静。临近中午时，我们遭到了密集的迫击炮火的轰击，没多久，我们的右翼也遭遇了近距离火力的袭击。我们还听见了坦克和反坦克炮声。但在我们的正面，一切保持着平静。

夜幕降临后，我们再次听见了镐和铁锹的声响，这种声音一直持续到深夜。敌人正在加强他们的进攻出发地，他们会再次试图把我们驱离这条主战线。团里命令我们坚守阵地，直到危险过去为止，届时，步兵和山地兵会再次接管我们的阵地。但这种可能性实在很渺茫！

12月21日。当天的能见度很差，但没有下雪。夜间，我们得到了一些稻草供应，这使我们的双脚能与冰冷的地面分隔开，从而保持一些温暖。敌人的机枪和迫击炮不停地朝着我们射击。我们无法探头观察，于是我们保持安静，不给对方发现我方阵地的机会——假如他们不发起进攻的话。

到了晚上，一切再次平静下来。瓦尔德马和德赖尔跑来看望我们，他们告诉我们，据一名苏军逃兵透露，俄国人正在准备一场大规模的进攻。因此，我们得到了额外的几箱弹药。夜里实在很冷，根本无法考虑睡上一会的问题。伴随着每一口呼出的空气，我们的胡茬上形成了细小的冰碴。我建议在我们战壕狭窄的一端挖一个洞，齐膝高，这样便可以爬进去睡上一会儿。保罗赞同这个提议，于是我们忙碌起来，我们沿着战壕壁挖进去半米深，垂直的角度可以让我们免遭弹片的伤害。冰冻的战壕壁不会轻易坍塌，这为我们提供了额外的保护。

12月22—23日。前线依然保持着平静，我们不禁自问，俄国人是不是打算在圣诞节时放我们一马。这很好，但我们不相信他们会这样做。我们获知，军士长为我们这些身处最前沿的士兵准备了一些特殊的东西。我们只希望俄国人不要在平安夜时打扰我们。

12月24日。夜里再次变得天寒地冻，霜冻极为剧烈，但我们蜷缩在睡觉的洞里，并未注意到这一切。没轮到站岗时，我身上盖着毛毯，身下垫着防潮布，睡得相当安稳。

很快，迫击炮弹呼啸着掠过我们的头顶。俄国人再次发起了突然性的炮击，试图打我们个措手不及，有时候，这种炮击会很不幸地在露天处使我们遭受伤亡。听见炮弹撕裂空气的声响，我像狐狸那样竖起耳朵，仔细聆听着动静。我的耳朵十分灵敏，前线所发出的每一丝声响都被我尽收耳底。在我们前方没出现什么变化，只有迫击炮的持续轰击声，这场炮击延续了半个小时。等到一切再次平静下来后，三等兵普利施卡——我们称他为"教授"，因为大家都很尊重他所掌握的知识——从另一个重武器分排激动地跑了过来，他告诉我们，上等兵德赖尔被一发迫击炮弹直接命中后阵亡了。同时被炸死的还有两名年轻的掷弹兵。他还从一名医护兵那里获悉，弗里茨·科申斯基在急救站里因为腹部伤势过重而不治身亡。这些糟糕的消息提醒我们，死亡距离我们是如此接近。

出乎大家意料的是，敌人并未发动进攻，这一天就这样过去了。云层很低，此刻，再次下起雪来。我们不时听见步枪尖厉的射击声，伴随着枪声，子弹很快会带着一团闪光炸开。苏军狙击手使用的是开花弹，这种子弹击中人体后会炸开一个大洞。等越来越多的子弹朝着我们的机枪手飞去时，他们会用短点射予以还击。

天色尚黑时，我们得到了分配的口粮，由于今天是圣诞夜，我们获得了土豆沙拉和一大块肉。我们的水壶中灌满了掺着朗姆酒的茶水，以此来替代咖啡。另外，每个士兵还获得了一个"前线士兵慰问包"——里面放着两包香烟和圣诞饼干。我们的军士长还花了几天的工夫收集后方寄来的包裹，就是为了能在今晚交付到我们手上。保罗和我都收到了家里寄来的包裹，我们把包裹里的东西摊放在防潮布上，除了一些甜食外——我的母亲对此进行了精心的包装——我还发现了一根小小的人造松树枝，缠绕着银色的丝线，点缀着几颗小小的蘑菇。包裹里还有一根圣诞树蜡烛以及支架。

"太棒了，我们现在可以庆祝圣诞了！"保罗拿着这根松树枝说道。

"是的，为什么不呢！"我赞同着。

我们找了几个弹药箱为支撑，摊开防潮布，将狭小的散兵坑覆盖上。然后，保罗把包裹里的一个硬纸盒摊平，将松树枝放在上面，我们蹲下身子，点燃了安在树枝上的蜡烛。我们嚼着饼干，思念着家里的亲人。掺了朗姆酒的茶水有点上头。

保罗打破了沉默，说道："圣诞快乐！"

我点点头："圣诞快乐，保罗！"

保罗忽然间唱起了圣诞颂歌，这让我觉得有些奇怪，通常，他是个别人做什么他才会跟着做的人。他低声唱着："Silent night, holy night……"，我也跟着哼唱着。但我们的声音很低，保罗也注意到了这一点。

唱了几句后，他又换了另一首歌，"齐来宗主，忠实的圣徒，快乐又欢欣……"，保罗的歌声听起来沮丧而又无力。然后，他停了下来，耸了耸肩膀："我唱不来！"

我明白他的意思。此刻不是高唱圣诞颂歌的好时机，最近发生了太多的事情，我们无法不想起那些不能在这里跟我们一同庆祝圣诞的战友们。就在几个小时前，我们失去了德赖尔和另外两名年轻的装甲掷弹兵，三天前是威利·克劳泽、弗里茨·科申斯基和年轻的掷弹兵汉克，这仅仅是几个例子罢了。他们同样期盼着能在圣诞节时返回营地。我们知道，一些信件和包裹仍在连部里静静地等待着他们，写信给他们的人现在还不知道，他们再也无法读到这些信件了。

正当我们沉浸在这种思绪中时，突然响起了我们所熟悉的嗖嗖声，炮弹掠过我们的头顶后炸开。看来，哪怕是在圣诞夜，伊万们也不会给我们任何喘息之机。我们吹灭蜡烛，重新陷入了黑暗中。沿着整个前线，曳光弹不停地窜入夜空。

"好吧，我们至少在圣诞节时得到了节日的亮光，"保罗很不高兴地说道。

我们的前方依然没什么动静，随后，我们听见了火箭弹袭来时发出的特殊声响。

"斯大林管风琴！"轻装排的一名士兵叫道。

我们赶紧趴在地上，钻进了洞中，随即，我们听见了爆炸声，一块弹片击中了我们的弹药箱，滚落进我们的散兵坑里。俄国人用火箭炮猛轰了两轮，然后，一切再次平静下来。

12月25日。早上八点，俄国人猛烈的炮火像一股毁灭性的飓风那样朝我们倾泻而下。大伙儿趴在坑道里，不时地探头查看阵地前方的情况。我们已经做好了自我防卫的准备，但我们知道，只有等敌人靠近到一定的距离内，我们的防御火力才能有效地命中他们。尽管在此之前已经历过好几次敌军重型火炮的轰击，可我还是恐惧不已，无尽的等待让我感到紧张不安。我知道敌人的炮火迟早会停息下来，到那时，真正的战斗将会打响。可是，在此之前，各种各样的念头在我脑中盘旋着。

伴随着这些胡思乱想，过去的战斗记忆清晰起来。一些情景出现在眼前，我再次看见了顿河河畔雷特斯乔夫村的绝望和灾难——那场悲惨的经历我以为自己早已遗忘，可现在又一次出现在眼前。这一刻，我再次被恐惧所笼罩，我静静地祷告着，热切地期盼自己在这次战斗中仍能安然无恙。

这场猛烈的炮击持续了近两个小时。然后，有人大声叫道："他们来了！"

终于来了！我深深地吸了口气，但我并未感觉到轻松，因为我知道，在接下来的战斗中，又将有人丧命。但这一点与我在刺耳的炮击中幸免于难一样，不是单靠意志力便能摆脱的。等我和保罗在重机枪旁就位后，我的全部念头便集中在向前推进的敌人的身上。俄国人的炮击稍稍有所减弱，此刻，重型炮弹呼啸着掠过我们的头顶。我们突然开火了，此刻，我们唯一的想法是保住自己的性命，并阻止面前的敌人攻占我们的阵地。

我方的防御炮火现在也轰鸣起来，炮弹从后方嗖嗖地划过我们的头顶，仿佛有上百门大炮同时射出了致命的炮弹。在我们炮兵的前方是坦克和突击炮组成的一道防线，这些战车迅速向前冲去，车上的主炮在近距离内对着敌人的攻击波次猛烈开火。进攻中的敌人根本没有机会靠近我们的防御阵地，还没轮到我们的步兵武器派上用场，他们已经被打垮了。最后，我们的重机枪阻止了一小群苏军，这帮家伙设法避开了我们致命的炮击，仍企图逼近我们的阵地。

到了夜里才获悉，我们的炮弹上安装了碰炸引信，炮弹碰上目标便会炸开，杀伤性弹片在人群中造成了一场浩劫。敌人遭受了一场可怕的屠杀，我们不禁对此深感满意。他们居然敢在过节时跑来打扰我们！

当天下午晚些时候，苏军再次实施了炮击，又组织了一次进攻，但他们的这次尝试和前一次一样，仍未获得成功。现在我们明白了，他们的目的是破坏我们过节，俄国人不过圣诞，他们只过元旦。尽管我们阵亡了几个人，但整体损失较为轻微。我们获悉，敌人在整个区域内损失了35辆T-34坦克。看来，俄国人也打算歇一歇了，因为在接下来的几天里，我们没有遭遇其他的战斗。

12月28日。当天的前线平静度过。我们觉得，敌人大概也打得筋疲力尽，暂时不想再理会我们了。

12月29日。先前占据这些阵地的部队回来接替了我们。他们重新进入主防线上原先的那些散兵坑，当初，苏军的一场大规模攻势将他们赶出了这些阵地。我们很高兴能返回自己的住处并重新恢复人样。要是我们的某个朋友此刻想认出我们，那他必须好好地识别一番，因为我们一个个蓬头垢面，胡子拉碴。

我们在情绪上的变化快得令人惊奇。坐在车上，靠近营地时，我们还开着玩笑，谈论着回到住处后该如何如何。可当我们看见卡佳站在那里，眼含泪水等着我们回来时，大伙儿都变得严肃起来。再一次，她在我们那些阵亡战友的床铺上摆放了小小的木制十字架。她不想让我们看见她的眼泪，于是，匆匆向我们表示了欢迎后，她飞快地逃开了。我们叫她回来，她借口说"Raboty, raboty"，这句话的大意是"我还要干活呢"。

洗漱完毕，我们一头倒在床上，一直睡到夜里。然后，我们得到了配发的口粮，另外，每个人还有一瓶白兰地。我把我那瓶酒给了瓦尔德马，他静静地坐在角落处，大口大口地灌着酒，沉浸在失去朋友的痛苦中。

晚上，我跟保罗·亚当、卡佳和她的母亲聚在了一起。我们学习着俄语，尽管我们的俄语说得怪里怪气，但大家玩得却很开心。一次，卡佳握住了保罗的手，他看着她那双闪着亮光的蓝眼睛，脸红了。啊哈，我心里暗笑，这里面有情况！等我累了离开时，保罗和卡佳留了下来。

第十章

恐惧和仇恨
替代了泪水

12月31日。夜里再次下起雪来。这层新的白色地幔很干燥，呈粉状，就像我们喜欢的那种。魏歇特估计，前线的那些伙计能挡住敌人的攻击——这个话题是我们此刻闲聊时最重要的一个内容。魏歇特说得可能没错。

就在这时，迫击炮分排的芬德下士赶来看望我们。他知道的情况并不比我们多，但他建议我们做好准备，因为赶赴前线的命令随时可能被下达。于是，我们满腹狐疑地等待着……

敌人的炮击持续了一个小时后开始减弱，然后，我们听见了我方的还击炮火，是从村子前一个新的阵地发射的。我们估计，这顿炮火瞄准的是发起进攻的敌军。就在这时，我们的头儿来了，我听见他和芬德下士交谈着，他告诉芬德，前线的阵地在昨天得到了加强，很明显，敌人试图进一步挤压我们的桥头堡。他也认为我们可能会被调上前线，但这要视前线的情况而定，还要看指挥部的命令。

头儿的判断被证明是正确的：一个小时后，部署令下达了。大多数士兵已经爬上了卡车，但我们却没看见卡佳，她绝不会在我们出发时忘记跟我们告别的。此刻是清晨，她可能在山地兵的厨房里忙着削土豆呢。

就像明白我们的心思那样，卡佳突然从几座木屋间跑了出来，在她的高筒毡靴下，粉尘状的积雪四散飞溅。与所有的俄罗斯妇女一样，她在头上裹了条温暖的头巾，这种头巾使所有的俄国女人从远处看去都显得很老。等她跑到我们面前时，我们才辨认出她那张年轻的面孔，因为奔跑，她的脸热乎乎的，涨得通红。卡佳喘了口气，匆匆解释着："士兵说，我在厨房干活。我要走，他说不行。我说没关系，然后我就跑来了。"

"Charascho Katya, nye nada,"我尽量用准确的俄语说着，这句话的意思是，你不必自责。

那些已经上车的战友们纷纷伸出手来，像往常那样与她道别。年轻的掷弹兵施罗德和保罗·亚当站在我身边。卡佳掀开施罗德头上戴着的风帽，摸了摸他浓密的头发。施罗德开心地笑了，但他的脸随即涨得通红。他转过身登上了卡车。卡佳又握住了保罗的手，我看见她的手指紧张地扭动着。她比平日更长久地握着保罗的手，凝视着他。然后，她猛地转过身去，再也无法忍住眼中的泪水。

我从未见过卡佳如此伤心。一时间我无所适从，我伸出双臂搂住卡佳，用德语结结巴巴地说道："别担心，卡佳。我们都会平安归来的，就像你看见的那样。"

她听不懂德语，但她也许能感觉到我说的意思。她看着正在登车的保罗。我已是最后一个上车的人，但卡佳仍拉着我的胳膊，低声说道："Paschausta，拜托你，你会照看保罗和小施罗德吗？"

我点点头："Charascho亲爱的卡佳，我答应你，我会照看好他们的。"说罢，我也爬上了卡车。

汽车开动了，我们像以往那样朝卡佳挥着手，但她没有向我们挥手：她垂着双手站在那儿，泪水沿着面颊滚落。突然，她的身子抽搐起来，握紧了拳头。她朝空中挥舞着拳头，我们感觉到而不是听见她绝望的叫声："Woina kaput!（战争快结束吧）"这种绝望的叫喊是对这场残暴战争的抗议，也许还是对万能的上帝允许这种毁灭和无休止的悲痛的一种抱怨。

尽管我们的车子已经向右方开出去一百来米，可卡佳仍站在原地望着我们。车上没一个人说话。有人赶紧摸出香烟点上，还有些人，像瓦尔德马那几个，点上烟斗吸了起来。每个人都沉浸在自己的思绪中。

我一直想着卡佳，她今天的举动为何如此反常呢？会不会是长期的不确定性以及兴奋的积累导致我们大家如此紧张呢？或者是厨房工作人员的问题，他不想让卡佳出来送别我们？卡佳的举止真的很奇怪，就好像知道或感觉到了什么。

"猜猜看！""教授"看着魏歇特："在卡车前面的雪地里我发现了一些证据。"

"你什么意思？"魏歇特看上去一脸茫然。

"别装作吃惊的样子，""教授"责备着他，朝我们眨了眨眼："准备爬上汽车时，你用牙咬着打火机，可当卡佳跑过来时，你兴奋得把打火机掉在雪地上了。"

车辆穿过一道峡谷，我们听见了战斗的声响，激战声越来越靠近。突然，我们遭到了几门步兵炮的轰击，汽车不得不退回峡谷中。就在我们纷纷下车时，敌人的迫击炮弹袭来，一部汽车被击中。反坦克炮弹和坦克炮弹呼啸着穿过空气，落在我们的坦克编队中。我们的坦克立即还击，摧毁了几辆敌坦克，遏制住敌人的攻击。

就在我们发起反击时，从前线撤下来的部队朝着我们跑来。他们携带着受伤的战友，一个个惊慌失措。一名下士告诉我们，敌人先是实施了一场猛烈的炮击，然后便派出了搭载着步兵的大批坦克。守在前线的德军部队遭受了严重的损失，许多人负伤或阵亡。

我们在20辆坦克和重型武器的支援下，慢慢向前推进。一开始，我们的进展还不错，但随后，我们进入了敌人重武器的射程内。接下来便是一片无遮无掩的开阔地，我们再次遭受了严重的伤亡，尤其是轻步兵单位。然后，我们成功地肃清了主要的补给路线，并将敌人驱赶至南面很远的距离外。夜幕降临后，我们稍稍后撤了一些，占据了一道新的防线，这里有现成的散兵坑，只要稍加整理便可使用。由于重新夺回了这些阵地，我们的战线多少缩短了些。

当天夜间的战斗相当活跃。敌人先是用重炮轰击了我们前方的阵地，随后发现这些阵地是空的，于是他们又加大了射程。过了没多久，下起雪来，就在这时，苏军步兵突然出现在我们阵地的前方，在曳光弹的照耀下，我们看见穿着雪地伪装服的敌人朝我们扑来。但他们根本没办法靠近我们的阵地，敌人遭受了惨重的伤亡，他们的进攻停顿下来。我们一直能听见他们的重伤员呼叫救命的声音，但没人能救他们。

此刻，苏军士兵紧张地趴在我们前方的散兵坑中。他们不时地用曳光弹开火，子弹窜入漆黑的夜空，然后再落下，将雪地照亮片刻，并形成跳跃的阴影，就像一只垂死的鸟扑动的翅膀。稀疏的雪花在空中飘摆。看来现在我们又能得到暂时的平静了。

一个家伙从后面跑进我们的散兵坑中，问道："你是主射手？"

"没错，有什么消息？"我回答道，通过声音，我认出对方是比特纳。

"你得到口粮了吗？"

"没有。"

"真该死！他们搞什么啊，耽误这么久？"比特纳恼火地说道。

"没错，"保罗·亚当说道："教授早就该回来了。运送补给的卡车离这里并不太远，你甚至能听见饭盒的叮当声。"

此刻，弗里茨·哈曼也跪在我的散兵坑里，他说："我希望教授别在雪地里迷路。他在白天的认路能力就不太好，更别说夜里一个人了。"

"别小题大做了！"我试着让他们放下心来："克拉默跟着他呢。"

又过了十五分钟。友邻排的人也没看见或听见那两人的动静。我们怀疑他们俩不是走到我们前面去了，就是在中间地带迷路了。

"要不要用曳光弹来上一梭子，"保罗建议道。

"别，"瓦尔德马反对，他的看法是正确的。"要是他们在我们前面，子弹可能会击中他们。而伊万们也会还击。"

瓦尔德马的话音还未落，苏军一侧，几发照明弹腾空而起。与此同时，机枪与步枪的射击声打破了前线的寂静。我方的防线上也升起了照明弹，照亮了我们面前的雪地。但前方什么动静也没有。射击声渐渐平息下来。

发生了什么事？会不会是伊万们神经紧张？这种情况时常发生，只要有一个人对着黑暗处开火，另一方会立即予以还击，并发射照明弹。此刻，前线再次平静下来，但我们一个个大瞪着双眼，专注地聆听着动静。又过了半个小时，保罗轻轻推了我一把，示意他听见前方的雪地上传来了某些轻微的声响。突然，邻近的散兵坑里，一个低低的声音打断了我们紧张的聆听。

"海因茨，过来，来一发照明弹，"一个人说道。

一发照明弹钻入夜空，伴随着一声沉闷的声响，照明弹炸开了。一大片细小的亮光立即出现在空中，雨点般地落向我们前方的区域，照亮了整片地带。会不会有人趴在我们前方的雪地上？

"再来一发，"先前的那个声音再次说道，又一发照明弹嘶嘶地窜入了空中。随着照明弹的炸开，我们清楚地看见了几个身穿白色伪装服的人，他们趴在地上，与雪地融为了一体。我拽紧弹链，压低枪口，瞄准了这些进攻者。

"别开枪！别开枪！"一个叫声从我们阵地前方传来。

瓦尔德马叫道："教授！克拉默！是你们吗？"

作为回答，两个身穿白色伪装服的人朝着我们跑来。在他们身后，一支冲锋枪的枪口喷吐着火舌，说明一串子弹正在追逐他们。我扣动扳机，对着冲锋枪口的闪烁处准确地来了几个短点射，那支冲锋枪立即哑了。教授和克拉默消失进我们的散兵坑中。借着下一发照明弹的光亮，我们看见一些俄国人紧紧地趴在雪地上。轻装排的一名俄国志愿者用俄语朝他们喊叫着。俄国人中，有人做了回答。然后，几个俄国人站起身子，我们的两个士兵走过去，把他们带进了我方的阵地。他们是苏军的一支侦察队，十六个人，其中四人被打死，还有几个负了轻伤。

我爬进"教授"的散兵坑，还有几个人已经在里面了。"教授"解释说，他们在路上搞迷糊了，突然发现自己正处在中间地带，他们迷失了方向。

"天知道该怎样绕过那片荒野，特别是在夜里，"他若有所思地抱怨着："所有的一切看上去都一样——就是一片白色的死亡地幔。"

他告诉我们，他们突然听见前方有动静，还以为靠近了我们的阵地，可令他们大吃一惊的是，一名苏军士兵突然出现在他们面前，用俄语对他们说着话。"教授"拎起饭盒砸在他头上，就在这时，枪响了——这阵枪声我们也听见了。

"我们撒腿就跑，"克拉默也说了起来："只顾逃命了，我把饭盒和食物全扔了，我很抱歉。"

"呃，没关系，"瓦尔德马说道："我们不会被饿死的！可你们最后怎么会跑到苏军侦察队里的？"

"我们也不知道怎么回事，"教授回答道："这太疯狂了。俄国人在我们身后开火，我们当然撒腿就跑，朝着我们的阵地飞奔。接下来又把我们吓了一跳，我们俩突然发现自己正在一群俄国人当中，他们正压低声音相互召唤呢。一开始，我想我们应该兜个圈子绕过他们，但我发现他们正蹑手蹑脚地向前逼近。黑暗中，他们肯定把我们当成他们自己人了。接着，我朝你们喊了一句，然后就飞奔起来，俄国人肯定也大吃一惊。接下来的情况你们都知道了。"

1944年1月1日。新的一年开始了。无疑，我时常会想起元旦夜里缤纷的烟花。快到拂晓时，雪停了，能见度不是太好。我们知道，敌人就在阵地前方的某处，但他们伪装得非常好。昨晚我们获知，如果前线状况没什么特别的变化，我们可能会在今天晚上返回住处。我们坐在清理掉冰雪的散兵坑里，不时地注视着前线的动静。此刻，许多双眼睛正做着完全相同的事情。

昨晚的忙碌使我们没能腾出时间吃饭，于是，我们现在抓紧时间吃点东西。昨天的进攻中，我们缴获了两罐美国牛肉，这是敌人仓促后撤时遗落在一条战壕里的。保罗打开一筒罐头时评论说，俄国人吃得不错，他们的口粮居然是"美国制造"。除了食品，俄国人还获得了美制车辆和武器装备的补充，我们经常能摧毁或缴获这些东西。

保罗从罐头里挖了一大块肉，用刀子串着递给我。我把牛肉放在饭盒盖上，仔细看了看这把刀。我经常会拿着这把刀欣赏——这是一把以鹿角为柄的猎刀。

"这把刀可真漂亮，"我一边说，一边拿在手里掂量着。

"没错，这是我哥哥的刀。他经常去打猎。我们在绍尔兰时，玩的东西很多。去年，他在斯大林格勒阵亡了。这把刀，要是你喜欢就留着吧。"

我很惊讶，"仅仅因为我喜欢它？保罗，这并不表示我应该拥有它。"

"我知道，但我很乐意把它送给你。"

"那你呢？你也需要这把刀。"

"吃饭吧！糟糕，他们又来了！"我听见保罗低声抱怨着，并注意到每次有炮弹或枪榴弹在附近炸开时，他都会抽搐一下。我告诉自己，放松些，深呼吸，别紧张，因为此前我至少这样做过上百次了。有时候，对面的那些家伙停火仅仅是因为打光了弹药，天哪。但这次没有，这场可怕的烟火表演持续了一个多小时。即便在炮火停息下来后，他们仍不时地用迫击炮和机枪袭击我们。

我不时通过瞄准镜查看敌人的动静，越看越生气。俄国人猫着腰，来回奔跑着，就在我们的火力射程内，可我们在这里，甚至连头也不能抬。他们的瞄准镜早已对准了我们——只要发现一丝动静，他们便会朝着我们开火。更具威胁的是，在我们前方的某处埋伏着一名狙击手，他隐蔽得非常好，每次我用瞄准镜观察时，都无法发现他。我知道狙击手的存在，仅仅是因为开花弹危险的爆炸声不时出现在我们阵地四周，这种声调明显偏高，持续地在我们耳中回响。这种状况将持续多久？要多久才能发现那家伙？

保罗从散兵坑狭窄的底部走到我身后。

"怎么了？"我关心地问道。

"我不能再蹲着了，我也不能再跪着了。我要疯了！"我明白他的意思，我也有同样的感觉，但我觉得对他负有某种责任，毕竟他是在11月底时才跟我们在一起的，此刻仍有些莽撞。

"保罗，无论如何都要趴下，只要一探头就会被他们发现，"我对他说道。

"我真想把那个藏匿起来的家伙干掉，这样我就觉得好受多了，"他愤怒地咆哮着，在机枪后伏下身子。

"别干蠢事！现在没发生什么情况，我们也不要轻举妄动。不值得冒险。"

保罗透过瞄准镜观察着："看看那些新来的伊万，在那里手舞足蹈！给他们来上几枪！"

"不！"我坚决地说着："其他人都没开火！"我不明白他为何如此急着开火射击。他应该知道，在这种情况下，开枪射击不会取得任何效果：大不了敌人再来一轮火炮齐射，我们放弃自己的阵地罢了。保罗继续用瞄准镜观察着，过了一会儿，他变得兴奋起来。

"该死的！他们在我们前面架设起两门迫击炮！"

有意思，我把他推到一旁，自己凑到了瞄准镜后。没错，俄国人拖着一门迫击炮向前，已经出现在开阔地。这对我们所有人来说都是危险的。我下意识地将机枪瞄准了目标，握紧了扳机。我用瞄准镜观察着目标，可就在这一瞬间，我看见一个雪堆后出现了一顶毛皮帽子和一支步枪。我猛地缩了回去，拉着保罗跟我一同趴下。一声刺耳的爆炸几乎撕裂了我的耳膜，它不停地在我的钢盔下回响。我的脸色苍白：苏军狙击手的开花弹差一点就要了我的命。过了片刻，我才慢慢地恢复了常态。

"该死！那个狙击手一直在瞄着我们，我们甚至没办法靠到机枪后去！"我骂道。

"可你至少知道他躲在哪儿了。只要瞄准那里，对着他盲射就行了——你的高度已经设置好了！"保罗建议着。

好吧，我想我能做到这一点。随后，一发炮弹落在散兵坑的边缘处，我们很高兴自己身处散兵坑的底部，否则，弹片肯定会要了我们的命。我们像两条沙丁鱼那样挤在一起，土块和积雪散落在我们身上。我们俩面面相觑。接着，我们的迫击炮打响了，朝敌人的集结处轰击着。保罗再次站了起来。

"你活腻了还是怎么？"我朝他叫道。

"我只是想看看伊万们在干什么。"

保罗朝着前线望去，但一声剧烈的爆炸推着他撞上了坑壁，他缩成一团，脸色苍白。我们的机枪上也出现了几道金属划痕。

"这下你满意了？"我埋怨着他。现在看来，我们只能躲在坑底等到天黑了。保罗的面孔很快便恢复了血色，他深深地吸了口气。

"我们应该把这混蛋赶走！"他说道。

"没错，可怎么做呢？这家伙的嗅觉很灵敏，总能抢先开火。另外，我觉得这里不止他一个狙击手。"

我们俩蜷着身子坐在散兵坑的底部，双眼无奈地盯着冰冻的土墙。被我们吸完的烟蒂堆放在地上。我们的嘴唇已经干裂，吸烟时，嘴唇上的小块皮肤会黏在烟蒂上。保罗掏出一个黄色的金属罐，里面放着一块软软的奶酪和一块剩下的"美国牛肉"。

我站起身，朝着坑外看了看，保罗甚至没有注意到我的举动。我小心地避免了让自己的头暴露在机枪的左侧，因为我知道，至少有一名狙击手正瞄着那里。

我并未看见太多的俄国人，也没有发现他们的狙击手，甚至通过瞄准镜也没能看见，但我看见了雪堤掩护下的两个头颅。通过仔细观察，我辨认出一挺重机枪的护盾，用白色伪装布掩盖着，就架在雪地上。我轻轻地吹了声口哨。

"发现什么了？"保罗马上问道。

"我刚刚发现在我们前方有一个重机枪阵地！"

"真的？"保罗也想站起身看个究竟。

"别动！一个人伸头去冒险已经够糟糕的了！"我厉声告诉他。

"说不定那个狙击手已经溜走了。"

"你最好别相信这一点。他已经用瞄准镜看见了我们，不把我们干掉他是不会走的！"

"可他并没有朝你开枪！"

"我是从机枪的另一侧探头出去的，你没看见么？"保罗究竟是怎么回事？我从未见过他如此不安。他再次试图站起身来。

"你趴下！"自打保罗和我在一起后，这还是我第一次对着他大声嚷嚷。我生气的原因是因为他的举动太愚蠢了——我还记得我曾答应过卡佳，我会照看他的。

当我再次观察俄国人的机枪阵地时，看见两个家伙朝着机枪爬去，另外两个身影则在后退。看来，他们在换岗！要是这里没有狙击手，我肯定会朝着他们来上几个点射。但此刻我不能冒险，我必须等待机会。我把三脚架上的机枪向另一侧调低，以便获得更好的视野。就在这时，一声尖锐的枪声响起！就在我耳边！我快似闪电地蹲下身子，一动不动。保罗大睁着双眼，像被闪电击中了那样，慢慢地瘫倒在散兵坑的底部。尽管我警告过他，可他肯定还是在我身后探出了头。

我惊恐地盯着保罗头上出现的一个拳头大的洞，就在他左眼上方，暗红色的鲜血流到了他的钢盔上，再流过他的面颊，一直流入他的嘴里。我完全慌了手脚，于是试着把他的身子翻向一侧，这样，流入他嘴里的鲜血便会流出来。这时，鲜血从保罗的嘴里流出，在地面上形成了一小滩血泊。鲜血从他的伤口处泵出，速度如此之快，我甚至能听见轻微的"汨汨"声。我用两个急救包压住他的伤口，可毫无作用，地上的血泊变得更大了。我的双手发抖，我的膝盖发软，不由自主地颤抖起来。我什么也做不了：他的脸色已经苍白如纸。就在这时，一发炮弹在附近炸开，我跳了起来。

我将双手拢在嘴前，朝着后面叫喊着："医护兵！医护兵！"

"怎么了？"有个家伙回应着。

"保罗·亚当头部中弹，也许他还有救！"

"没人能离开这里！"那个声音回答着。

尽管很危险，可我不能待在散兵坑里，我必须做些什么。我惊慌地跳起身子，连滚带爬地朝着后方而去，直到自己掉进一个散兵坑中。

"你疯了？"一名下士朝着我喊道。我的耳中依然回响着炮弹的爆炸声。散兵坑四周的积雪被敌人的机枪打得四散飞扬。

我咳嗽着，喘着粗气。"也许吧，可必须有医护兵跟我过去！保罗可能还有救！"

"冷静点！"下士说道："要是他头部中弹的话，就算有医护兵在场也没救了。"

"可能是这样，可我们至少该试一试！他不能留在散兵坑里。如果前方出现什么情况，我会踩到他的。另外，我也需要一个副射手。"

"我明白，已经通知连长了。因为迫击炮的炮击，他在后面稍远处。敌人的炮弹还炸死了我们的两个弟兄。"

我的激动开始慢慢地消退。究竟是什么驱使我从自己的散兵坑里跑出来呢？是因为我想亲自找到一名医护兵？还是因为慌张，因为我不忍心看保罗的那张面孔？我们刚刚还在一起说着话，可几秒钟后，他倒在我面前，头上一个可怕的大洞。这一瞬间，所有的一切都不同了。他躺在自己的血泊中，无法说话。我从未见过一个伤口里能涌出这么多的血——简直就像是条潺潺的溪流。

我知道保罗被打死的那一瞬间，他就像我身边的一棵树那样倒了下去。由于神经的抽搐，他的嘴上下抽动着。该死的狙击手！要是我能逮住他，把他大卸八块将给我带来平生最大的快意——我不会有丝毫的不安，哪怕他跪在我面前苦苦求饶。

趁着炮击的间歇，有人跳出了散兵坑，朝着我那个机枪阵地飞奔而去。

"别去！"在他身后有人叫道。

我认出那个奔跑的人是新分到我们这里的医护兵，于是我也跳起身，跟在他身后跑去。他可真是个好小伙，我希望他平安无事——要是出了什么意外，那可全是我的错！敌人的迫击炮弹和机枪子弹迫使我们不得不在一处洼地里隐蔽起来。

"亚当还活着吗？"医护兵问道，我摇了摇头。

"开花弹把他脑袋的左侧全炸开了，"我告诉他。

"我会亲自看看的，"他点点头，往前猛冲了几米，跳入了我那个散兵坑。我也猛跑了几步，冲进了坑中，我紧靠着坑壁，以免不小心踩到保罗身上。

"他流了好多血，"医护兵看着保罗身下的血泊说道。"我们真的无能为力了，他肯定是当场就被打死了。"

我点了点头。

"我们该怎么做？在这里我几乎动弹不得，你也看见了。"

医护兵看着我："你能动弹，可你不想在朋友的尸体旁走来走去——这一点我完全理解。我们来看看，是不是能找到一个空的散兵坑，把他的尸体放进去。我知道有一个坑里已经放了两具尸体，他们是被一发直接命中的炮弹炸死的。"

又过了一个小时，周围的一切稍稍平静了些，这使我们能将保罗沉重的尸体移到一个空的散兵坑中。弗里茨·哈曼的重机枪为我们提供了火力掩护，压制住敌人的狙击手和重机枪。但随后，地狱之门敞开了。俄国人用迫击炮猛烈开火。我小心地爬回了自己的散兵坑，发现掷弹兵施罗德也在里面，他正紧紧地贴着坑壁。

"连长告诉我，让我向你报到，并担任你的副射手，"他说道。

天哪！我想着，他们为什么要给我派这个金发的施罗德来？就没有其他人了吗？我想朝着他大喊，尽管不知道为了什么。我在他对面的几个弹药箱上坐下，掏出烟斗点上，施罗德则吸起了香烟。

"你知道保罗·亚当是怎么死的吗？"我问他。

"知道，头部中枪。"

"好，那你就能想象出，要是你把头探出去会发生什么事了。"

"好的。不过，不是所有人都会倒霉的。另外，我们还要不时地查看情况，对吗？"

我不知道保罗是否有过自己会阵亡的预感，但卡佳有！她肯定预感到某些东西，因为她曾告诉我，让我照看好他。她不能为所发生的事情责怪我：我做了我所能做的一切。我甚至还朝着他大喊过——这是我以前从未做过的。现在，小施罗德在我的散兵坑里！卡佳说过，也要我照看好他。天哪！好吧，我会尽力而为，可我不能把他捆起来。

此刻已是傍晚时分。空气中雾蒙蒙的，这大概对我们有利——这种气候给狙击手增添了困难。此时的迫击炮火稍稍减弱了些。我不时地朝着俄国人的阵地瞄上一眼，对方也很平静，偶尔能看见猫着腰的身影穿过雪地。

这对我来说并不太令人愉快，可我不想胡乱发号施令。

"这是为你好，施罗德，"我解释道。他已经站起身，趴到了机枪后。也许，敌人确实看不太清我们这里的动静。

"这里真没什么可看的，"他说道。过了一会儿，他用手指着某个东西，激动地问道："那是什么？"我只看见一道粗粗的黑线，从左向右移动着。

"我们是不是把瞄准镜摘下来，用它仔细查看一下？"他问我。

"这个主意不错——这样我们就能趴低些，获得更好的保护。好吧，把它摘下来，不过要小心点。"

施罗德谨慎地向前倾去，转动机枪瞄准镜上的蝶形螺母。瞄准镜纹丝不动，可能是被冻住了。为了能用上劲，他伸出了双手，他的身子稍稍抬起了一点点。就在这一霎，一声枪响！就像是耳边响起了挥舞鞭子的声音。施罗德倒下了，就和先前的保罗一样，瘫倒在我的脚下。我冲着后方喊了起来："医护兵！施罗德头部中弹了！"然后，我弯下腰，从背包中取出了绷带。

那位年轻的医护兵此刻离我们并不太远，他几个箭步便冲进了我们的散兵坑，在施罗德身边伏下身子。我的脸色死一般苍白，双膝不由自主地颤抖起来。我的嘴发干，我提醒医护兵这里有敌人的狙击手在活动，然后问道："他死了吗？"医护兵耸了耸肩膀。

"和保罗·亚当的伤口几乎一模一样，"他下了结论："只是这一次，子弹钻出他的脑袋后才爆炸。"该死的开花弹！这是继保罗·亚当之后的第二个受害者。

施罗德的左眼下出现了一个正常大小的弹孔，可在他的左耳后，子弹的出口非常大，鲜血从弹孔汩汩而出。医护兵用绷带把他的头部包扎起来，可绷带立即被血浸透了，于是，他又拿了一卷绷带再次缠绕。

"他还活着吗？"我担心地问道。

医护兵小心地捧着施罗德的头颅，盯着他那张苍白的面孔，触摸着他的颈动脉。显然，他什么也没感觉到。

"他也许还活着，也许已经死了，在散兵坑里我没办法弄明白。像这种头部的伤势，你也做不了什么，不过，我还是要想办法把他送到急救站去。就算他现在一息尚存，恐怕也无法活着被送到那里。"

据他说的来看，施罗德已经没什么希望了。

结果，施罗德成了我这个该死的散兵坑里第二个阵亡的人。出于某些未知的原因，我活了下来，尽管我从这里探出头去查看情况的时间比他们都长。可怕的命运，你根本无法挥手打发它。我注定要体验战友是如何在一眨眼的工夫里离我而去的经历，也注定了我将承受失去战友的痛苦和悲伤，同时还要承担比过去更加强烈的对自身生命转瞬即逝的恐惧。

"来吧，你抬腿！"我听见医护兵对我说道，我们一起把这具毫无生气的躯体搬出了散兵坑，把他放在身后被翻搅过的雪地上。此刻，周围几乎已经彻底平静下来，偶尔会出现几声步枪的射击声。蒙蒙的雾色使能见度变得非常低。

"先把他放在这里，我到连部去取副担架来，"医护兵说罢，消失在后方。

过了没几分钟他回来了，身后跟着一名医护下士。他在毫无生气的施罗德身旁弯下腰去。

"我觉得他可能没救了，不过我们还是把他和另外两个伤员送到急救站去，让外科军医看看。"

他们把他抬上担架，我最后一次看了看小施罗德，我凝视着他那苍白的面孔。我觉得好像看见他的眼睑抽动了一下，但我不敢确定。看上去，他真的和我在过去的战斗中见过的那些死者一样。不过，令人惊讶的是，我后来又见到了施罗德——十个月后，我身负重伤，被送到了一个康复中心。在适当的时候，我还会提到这一点的。在此之前我们都认为施罗德已经死了，对战斗中负伤的大多数人，我们从未得到过关于他们具体下落的消息反馈——除非是某个出名的军官。

施罗德被送走后，几个朋友来到了我的散兵坑中。我们的交谈过程中，充斥着对敌人狙击手的大声咒骂。总共有五名士兵成了敌狙击手的受害者，他们都是头部中弹而亡。

天黑后，一切都结束了，敌人离开了距离我们很近的隐蔽处。接替我们的部队使我们获得了一丝喘息之机，可这能维持多久呢？

第二天拂晓时，我们踏上了返回住处的归途。

1月2日。和往常一样，卡佳把房间打扫得干净整洁，并确保它们在我们回来时暖暖和和。保罗·亚当的床上摆放着一个编织好的花环，花环中间放着一根点燃的蜡烛。小施罗德的床铺在相邻的一间木屋里。我不知道卡佳是如何获悉这些噩耗的：从昨天起就没人从前线下来；补给车也没有赶到前线去，因为他们知道，我们马上就要被替换下来；而阵亡士兵的尸体也是在今天早上才运送下来的。卡佳有一种神奇的能力，她能预感到将要发生的事情，我对此感到不安。

她没有像以往那样迎接我们。蜡烛燃烧的时间并不太长，所以，没多久前她还在这里的。直到晚上我们才见到卡佳。她的眼睛显示出她曾哭过，她没有跟我们进行太多的交谈。

我们也没有太多的时间。部队再次进行了重组，轻装排的佩龙耶被调入我们排。随后，军士长过来，告诉瓦利亚斯、弗里茨·哈曼和我，我们现在可以在衣袖上缝上迟到的第二道条纹了。这一提升意味着我们的军饷也得到了一些提高。所有人都期盼我们能请大家喝一杯，于是我很高兴地发现自己还留着一瓶杜松子酒，这还是上次分发口粮时配发给我们的。

1月3日。晚上，我们突然接到了开拔令。我们奉命驻扎到距离第聂伯罗夫卡不远的另一个村子去。我们猜测这是舍尔纳将军临别时的一种姿态。这一切发生得如此之快，我们甚至没有时间举办个恰当的仪式告别可爱的卡佳。她在厨房里干活，只有她妈妈在屋里。玛特卡告诉我们，卡佳哭了很长时间，也祈祷了很久。保罗的死肯定对她造成了极大的影响。车队到达了，我们登车后即将出发，这时，我们看见了卡佳。她试着追上我们，可她无法做到，于是，她站在那里，举起双手朝我们挥舞着。

这件事发生得如此突然，也许是件好事——快速而又突然的告别，就像时常出现的死亡那样：从一个时刻到下一个时刻，完全出乎意料，但又是最终和不可改变的。事先不知道此事，对我们而言是件好事。现在，过去的一切都被我们抛至脑后了——我们在第聂伯罗夫卡所经历过的那些美好的日子和糟糕的时刻。这个地点已经成为历史。但战争仍将继续下去，前方充斥着鲜血、恐惧和悲伤，死神将从中获取丰收。

1月23日。夜里，我们接到了撤出桥头堡的命令。有消息说桥头堡已经被彻底放弃了，但实情究竟怎样还很难说。天气也出现了变化：一个小时前下起雨来。我们在一座桥梁前等待着，以便让对面的车流先行，我们认出了一辆"费迪南德"的轮廓。在交谈中我们获知，工兵们正忙着拆除它，最终，这辆"费迪南德"将被炸毁。

1月24—27日。我们在上午时到达了一座小村落，占据了几所空房子作为住处。我们在这里待了两天，然后便朝西北方而去。此刻的道路稀软不堪，已经变成了泥泞的海洋。

我们在另一个村子停下。村里所有的屋子几乎都被占据了，但我们好歹找到了一间空房子，随后便塞进去二十个人，像沙丁鱼罐头那样挤在一起。夜里，屋内散发出某种可怕的臭味，第二天早上我们才发现，屋里有一堆烂白菜，角落处还摆着一缸酸菜。

2月2—3日。当晚我们到达了一个名叫阿波斯托洛沃的村子。这个村子很大——实际上，它是个镇子。我们听见爆炸声从四面八方传来，但没人知道前线究竟在何处。俄国人在克里沃罗格的北面突破了我军的主防线，驱赶着他们前方的德军部队，一路向南疾进。此时的道路状况完全是一场灾难，不光是轮式车，就连履带式车辆也深深地陷入了泥泞中，原先半通的道路被堵得水泄不通。

我们没能待在住处休息，而是忙着把我们的车辆拉出泥潭——这是个没完没了的活儿。白天到来后，俄国人的战斗机对陷入泥泞的车辆实施扫射和轰炸。油箱爆炸了，起火燃烧的车辆随处可见。白天时，苏军的炮火也相当猛烈。我们被告知，俄国人已经逼近了镇子。一场混乱随之而来，每个人都竭尽全力地试图保住自己的性命。我们和其他单位的许多车辆被陷在泥泞中，于是，这些车辆被炸毁，以确保它们不落入俄国人之手。我们碰巧遇到了一些属于我们的汽车，这些车辆停在隐蔽处，幸运的是，它们尚能启动，于是，我们坐上车离开。但几天后，这些汽车也陷入了泥潭中，我们只能步行前进了。

2月8日。一场向西的撤退行动正在进行。我们的人挣扎着穿过泥泞的道路，或者利用铁路，希望尽可能多地保留下车辆和重型武器。我们的任务是担任后卫，防止苏军先头部队追赶上我军的主力。一路上，我们与苏军发生了多次战斗，穿过谢洛科耶和尼古拉耶夫卡后到达了因古尔，我们从这里开始了一场痛苦的行军，穿过遍地的泥泞赶往布格河。

这段时间里，我们的士气低落得可怕——挣扎着跋涉过胶一般的烂泥，得不到睡眠，食物也少得可怜，我们的脚上磨出了水泡，鲜血淋漓，追击中的敌军发出的"万岁"声听得我们耳朵疼，为了生存，我们不得不将他们击退，这段时间里，我既没有时间也没有机会写日记。不过，我们在布格河上的沃兹涅先斯克刚得到了一点休整的时间，我便把那些令我永生难忘的经历和创伤重新记录下来。我不再试着记录后撤期间所发生的各种事件的具体时间，而更愿意把注意力集中在这一可怕的过程中究竟发生了什么上。

因斯特堡的老市场广场。

一群德军补充兵穿过被占领的俄国城镇，赶往他们要加入的部队。

1942年8月底，德军穿越卡尔梅克草原，赶往斯大林格勒。

穿过一道宽广的前线杀向斯大林格勒。

草原上的暂时停顿。

辽阔的草原上天然形成的一道深深的峡谷（通常为矩形），这种沟渠被称为
Rachel或Balka，为部队提供了掩护，有时甚至能隐蔽整个营的人员和车辆。

卡尔梅克草原上的一处集体农场。

卡尔梅克草原上的一户人家。

1942年9—10月，燃烧的斯大林格勒。

奋战于斯大林格勒废墟中的德军士兵。

斯大林格勒市内，街道上的路障。

斯大林格勒的"网球拍"地区，获得了补给的德军士兵。

斯大林格勒，第24装甲团的墓地。

斯大林管风琴——这是一种简陋的火箭发射器，通常安装在敞篷卡车的后部。

德军工兵正在顿河上搭建桥梁。

穿过蒂洛尔赶赴意大利。

再见，意大利！再次返回俄国前线的德军部队。

阵地中的一个德军机枪组。

正接受审问的一名苏军军官。

1943年11月，尼科波尔桥头堡，搭乘一辆装甲运兵车的德军装甲掷弹兵。

尼科波尔地区，奥廷根—瓦勒施泰因的亲王莫里茨中尉（右起第二位）和他的部下们在一起。

德军士兵跟随着一辆新式的"费迪南德"发起进攻，这种75吨重的坦克歼击车安装着88毫米口径的火炮。

向阵亡的战友们致敬。

在坦克的支援下，一群德军步兵正在准备进攻行动。

浓雾中，许多士兵彻底迷失了方向。

德军士兵在一道峡谷中等待着进攻。

撤退！德军车辆挣扎着穿越乌克兰厚厚的泥泞……

……甚至连坦克也无能为力。

赶往前线的罗马尼亚士兵。

后撤仍在继续。

住院期间，作者（右）与一位战友的合影。

1944年新年期间，作者与他的妹妹在一起。

第十一章

穿过深不见底的泥泞

气温稍稍降低了些，夜里甚至再次出现了一些霜冻，许多车辆得以借此机会驶出了泥泞。可是，随着我们进一步的后撤，被翻搅得一塌糊涂的道路变得更加泥泞不堪。

在一名年轻少尉的带领下，我们连经常承担起后卫的任务，我们的任务是尽可能长时间地挡住敌军，甚至在可能的情况下发起反击。不过，通常说来，苏军攻击我们时所使用的武力相当强大，我们根本没有能与之匹敌的重武器。他们高喊着"乌拉"朝我们冲来时，我们通常所能做的是迅速逃离。唯一的结果是，我们这支小小的连队变得越来越弱小。

在阿波斯托洛沃和谢洛科耶之间开始这场后撤时，我们至少还能说是"有组织的"。为了给我们的行李车和重武器争取时间，以便让他们穿过无尽的泥泞，作为后卫部队的我们占据了带有掩体的一座前炮兵阵地。我们接到的命令是，守住这座阵地，等夜幕降临后再追上大部队。作为加强，从其他单位调了几名士兵给我们连，另外还包括一辆半履带车拖曳着的一门75毫米反坦克炮。这座炮兵阵地位于草原中间，条件相当好，只有右侧的向日葵地稍有些泥泞。

起初，这里一片平静：我们没看见也没听见敌人的任何动静。但我们知道他们正在不断向前推进，随时可能出现。他们肯定也知道，这里已经没有连贯的防线，要是我们给他们制造了麻烦，他们干脆不理会战壕中的我们，直接从左侧或右侧绕过。敌人从我们的两侧经过，留下的硝烟和灰尘非常明显。

我们这位年轻的少尉将那座掩体作为连部。我的机枪阵地设在掩体右侧一个狭小的散兵坑中，弗里茨·哈曼负责保护掩体的安全，轻装排位于左侧。反坦克炮隐蔽在修建掩体时挖掘出的泥土所堆成的一个土堆后。芬德中士建议，应该将反坦克炮阵地往后移，他的看法是，一旦敌人的坦克发现我们的反坦克炮，会危及掩体和我们的重机枪阵地。但他的建议被忽略了。

正当我和弗兰茨·克拉默忙着改善我那挺重机枪的射界时，敌人的第一轮炮弹呼啸着飞来。炮击并未针对任何特定的目标——"骚扰性炮火！"瓦尔德马说道，他站在侧后方的一个散兵坑里，用望远镜查看着前方连绵起伏的山丘。

过了一会儿，我听见他喊道："该死！他们像一大群蚂蚁那样朝我们来了！"

通过机枪上的瞄准器，我也看见了敌人。俄国人就像一支白蚁大军，带着摧毁一切的决心朝我们而来。瓦尔德马估计他们距离我们还有3～4公里。对方的速度很慢，几乎是在散步，但却是以一种稳定的速度不断推进。只要一个小时左右，他们便会杀至我们面前。可是，几分钟后我们又判断出，敌人的主力并不是直扑我们而来，而是向着我们的右侧而去。

"看起来他们会绕过我们，"我说道。

"我不这么认为，"瓦尔德马说道："他们的右翼可能会迎头撞上我们。"

就在这时，苏军的大炮朝着更远些的前方开火了，轰击着他们行速缓慢的步兵前方的空地。瓦尔德马说得没错：要是俄国人这样走下去，他们的右翼会掠过我们的阵地。我们首先该做的是保持不动，但如果敌人逼近到危险的距离内，我们就应该开火。瓦尔德马也同意这种做法。可少尉的看法不同，他把我们叫过去，告诉我们，两挺重机枪现在就应该开火射击。

"简直是发疯！一公里半的距离，这么做完全是浪费子弹——我们会丢失阵地的！"瓦尔德马恼火地说道。

于是我等待着。可其他的武器一齐开火了，于是我也打光了一条弹链。在我们前方，棕色的人群并未有任何停顿，而是继续向前推进，就像什么事情也没发生那样。我的机枪随后便卡壳了。

我咒骂着上了漆的钢制子弹：一发子弹卡在了枪膛中，这种情况经常发生。我通常在敌人距离我们还有一段距离，或者为了干扰正在集结中的敌人时使用这种子弹，但我总会留几箱质量较好的子弹，专等敌人发起正面进攻时使用。但我仍需要1～2根备用枪管，以便在战斗真正打响时使用。约瑟夫·施皮特卡是我们的携弹手，他至少带着一根备用枪管。可他在哪里？

我问比特纳是否知道我们的助手在哪里，他告诉我："他们肯定在掩体里。"我必须去那里找到他，于是我问了问瓦尔德马。

"你去吧，我来操纵机枪，俄国人离我们还远着呢。"

为了节省子弹，瓦尔德马用短点射朝着俄国人开火射击。掩体内，只有芬德和另外两个人——其他人都被少尉派到附近的散兵坑里去了。我匆匆点上一根烟，正当我走出掩体时，有人叫道："坦克！"几秒钟后，一发炮弹击中了掩体的顶部。我们的反坦克炮开了一炮，击毁了对方的坦克。

我冲出掩体，想回到自己的机枪阵地上。敌人坦克的炮弹不停地在四周炸开。我跳入旁边的一个散兵坑中，然后便看见三辆T-34从左侧逼近，径直朝着我们的掩体驶去。战壕里的士兵已经跑了出来，朝着后方逃去。

"他们都跑了！"弗里茨·哈曼叫道。然后，他和比特纳也跳出了散兵坑，跟在少尉和其他人身后飞奔起来。两辆坦克朝着逃亡中的士兵们开火，第三辆坦克在掩体旁逡巡，随后便开炮射击。一发炮弹将四散奔逃的反坦克组员炸得支离破碎，接着，T-34的炮塔打开了，几枚手榴弹扔进了掩体的入口。

我的肌肉绷得紧紧的——我想跳起身，跟在其他人身后一同逃命。但太迟了！一辆坦克刚刚碾过弗里茨·哈曼的重机枪，将其彻底压扁。然后它跟着另外两辆坦克，从我身边隆隆驶过。现在跳起身就意味着找死。我不得不待在坑里，静观其变。瓦尔德马和克拉默也在他们的散兵坑里，芬德应该还在掩体内——他被击中了吗？

此刻，我的性命岌岌可危，我朝着瓦尔德马和克拉默望去。他们没有开火射击，正摆弄一根机枪枪管，无疑，机枪又被卡住了。这时，推进中的苏军士兵越来越近。然后，我听见了芬德中士的声音。

"怎么回事，你们为什么不开火？"芬德中士站在掩体门口，紧紧地捂着自己的左臂。他肯定是负伤了。

"几根枪管都卡住了！"瓦尔德马叫着，拼命地想把卡住的子弹拨出来。最后，他终于成功了。他换了一条弹链，关上枪膛，将弹链拉紧。机枪咆哮起来，打出了两个长点射。前方的苏军士兵纷纷趴倒在地。可我们的机枪又一次卡住了。这可真气人——我知道这种感受！一旦枪管过热，或是机枪内部出现哪怕是最小的故障，这种情况便会发生。唯一的解决办法是换根枪管，并让这根枪管冷却下来，或者是使用质量好些的子弹。

我期盼着瓦尔德马能明白这一点，可最近几个月里，他一直在使用冲锋枪，并未操作过机枪。要是这挺机枪不开火，我们就全完了——俄国人会把我们拉出散兵坑，要么俘虏我们，要么直接把我们枪毙。瓦尔德马和克拉默低着头，忙着清理他们的枪管，步枪子弹在他们四周呼啸着。瓦尔德马不停地祷告着，不时望一眼越来越近的苏军士兵。我惊慌失措，心里暗暗责骂自己。我为什么没有留在原地呢？

我估计瓦尔德马和克拉默一直在使用那些质量低劣的子弹，尽管至少有六箱高质量的子弹就放在他们的散兵坑里。在处理子弹卡壳的问题上，我比克拉默强得多，因为我的经验更加丰富，而他，从未真正地应付过这种情况。如果两根枪管都被子弹卡住，而且，如果子弹的底部已被撞击过，再想把子弹取出就有点困难，会很费时间。

这些念头在我脑中盘旋着。但在一切变得无可挽回之前，我必须尽快设法让这挺机枪响起来。天哪——迄今为止，我一直依靠着这挺机枪。在越来越激烈的步枪射击声中，我带着惊慌和恐惧叫嚷起来："我来了！可你们必须有一个人得离开散兵坑！"那个散兵坑太过狭窄，无法挤下三个人，瓦尔德马也知道这一点。我们两人同时跳了起来，瓦尔德马紧跑几步，消失进旁边的一个散兵坑中。我奔跑的距离比他稍远些，就在我穿过弹雨时，左前臂感到一阵热辣辣的灼痛。疼痛并不厉害，但我能感觉到鲜血涌出了我的衣袖。

随着最后的一跃，我跳入了散兵坑中，开始检查机枪枪管。不出所料，两根枪管都被子弹卡住了，两颗子弹的底火也已被撞针击发过。该死！看来，我需要更多的时间才能将子弹取出。这时，我看见掩体处有几名士兵，我朝着他们叫道："我需要备用枪管！"，然后，我试着用专用工具将卡住的子弹取出。在我们面前，那些棕色的身影越来越近，几乎已经能看清他们的脸。就在这时，我听见瓦尔德马的冲锋枪响了起来，掩体处的几个人也用步枪开火了。毕竟，这里还有些步兵没有逃跑。

可是，面对苏军汹涌的大潮，稀疏的步枪射击根本无济于事。难道，就这样完蛋了吗？眼前的情形看起来肯定是这样。我从未真的想过就这样结束自己的生命。可我为什么应该例外呢？现在，等待我的将是阵亡或被俘——也许是更糟糕的结局。我们曾多次听说过苏联红军是如何对待俘虏的。当场被打死会更好些，反正被俘后我也无法生还。我试着默默地祷告，可由于胃里翻腾不已，根本说不出连贯的话语。我不由自主地解开手枪的皮套，将"鲁格尔"冰冷的枪柄握在手中……

这时，有人在我身后咳嗽着。"拿着，从另一挺机枪上拿来的备用枪管。"

我转过身，这才发现是我们的携弹手，他冒着敌人雨点般的子弹，从一个散兵坑里跳起身子，将两根用保护套罩着的备用枪管丢给我，落在我们身后大约一米处。他看见弗兰茨和我伸出手去够那两根枪管，他再次跳起身往后跑去。他只跑了两步便一头栽倒在地上，一动不动了。呼啸的子弹继续射在他的身上，但我们的携弹手，约瑟夫·施皮特卡，再也感觉不到这一切了。为了战友，他献出了自己年轻的生命。

我激动得说不出话来，但我看见了一个能让我们活下去的机会。我的手颤抖着，打开保护罩，拽出一根备用枪管，将其装上机枪。弗兰茨·克拉默已经准备好了一条新的弹链，上面塞满了黄澄澄的子弹。我抽紧弹链，关闭了枪膛。

我的身子抖得像片树叶——最前面的苏军士兵已经朝着我们冲来。但我的机枪开始怒吼起来！弹链像浸了油那样顺畅地流动起来，一种难以形容的宽慰感溢满我的身体。冲在前面的进攻者像苍蝇那样倒在地上。弗兰茨·克拉默已经将所有的子弹箱打开，用双手捧着一条新的弹链塞进枪膛，以确保它们毫无停顿地顺利通过。

我经常站在机枪后，感受着这台"死亡传播者"所展示出的力量。但我从有过像现在这一刻的获救感。我看见我们的敌人倒了下去，奄奄一息。我看着他们鲜血四溅，听着他们的惨叫，但是，请相信我，我对他们没有丝毫的同情和怜悯。我被一种疯狂牢牢地控制着，这是对我刚刚经历的恐怖和绝望的一种血腥报复……也是为了约瑟夫·施皮特卡的阵亡，为了那些反坦克炮组成员以及其他伤亡者所实施的复仇。

复仇和报复！这是为复仇而吹响的激动人心的号角！这是所有军事统帅希望其士兵采取的方式。冷酷无情，再加上内心的仇恨和报复欲，这一切能让士兵们打胜仗，也能让最普通的士兵摇身变成明星。恐惧会化为仇恨、愤怒以及对复仇的渴求。这一切将成为你战斗的动力——甚至能让你成为英雄，获得勋章。但英雄必须活着，这样才能让其他人看见自己的勋章，这将激励起我们当中的软弱者。因此，英雄们——就像约瑟夫·施皮特卡，至少对他的战友们来说，他是个英雄——的损失是无可弥补的。但就战争本身来说，他们的牺牲并不值得一提。

可是，当我看着那些趴在地上的敌人时，被压抑住的好斗情绪消失了。我再次想清楚了。在我机枪射程外的远处，苏军毫不在乎地继续前进，他们的主力绝不会允许其右翼受到我这挺机枪的妨碍：只剩下一大群苏军士兵趴在我们前方一片浅浅的洼地里。只有当他们抬起头来时，我们才能辨别出他们。

到现在为止，我射光了大约六箱子弹。我的右手掌像被火烧过那样灼痛，因为我匆忙更换滚烫的枪管时，根本没时间用石棉布包裹一下。一些被烫掉的皮还挂在枪管上。

"我们只剩下半箱好子弹了，"弗兰茨·克拉默提醒我。他的脸上满是汗水，眼中闪烁着兴奋。他的嘴唇已经干裂，覆盖着厚厚的唾液沫。我的模样可能不比他好看到哪里去。

在我们前方的俄国人一动不动。他们仅离我们不到50米远，但却处在相当棘手的情况下。只有在趴着的时候，他们才能得到地形的掩护：只要他们站起身前进，我就开火。在我看来，这对他们就是一场血腥可怕的屠杀。

弗兰茨说出了我也想到的问题。

"在这个距离上，要是他们同时跳起身发起冲锋，事情就难办了，"他紧张地说道。

洼地里突然传出了叫喊声，打断了我们的念头："喂！喂！"与此同时，一支步枪顶着一顶钢盔伸了出来，来回晃动着。那个声音再次响了起来："喂！喂！别开枪，我们过来了！"

我不相信他们，可我该如何作答呢？我紧紧握住机枪握把，一根手指搭在扳机上。我当然很高兴自己不必开枪打死更多的人，可我们能相信他们吗？我们的人数很少，要是我不开火，让他们过来，他们突然朝着我们冲过来的话，那可怎么办？

"把你们的枪丢掉！"我朝着他们喊道。

那个朝我们喊话的家伙慢慢地站起身，对仍趴在地上的俄国人说着什么。我不知道他对我们有多少信心。有些苏军士兵站了起来，但手里仍端着步枪。

"把你们的枪放下！"瓦尔德马朝他们喊道。

这声叫喊的结果是，所有的俄国人又趴了下去，只剩下那个负责喊话的俄国人仍站在那里，他把双手举过头顶，来回挥舞着，大声叫道："别开枪，别开枪！"然后，他再次对其他人说着什么，接着，一次一个，其他人也慢慢地站了起来，这次他们没有拿着武器。看见这么多俄国人站在面前，我感到非常不安，我的手指仍准备着扣动扳机。

"我们的人回来了！"芬德中士站在掩体处朝我们喊着。

我朝身后迅速瞥了一眼——感谢上帝——他们离我们不太远了。看来，这就是苏军士兵决定投降的原因：他们认为我们即将发起一场反击，不管怎样他们都会被打死的。我松了口气，这场危机终于结束了。

那些俄国人高举着双手朝我们走来，芬德中士和另外三个人把他们聚集起来。投降的苏军士兵超过六十人，他们的装备很好，但年纪都挺大。俘虏中有一名军官。其中一个五十来岁的俄国人过去是基辅的一名教师，会说一点德语，我从他那里获知，他过去在一个补给单位，三个星期前刚刚踏上前线。他被灌输了"决不能向德国人投降"的信念，因为他们都"知道"，一旦成为俘虏，被杀掉前还将遭受残酷的折磨。那他为何还要投降呢？他告诉我们，在最近几个星期德军后撤期间，一些苏军俘虏得以逃脱，这些俘虏告诉他们，他们被俘后被押到后方参加劳动。这些俘虏并未提到什么野蛮残酷的行径，尽管他们知道，要是落入党卫军手里，那就要小心了。我们并不知道后方的做法：在前线，我们所做的一切都是为了自己的生存。

被俘后会遭到德军前线士兵怎样的对待，这种传闻我经常从苏军俘虏那里听说，盛传这些故事是为了宣传的目的，以此来确保苏军士兵战至最后一颗子弹后英勇牺牲，而不是举手投降。毫无疑问，正是这种恐惧促使苏军士兵在完全无望的情况下继续实施令人难以置信的抵抗。但我们也一样。我曾目睹过俄国人对德军被俘士兵犯下的暴行，对类似行径的恐惧远远超过阵亡于战场的惧意。苏军士兵还对他们自己的人民犯下了许多施暴和谋杀的罪行，他们肯定将此归咎于德军士兵，特别是在我们后撤的混乱时期。就这一话题，我会在本章的后段谈些自己的亲身经历。

将苏军战俘送至后方后，这里再次平静下来。"教授"和奥托·克鲁普卡赶到我们的散兵坑里看望我们，在此期间，克鲁普卡已被提升为下士。

"敌人的那些坦克怎么样了？"我问道。

"它们全都被一门反坦克炮干掉了，"奥托轻声说道。

"教授"热烈地参与进来。"哇，真了不起，你们靠一挺机枪击退了俄国佬，"他钦佩地说道。

"我们除了待在原地，别无选择，你们这些家伙，连个招呼也没打就跑掉了，"瓦尔德马抱怨着。

"我们是跟着少尉跑的，"奥托抗议道："敌人的坦克出现后，整个左翼都垮了。那门反坦克炮被摧毁后，再也没什么能挡住它们了。"

"没人怪你，"我插了一句："要是我们早点发现它们，肯定也会跟着你们一同逃跑的。可它们出现时，一切都来不及了。"

"要不是我们的携弹手约瑟夫·施皮特卡，我们早就死在这里了，"弗兰茨·克拉默说道，此刻的他仍有些心惊胆战。

对我们的少尉来说，一场激烈的、短兵相接的防御战显然不是什么大不了的事。也许他不会跟我们说什么，因为他会因此而发现我们对他的看法。一位负责的上级会等自己的部下撤到安全处后再离开。他也许能从我们的目光中读明白这一点。尽管其他的士兵也涌了上来，都想知道详情，但少尉只跟我们的分排长瓦尔德马谈了谈。后来我们听说，少尉因为他的"英勇"而获得了一级铁十字勋章，但他很快就被大家遗忘了，因为2月底时，备受大家尊敬的奥廷根—瓦勒施泰因的亲王莫里茨中尉再次回来担任我们的连长。

夜幕降临前，乌云迅速遮蔽了天空，下起了蒙蒙细雨。芬德中士说，我们将在夜里9点撤出阵地。

西面几公里外，部队里的其他人员被归拢起来，并建立起一道新的防御圈。尽管推进中的敌人迅速停顿下来，但我们不得不再次后撤，因为俄国人已从两翼包抄上来，他们没有遭到任何抵抗，试图以一场钳形攻势消灭我们。不幸的是，我们当中并不是每个人都能安然脱身。这种无望的情形几乎每天都在重复上演。在此期间，我们失去了弗兰茨·克拉默，他背负着沉重的机枪脚架，显然是因为无法迅速逃离而落入了敌人之手。

我们多次试图将敌人击退，但这却是一种毫无希望的冒险，因为我们几乎一直在忙着后退。只要一名士兵开始后撤，再也没什么能说服他留在原地等待蜂拥而来的敌人。

直到2月28日，我们到达了尼古拉耶夫后才站稳了脚跟，备受尊敬的连长带领着我们，他在伤势痊愈后回到了我们身边。我们在这里阻挡住敌军相当长一段时间，甚至还发起了几次成功的反击，不过，等俄国人开始从两翼实施包抄后，我们被迫再次后撤。

在彼得罗帕夫罗夫卡村，我们突然遭到了敌人的攻击，部队四散奔逃。我们已经连着几天没有睡觉，早已筋疲力尽，所以，担任后卫的我们一直在村内仅剩的几座房屋里寻找住处。没过多久，苏军士兵高呼着"乌拉"，横扫着沿路的一切，杀入了村子。我和奥托·克鲁普卡只来得及从后窗户逃生，我没拿那挺机枪，现在它已派不上用场，因为子弹早已经打完。

后撤的途中，奥托和我碰上了连里的几名战友。我们拖着疲惫不堪的身子，强迫自己穿过无边无际的泥泞。直到有一天，那些战友都走散了，孤零零地只剩下我和奥托。后来，我们加入了一支由各种人员组成的大杂烩队伍。在此期间，又开始下起雨来，道路上的泥泞变得更深了。冰冷的东风鞭子般地抽打着我们饥饿的身躯，我们饥肠辘辘。夜里，我们在当地农民的木屋中过夜，屋里总是塞得满满当当，我们像鲱鱼那样挤在一起，倚靠彼此的体温取暖。每个人的面孔肮脏而又惨白，每个人都专注地聆听着屋外的动静，对任何一点不寻常的声响都会做出反应。我们这些人中，只有很少的几个持有武器。

每天拂晓时——如果伊万没有用他的喊声把我们赶出屋子的话——我们会强打起精神，跟跟跄跄地继续赶路。在每一个我们所到达的村子里，都能遇上逃离苏军追击的德国士兵。他们当中的一些人错误地判断了苏军推进的速度。这些人大多来自后方的战地面包店、维修和保养单位等后勤部门，从未经历过前线的战斗。偶尔我们甚至会遇到所谓的"Kriegsverlangerungsrate"，他们前所未有地穿着被弄脏的军装。

"Kriegsverlangerungsrate"，或称他们为"Schmalspuroffiziere"[1]，是军队里的行政管理人员。通过度身定制的军装上的窄肩章，你可以轻易地识别出他们。这帮家伙是军队里日子过得最舒服的士兵，他们管理着部队所得到的一切好东西——有些补给品，普通士兵甚至从未见过。混乱的后撤期间，这些神气活现，

---

[1] "Kriegsverlangerungsrate"和"Schmalspuroffiziere"不太好翻译，前一个名词指的并不是军需官，有点类似军队里的编外人员，负责军需物资的保管工作，他们也穿军装，但佩戴的是窄肩章，所以有了Schmalspuroffiziere这个词，大意是"窄轨铁路"军官。但他们不是军官，没有下达命令的权力。下文中的Kriegsverlangerungsrate将译为"管理员"，尽管有些牵强，因为Kriegsverlangerungsrate的级别似乎比普通的仓库保管员为高。

专横跋扈的管理员倘若拒绝打开塞得满满当当的补给品仓库，往往会被饥肠辘辘、衣衫褴褛而又愤怒不已的士兵们干掉。他们会引述早已逃至后方的上级给他们下达的命令，以确保在苏军夺取这些仓库前，将它们炸毁或烧光。

某天，奥托和我发现自己正站在这样的一座仓库前，仓库门前站着一名管理员和他的几个助手，正在阻拦饥饿的士兵们涌入仓库。尽管苏军距离这个村子已经不远了，但这位管理员不管这一事实，坚决不许士兵们进仓库拿东西。他说，他得到的命令是将这个仓库炸毁，而不是打开仓库分发物资。围上来的士兵越来越多，这位管理员仍在顽固地坚持自己的立场，突然，一支冲锋枪吼叫起来，打断了这场争执。管理员的尸体被毫不客气地推到一旁，饥饿的士兵涌入了仓库，在一位上士的怂恿下，炸药被设定在20分钟后引爆。

我们简直不敢相信自己所看见的一切。每个人都把自己的口袋塞得满满的。"挑最好的拿，"奥托建议道，"等俄国人从后面追上来时，你就会把一半东西都扔掉。"他说的没错。可什么是"最好的"呢？眼前的一切，对我们这些饥肠辘辘的人来说都有价值。这么多好东西都是从哪里来的？我在前线从未见过这些高级货。这些美味的硬香肠和熏火腿是为什么人准备的？我们在前线得到的最好的东西不过是软干酪或肉罐头。在一个角落处，我发现了几箱美味的罐装巧克力，在我整个服役生涯中，这种巧克力只得到过两次。

"伙计们，看看这些好酒！"奥托拿着一瓶法国白兰地喊道，"这跟我们常得到的那种杜松子马尿不太一样。"然后，他又急切地拆开了一些极受欢迎的"前线将士慰问包"，这种包裹我们很少能得到。奥托从包裹中只拿了几包烟，其他的好东西被他随手扔掉。我们在前线一连数天忍饥挨饿，而战地厨房根本无法提供任何食物，可谁能想到，这里的仓库居然存放着这么多宝贝。

"这些东西会不会不是给我们的？"我很想知道答案。

"当然是给我们的，可最好的东西在半路上就被洗劫一空了，大部分落入了那些工作人员的手里，我亲眼看见过，"奥托解释着。"我所看见的，能把你吓死。我担任勤务兵时看见了这一切。许多东西经过几手后就成了现在这个样子。不光是那些高级军官利用权势上下其手，还包括那些想向上司谄媚的家伙也大捞特捞。就连厨房里的人也不例外。最好的东西都落入他们想奉承的家伙们的手里。"奥托说着，从一名下士的刀尖上撕下一大块奶酪，放进嘴里大嚼起来。

"我们也该混个这种差事，"他的一个朋友插了一句，手里拿着一个半空的酒瓶。

"是啊，那就好了，可这种美差是轮不到我们这些苦命人的，对吧？"他扶着这位朋友的肩膀，语气沉重地说道，"我们在泥泞里泡得太久了！"

那名上士催促我们赶紧出去，因为布设的炸药随时可能会爆炸，就在这时，我无意间走进了一间屋子，屋内摆放着军装，军装旁还有些崭新的军靴。由于脚上的靴子湿透后已经肿胀起来，于是我匆匆找了双新靴子试穿起来。可是，仓促中我挑了双过大的靴子，当时我认为，稍大些无妨，因为我可以多穿双袜子或是塞上些暖脚的东西。可我错了，在深深的泥泞中，新靴子把我的双脚磨得鲜血淋漓，我不得不痛苦地在道路上挣扎前行，有几次甚至不得不停顿下来。此刻陪在我身边的只有奥托，他的脚上也磨出了水泡，但他说自己还能坚持。

此刻，我的双脚血肉模糊，我常常想，要是俄国人从后面掩杀上来，我该如何逃命呢。只要一停下脚步，我便能感觉到可怕的疼痛。现在我明白到，当你的性命依赖于此时，你该准备好经历些什么。白天，我拖着疼痛不已的双脚挣扎着前进，夜里，逼近的苏军所发出的叫喊声将我从死一般的沉睡中惊醒。我记得在此后的几个星期里，自己会在一片寂静中突然被噩梦惊醒，俄国人低沉的叫喊声就在四周回荡。他们的"乌拉"声紧紧地跟着我们，根本不给我们丝毫喘息之机。我真想对着这种可怕的叫喊声狠狠来上一梭子，可奥托的冲锋枪已经没有子弹，而我手里只有一把手枪，这东西只能用来自杀。因此，面对这种恐惧，我情愿拖着血肉模糊的双脚逃命。许多德国士兵未能成功地逃生，不是被枪打死就是被刺刀刺死。还有些人精神失控，他们赤手空拳地扑向俄国人拼命，要么就是跪在地上苦苦哀求。苏军士兵笑着把他们逐一干掉。我从未看见他们抓捕俘虏。

过了几天，俄国人的叫喊声在我们身后消失了，却而代之的是，我们看见苏军士兵从我们两侧列队而过，几乎伸手可及。他们甚至不愿意多费力气摆开架势朝我们开火射击。我们看起来狼狈不堪，疲惫交加，而且，浑身泥泞。他们带着装满了各种物品的小车从我们身边走过，以一种胜利的姿态狠狠地奚落了我们。在我看来，这实在过于荒诞——看见他们的敌人近在咫尺，可俄国人并没有发起战斗，而是列队经过，只是威胁地对我们挥舞着拳头，并发出了嘲笑。

苏军的先头部队偶尔会遇上德军的顽强抵抗，他们会后撤，并在村子里留下许多被杀害的俄国妇女和儿童，那些尸体就扔在泥泞的道路上或屋子里。显然，他们对德国人以及德军占领期间为德国人服务的本国人抱有一种难以化解的仇恨。他们不会问那些人是自愿还是被迫为德国人干活的，只要知道这些人生活在德国人的占领下就已经足够。苏联军队要求人们毫不含糊地遵从爱国口号的呼吁——"宁死不做奴隶！"相同的话语总是出自获胜的一方，其目的是为了鼓动起对持不同看法者的仇恨。要是所有人都被迫暂时做一些违背自己意愿的事情，或者说他的信念不得不被放下的话，那么这里很快就剩不下什么人了。那些被自己国家军队杀害的妇女，真的只是些普普通通的妇女。的的确确，她们并不想为占领者干活，她们只是为了生存而已。

这些可怕的场景使我情不自禁地颤抖起来，促使我更加坚决地迈步向前。我感觉到自己的靴子里浸满了鲜血。我们到达一个村子时，一群勇敢的德军士兵刚刚将苏军驱离，我的脚疼得要命，已经无法忍受，双脚就像踩在了滚烫的煤块上。我第一次痛得惨叫起来："我要死了，奥托！靠这双血肉模糊的脚，我没办法走到布格河！"

"你必须走下去！"奥托坚决地说道，他试着让我冷静下来。

我们跟在队伍后方大约100米处。没人在意我们。他们何必要在意呢？每个人都受够了。反正，一个人落在队伍后面或是死掉，又有什么区别呢？可我不想死掉——起码现在还不想！我咬紧牙关，再次强迫自己迈开双脚。我觉得，地狱之火也不会比现在更糟糕，与此同时，我紧紧咬住嘴唇，直到它渗出血来，想以此激发自己的毅力。可没多久，脚上的疼痛变得令人难以置信，我打算向自己的命运低头了。我彻底完了，我的意志已经垮了。我再也无法前进，再也迈不出哪怕一步了。我呻吟着跌坐在泥泞中。奥托想让我继续前进，他甚至学着俄国人的叫喊声，并骂我是一条懒惰的狗。我对此毫无反应，我的精神已经崩溃。每迈出一步，剧烈的疼痛几乎都会要了我的命。

"结束了，奥托！我再也走不动了！我就待在这里，发生什么我都不在乎了！"我呻吟着。"等俄国人来了，我就用手枪了结自己。可你得抓紧赶路，奥托，你能赶上其他人的。"

奥托生气了："别说这些屁话！我们至少要走到下一座木屋。等你歇上一会儿，我们也许可以再往前走上一段。"

他把手抄到我的腋下，扶着我站起身子。一股热流涌遍我全身，直达我的喉咙。就这样完了？该死！我在前线待了几个月，经历了多次贴身近战，最多是负了轻伤而已，可现在，自己命悬一线，仅仅是因为一双糟糕的军靴把我的脚磨破了！没错，事情就是这样。当然，我可以趁早脱掉这双靴子，像许多人做的那样，赤足前进。可是，等我看见许多人因为光着脚在烂泥中跋涉而导致感染和其他一些问题后，我决定，最好还是穿着靴子为妙。不管怎样，靴子已经肿胀不堪，只要我把它脱下，可能就再也无法穿上去了。

在奥托的帮助下，我挣扎着赶到了下一座木屋。屋子空着，但我们在屋内发现了一小块面包和一个装了些甜菜的玻璃瓶。食物给了我们新的能量，但也使我累得要命，奥托在屋子的里里外外查看时，我倒在一张铁架子床上，裹着军用毛毯昏睡过去。

昏昏沉沉中，我听见有人在叫我的名字，这声音似乎来自很远的地方，于是我醒了过来，挣扎着走到门口。奥托在街道的对面朝我挥手，招呼我过去，在他身旁有两匹看上去脏兮兮的俄罗斯矮种马，两匹马的脖子上套着麻绳，而不是常见的辔头。奥托的脸上带着愉快的笑容。

"我花了大半个小时才逮住这两个小家伙，它们是我们尽快离开这里的唯一机会。"说着，他把一根麻绳塞到我的手里，自己爬上了马背，甚至没问我会不会骑马。

给我的这匹马并不是一只庞然大物，我轻轻一跃便爬上了马背，双腿夹住了马的腹部。它立刻来了个"老虎跳"，靠前腿支撑着，抬起了后腿，像一只湿透了的猫那样抖动着身子。我向前滑去，差一点摔下马去，但最后我还是攥住了浓密的马鬃，稳住了身子。

"驾！驾！"奥托吆喝着，用脚跟踢着他那匹马的腹部。那匹马小跑起来，很快就跑出去数米远。接着，我这匹马也跟了上去，我被颠得七上八下，只能紧紧地攥住它的鬃毛，以免被颠落马下。我认为骑马是一件很有趣的事，但前提是你会骑才行。以前我只骑过一次，是一匹肥胖而又老迈的农场马。那还是战争的第一年，学校安排我们帮当地农民收割庄稼。我记得，骑那匹肥胖的老马要比今天这匹瘦弱的小马轻松得多。

奥托的马走得太慢，这让他很不高兴，于是他拍打着马脖子，并用脚跟踢它的腹部，但那匹小马并未因此而加快速度。作为报复，它还试图去咬他的腿。我的那匹马也照葫芦画瓢，就像它们商量好的那样：它的头拼命向后转，想对我的膝盖来上一口。我用力抓紧马鬃，身子向后移去，一只脚已经拖在了地上。

"这家伙会要了我的命！"我呻吟着，由于马匹的颠簸，我在马背上左摇右晃，这句话听起来结结巴巴。我左右晃动着，感觉自己就像是被放在一架老旧的独轮小推车上的一捆衣服。我坐在马匹的脊柱骨上，感受着这个混球造成的每一次颠簸。

"天哪，奥托！我情愿下马步行，哪怕是靠这双烂脚！"我结结巴巴地朝着他叫道。

走在我前面的奥托转过身来，突然，他紧紧地贴着马脖子趴下了身子。"俄国人！"他叫道，接着，步枪的齐射声从房屋间发出，子弹从我们耳边呼啸而过。

我那匹马轻轻一跃，伸展开四腿飞奔起来，我把前胸贴在它的脖子上，紧紧地攥住马鬃。我们轻而易举地超过了奥托，他的那匹马也开始驰骋起来。

突然间，我发觉骑马很对我的胃口。我觉得自己就像是在一个摇篮里，并愉快地注意到，我们与敌人弹雨之间的距离正在迅速加大。两匹马穿过了村内的最后一座屋子，在辽阔的草原上驰骋起来。随后，我那匹冲在前面的马突然停了下来，重重地打着响鼻，唾沫星飞到了我的脸上。

我转身观望时，奥托的马也飞驰而至。马鬃在风中飘摆着，戴着毛皮帽子的奥托看上去就像是个进攻中的哥萨克骑兵。他在我身旁停下。尽管此刻天色尚亮，但我们已经看不见身后的村落。

我的马迈着碎步慢跑着，我再一次颠簸起来，就像一捆破布。后来，我们又来到了一座村子，我的马停了下来，决定不再向前。奥托的马也停了下来，两匹马轻蔑地看着我们。

"我们必须下马了，"奥托说道，"它们闹情绪了。以前我曾见过这种情况——矮种马的脾气难说得很。"

"那好，我们步行吧，让它们消消火再说，也让它们舒展一下四肢，"我说道，很高兴能翻身下马。我身上的每一块骨头都疼，屁股也同样如此。不过，真要感谢在村里得到的食物和睡眠，我的脚得以稍稍恢复，现在走起路来已经不再那么疼痛难忍。

靠近村子时，奥托用望远镜看见村里有好多俄国人，于是，我们不得不通过一条峡谷避开这个村落。就在我们几乎要绕过村子时，枪声再次从身后和侧面响起。我们俩飞快地爬上马背，好在它们此刻已经消了火，正想驰骋一番。两匹马飞奔起来，仿佛有魔鬼在身后追赶它们那样。等我们到达了一条宽阔的泥土路，它们才放松下来，转为小步的慢跑，看上去，这条泥路被许多后撤中的德军部队使用过。

我们穿过泥泞和冻得硬邦邦的草原继续向西。频繁的大雨和刺骨的寒风把我们冻得够呛。一路上，我们给两匹马喂水喂料，可它们不仅不感谢我们，还总是发脾气。它们经常会停步不前，静静地站着，我们没有丝毫办法能哄骗它们继续前进。甚至我们用奥托冲锋枪里仅剩的几发子弹开了几枪吓唬它们，它们也不为所动。它们清楚地知道开枪的是谁——是我们，而不是敌人。我们友善地拍拍它们的头，可它们却毫不领情，甚至想咬我们。它们对我们的善意毫无反应，真是两个好斗的小坏蛋，我们估计它们以前曾受过严厉的对待。每当我狠狠地骂它时，我那匹马总是用它淡黄色的眼睛盯着我，我总觉得它在笑。

直到我们找了些旧毯子盖在它们瘦骨嶙峋的脊柱骨上后，它们才变得容易相处了些，允许我们骑着它们往前走了一段——但很快，它们再次决定停下，又玩起了停步不前的老把戏。我们完全由着这两个长着粗毛的小混蛋的性子来，尽管如此，我们还是很感激它们驮着我们走了好几天（尽管我时常会想起我那倒了大霉的屁股）。

在远离因古尔，靠近叶拉涅茨的某处，我们骑马的日子结束了。一天，我们在附近寻找可供住宿的房屋，两匹马被拴在树上，它们忽然就消失不见了。由于没有绳索被暴力扯断的迹象，所以我们清楚地知道，它们被偷走了，连同盖在它们身上的毛毯，被其他士兵盗走了。

此刻是三月中旬，正是泥泞最猖獗的季节。此时，我们再次加入到后撤的德军大潮中。我们只在敌人追赶得太过靠近时才实施抵抗。上级总想把这些士气低落的士兵组成作战部队，但随着短暂的抵抗的结束，拼凑起来的部队也随即自行解散。

　　一天，我们到达了一个补给仓库。我们往口袋里塞满了巧克力、香烟以及其他的东西。就在我们大口吞咽着厚厚的啤酒香肠时，几发迫击炮弹在附近炸开，仓库外的一名士兵叫了起来："俄国佬来了！"像被电打了那样，所有人都跳起身，朝着仓库外跑去。一辆汽车上的一名下士已经推来了几桶柴油和汽油，随即点燃，汽油桶在他身后喷出了火柱。苏军士兵已经出现在仓库的另一端，我们奔跑着涌向汽车，想尽快逃离。车组人员大声咒骂着，试图推开一些人，但那些人像黑色的蚊子那样，紧紧地扒住汽车，为了争抢车上的空间，一些人打了起来。

　　我们只能紧紧地抓住车身侧面，把自己悬挂在车上，主要是为了能快些离开泥泞的道路。车上的一名士兵呼吁着："没地方了，同志们！松手吧，否则我们就都走不了了！"一个该死的家伙随即用靴跟猛踩我们的手指，我们的手被踩破了。不得已，我们只得放手，跌落在泥泞中。许多人的遭遇与我们一样。

　　奥托愤怒不已："这些家伙简直不是人，就是些畜生！只要自己能保住性命，他们绝对会见死不救！他们居然还有脸称我们'同志'！'容不下更多的同志了'！'对不起，同志'！他们就是些只顾逃跑的家伙，该死！我真想对着他们的鼻子狠狠来上几拳！这些混蛋懂不懂什么叫作同志？知不知道存在于前线的战友情？这些词从他们的嘴里吐出，那么轻而易举，可他们根本不懂这其中真正的含义！"奥托真的是怒火万丈，骂完后，他感觉好些了。他说的和我想的完全一样。

　　我们擦去身上大块的泥泞，沿着半履带车留在地上的车辙印向前走去。身后的俄国人正朝着那些躲避在房屋中的士兵开枪射击。

　　"又来了一辆半履带车，"奥托叫道："我们必须搭上这辆车，否则就没办法了。"

　　这辆半履带车上同样挤满了士兵。我们跟着汽车奔跑着，朝司机挥着手。一位军士长伸出头来，朝司机打了个手势，半履带车以步行的速度慢慢行驶着。我们注意到，这位军士长肩章上的绲边和我们一样，也是金黄色[①]。对方也注意到这一点，他朝我和奥托伸出双手，问道："你们是哪个连的？"

"第21装甲掷弹兵团第1连！"我们异口同声地答道。

"上车！我是第21团第8连的，"他回答道，随即把站在车门踏板上的一个士兵推到前挡泥板上，又把另一个士兵拉进驾驶室。我和奥托跳上踏板，握住了车门把。这就是人们常说的"在最后关头获救"吧。

谢天谢地的是，身后的苏军没有重武器，否则我们不可能如此轻松地逃脱。我们当中，只有几个人负了些轻伤，其中包括我：一发跳弹在我的膝下擦过。这只是个小小的擦伤，不会造成什么大问题——等到停车时，只要抹点药膏就行了。

尽管已经落后于其他车辆数个小时，但我们还是驶过了叶拉涅茨河上的桥梁。我们在这里遇到了另一支作战部队，他们当中的一些士兵是我们部队的人。一名颇具能力的军官曾试着发起一次反击，以挡住敌人的推进，结果，敌人被暂时击退了。在一座被重新夺回的村子里，我从一名苏军军官手上缴了支德制冲锋枪，还有几个弹匣。他的手上还戴着两只德国手表。

我们在村里发现了苏军士兵对他们自己的人民所犯下的暴行。这些血腥的罪行涉及妇女和儿童！我想到了第聂伯罗夫卡的卡佳以及她的祈祷——Woina kaput "战争赶快结束吧"！她和其他人经常会为此祷告。现在，要是她们自己的军队到达她所在的村子，她们都会被处死。对生活在德国人统治下的本国居民的仇恨变成了一种兽性——复仇之刺在他们的体内根深蒂固，他们根本不会停止杀戮，哪怕是对他们的自己人。可在传单里，他们却告诉我们这些敌人，要是我们投降的话，会得到很好的对待。

接下来的几天，我们越来越靠近布格河。那是我们暂时的目的地。我们被告知，敌人将在那里被强大的德军部队所遏制。可是，到达布格河前，我们还要熬过极其危险的几天，由于进攻中的苏军部队具有压倒性的优势，我们的

[①] 德军装甲部队的兵种色为粉红色，装甲掷弹兵的兵种色为草绿色，但第24装甲师非常特殊，该师由骑兵师改编而来，出于对部队传统的尊敬，该师不仅保留了骑兵部队在编制上的称谓，就连肩章上的绲边也是骑兵部队特有的金黄色。

部队七零八落，分散在各个方向。雪上加霜的是，倾盆大雨使得道路上的泥泞越来越深，越来越厚，后撤，几乎成了一件不可能完成的任务。我们攀附在马拉大车的车架上，寒冷的东风将车上湿透了的雨布吹得鼓胀起来，就像船上的帆，在我们耳边噼啪作响。这是一幅悲惨的场景。

　　顽强而又耐寒的草原马拖着小小的大车，此刻，这是部队运输的唯一手段。我们筋疲力尽、饥饿如狼，终于到达了布格河上的收容站。我们的部队已经从沃兹涅先斯克调至河西岸的坎塔库什卡，那里也有一座收容站。到了那儿我们才发现，我们的大部分战友已经搭乘Ju-52运输机飞到了罗马尼亚的基希讷乌。奥托和我在军营里待了三天，总算把自己收拾得有了点人样，然后，作为最后赶到的失散人员，我们和其他一些人乘坐一架老旧、没有座位的Ju-52飞抵基希讷乌归队。尽管我以前曾在东普鲁士姆龙戈沃的滑翔机学校里飞行过，但这次却是我第一次乘坐发动机驱动的飞机。回想起来，我可以说，乘坐这架陈旧的"容克大婶"是一次愉快的飞行，至少是因为我们终于可以离开俄国了！

第十二章

致命的插曲

基希讷乌这座城市与满是尘土和泥泞的俄国相比，简直就像个珠宝盒。她甚至有个西式的名字。3月27日，据俄国人声称，他们渡过了普鲁特河，并已进入摩尔达维亚。所有通讯单位都已从基希讷乌疏散，因此，我们在街道上只遇到了德国和罗马尼亚的作战部队。春季的阳光刚刚开始测试其强度，这使我们好好地享受了几天。几乎每天我们都能得到一碗颜色金黄、滋味绝伦的罗马尼亚葡萄酒。经历了几个星期艰难的撤退后，新的活力再次流淌起来，这给了我们新的希望。

但这种逍遥的日子并未持续太久。同样被深深的泥泞所困扰的敌人，携带着他们的坦克和重型武器一路向前，在雅西和罗曼之间将罗马尼亚人的防线击退了相当的一段距离，并占领了基希讷乌与雅西之间重要的铁路和公路枢纽。我们奉命夺回这些地段，在"大德意志"装甲掷弹兵团的支援下，我们成功地完成了任务。"大德意志"装甲掷弹兵团并非与他们同名的武装党卫军单位[1]，而是一支装备精良的陆军部队，以前，我们曾多次并肩战斗过。

在此期间，我的腿部再次负伤，但我只能跟随车队短暂地休息几天。瓦尔德马和古斯塔夫·科勒也遇到了一些麻烦。由于腿上的旧伤，古斯塔夫常常无法奔跑，他得不时地跟补给车队待在一起。进入罗马尼亚后，他和瓦利亚斯被分到我们这个重机枪分排。在此期间，我们的车队改道驶往雅西，这是一座大约有十万人口的城市。

4月1日。我们再次奉命将一股突入罗马尼亚人阵地的敌军击退。战斗在霍尔莱什蒂附近打响。我仍跟后方的车队待在一起，我很高兴自己此刻能留在后方！天气发生了180度的变化。早晨下过雨后，现在已变为一场严重的暴风雪，就像1942年时我在俄国的经历同样糟糕。没过多久，所有的一切都被雪困住，道路已经无法通行，甚至连我们的武器也结了冰，反击不得不被推迟。

4月6日。暴风雪持续了三天，直到今天，我们的人才返回到驻地。他们在严酷的环境下勉强得以生还。

---

[1] 作者指的是武装党卫军"帝国"师辖下的"德意志"团。

4月7—14日。敌人此刻距离雅西仅有四公里。他们的坦克和步兵再次突破了罗马尼亚人的阵地，正朝着雅西前进。我们守卫着北翼防线，第26团和几个坦克营对敌人发起了进攻。我们的行动稍晚了些，立即遭到大批苏军飞机的攻击，它们对我们实施了轰炸。接下来的几天里，我们不断卷入激烈的战斗，并反复将敌人的先头部队切断。从而使其与进攻中的主力部队脱离。结果，敌人的进攻停顿下来。我们损失了一个复活节假期。在这两天里，我们对强大的苏军部队所据守的阵地发动了进攻，迫使敌军向北后撤。

4月15日。罗马尼亚人现在可以重新返回到他们原先的阵地了，可我们觉得好奇的是，他们的军官怎么能穿着笔挺的军装，打扮得漂漂亮亮，像参加阅兵式那样投入战斗呢？后来，我跟一名罗马尼亚士兵谈到了这个问题，这名士兵来自巴纳特地区，能说一口流利的德语。我这才获知，他们的军官经常在夜间离开阵地，驱车赶至雅西城内，跟女人们"取取乐"。我们发现，这种散漫的态度就是每次遭到敌军强有力的攻击时，罗马尼亚士兵为何会放弃阵地四散奔逃的原因之一。在他们的军队里，军官与士兵们之间的关系令人难以置信——我觉得类似于奴隶制。我经常看见罗马尼亚军官用鞭子抽打他们的士兵，或是踢他们（顺便说一句，在匈牙利军队中我也曾见过类似的行径）。有一次，在雅西前线，我们的阵地位于罗马尼亚人旁边，尽管身处战壕中，但我们在夜里却听见他们的军官在我们身后狂欢的声音。出于恶作剧的心理，当然也因为对此恼火不已，我们发射了几发照明弹，用步枪打了几发曳光弹，还扔了几枚手榴弹，以便把声音搞大些，然后我们看见他们衣冠不整，醉醺醺地跑了回来，这幅情形差点让我们笑破肚子。

4月18—22日。瓦尔德马·克雷克尔和古斯塔夫·科勒被推荐晋升为下士，我帮着他们书写了个人陈述，以便正确地阐述他们的申请。连里的人都知道，我没有当班长的野心。我从未向别人解释过真正的原因，因为我不想被误解，也不想被指责为"逃避责任"。说实话，我对重机枪的操作已经得心应手，甚至比我希望的更好，我觉得，自己为连队效力的最佳途径就是担任重机枪主射手。但我也没有隐瞒一个事实，这就是，没了重机枪，我会觉得很不自在，就像光着身子那样。战斗是残酷的，我把自己的生还归功于上帝的帮助，实际上是因为我有一件强有力的武器，它是我永远可以依赖的伙伴。另一点让我自豪的是，我和弗里茨·哈曼是自1943年9月以来，连队里最初一批机枪手中仅剩的两位，而且，我们都未负过重伤，因此，我们为许多次战斗的胜利做出了自己的贡献。

战争期间遭受的苦难在我身上留下了印记。精神上受到的持久压力需要越来越长的康复期。通过正常休假获得康复期的机会远比不上一次美妙的"Heimatschus"，但不管怎么说，精神压力不会造成永久性的创伤。

4月25日。在我们短暂的休整期间，连里再次颁发了勋章，除了几枚一级铁十字勋章外，还有两枚二级铁十字，一枚颁发给步兵排的一位中士，另一枚给了我。由于从尼科波尔桥头堡到现在，我们参与了持续不断的贴身近战，所以，我们这些连里的幸存者还获得了银质近战勋饰。不过，我并不认为这些勋章对我的士气起到了什么鼓舞作用。我有一种精神上的恐惧，就像在雷特斯乔夫，那场死亡奔跑开始时那样。

不过，目前的情况不太一样。我因而觉得，这种不安源于自己所参与的许多次贴身近战，在这些战斗中我毫发无损，但现在，它们向我的身体索取代价了。几天后，我开始思考这个问题时想到，这种情况就像是看着遮挡在一场即将到来的灾祸前的幕布，尽管只要它一结束我便会恢复正常。回想起来，这种内在的不安总是发生在我负伤前，尽管每次都是轻伤。

4月28日。自从我们的中尉重新接管连队以来，就连我们这些经历了许多战事，对此早已厌倦不已的老兵也感觉到了身上战斗意志的重现。由于他镇定自若的指挥方式——特别是在罗马尼亚这几周艰苦的战斗中——他给了我们力量和勇气，使我们总能在近战中获得最终的胜利。他在进攻中总是身先士卒，我知道，我们所有人都准备跟着他赴汤蹈火。但有时候他也过于鲁莽，例如，我从未见过他戴上钢盔，哪怕是在猛烈的炮火下。他总是戴着一项较为轻便的军官帽，这使他看上去年轻而又身手矫捷。虽然负过几次伤，但他认为，只要我们都能全力以赴，他就不会有什么危险。由于在多次激烈的战斗中毫发无损，他已经成为"刀枪不入"的象征。结果，他的牺牲给我们造成了更大的打击——在一次战斗中，他那楷模性的、不可替代的生命被残酷地扼杀了，一发炮弹把他的头炸成了两半。

由于我的日记无法提前预料到他的阵亡，所以我还是按照事情发生的顺序来记述，那是个美丽的春日，我们守在一个罗马尼亚村庄外的阵地上，任由阳光温暖着我们的身子。尽管我们无法侦测苏军在村内的活动，但我们知道他们已经占据了该村。一切都显得很平静，几乎可以说是悄无声息。春天的阳光照耀着我们身边新生的绿草。暖洋洋的阳光使我们变得慵懒起来，我甚至在散兵坑的边上打起了盹。我看见我们的连长坐在附近的一个浅坑里，正削着他那根多结的手杖。这场残酷的战争，血腥的战斗间隔中，所有士兵都很享受这段齐满了阳光、和平和宁静的插曲。这里没有炮弹的尖啸划破晴空，以区分出作战双方的阵营，只偶尔出现喝醉酒的叫嚷以及罗马尼亚妇女的尖叫，以表明俄国人正在村里忙些什么。

就在几天前，我们刚刚占领了一个村子，我把一个酩酊大醉的伊万扔下了一名尖叫着的罗马尼亚妇女的床。这家伙瘫软如泥，甚至没有意识到他在打仗，而我们是他的敌人。由于无法把他跟其他俘虏一同押走，于是我们决定把他扒光，把他的衣服统统扔进井里。然后，我们把他丢在粪堆里，跟一群咯咯叫唤的鸡待在一起。遗憾的是，我们不能久留，没办法等到他醒来，我们只希望罗马尼亚妇女们别让他逃脱应有的惩罚。

我们跟瓦利亚斯和弗里茨·哈曼谈论着几天前的这件事，并设想着那家伙醒来后的情形，就在这时，我们的连长惊讶地叫了起来："伊万们在那里搞什么？"然后，他跑到我的散兵坑里，用望远镜朝着村子里望去。

"他们肯定是沉浸在狂欢中了，这帮讨厌鬼！"他喃喃地说道，笑了起来。我拿过望远镜看了看，忍不住也笑了起来。

"他们肯定是喝醉了，中尉先生！他们正像疯子那样围在一起跳舞，"我开着玩笑。

这时，我们的人一个个捧腹大笑，俄国人为何要在村子前像疯子那样跳舞并做出各种鲁莽的动作呢？大家对此发生了争论。我想起，这种红番式战争舞蹈似乎有点像我在一部牛仔小说《阿拉斯加的吉姆》中读过的那样。接着，村前的散兵坑中，一些苏军士兵也跑了出来，加入到那些舞蹈者的行列中，还不停地挥舞着他们的手臂。他们的叫嚷声，在我们的防线上听得清清楚楚。这究竟是怎么回事？难道是因为他们喝得太多而变得疯疯癫癫了吗？我们纷纷猜测着原因。

瓦利亚斯站在旁边一个散兵坑里，朝着我们喊了起来。

"哎呀，他们肯定是中暑了。他们正朝着我们这里跑来！"

没错！我们现在也看清楚了。一群俄国人朝我们径直跑来，就像身后有恶魔在追赶他们那样。他们一边奔跑一边拍打着双臂，仿佛这样就能飞起来似的。

搞什么，难道这是俄国佬的新战术？为了防患于未然，我已在机枪后就位，紧紧地盯着冲上来的敌人。我估计朝我们跑来的俄国人大约有二十来个。他们很快便到达了我们右翼的步兵排阵地前。中尉一直用他的望远镜观察着敌人的动静，他把手轻轻地放在我的肩头。

"别开枪！他们没有武器！"

我立即将手指离开机枪的扳机，朝这些俄国人望去，他们一个接一个地跃过我们步兵排的散兵坑，继续向前奔跑。那些德军士兵蹲下身子，任由他们跑了过去。

"这帮家伙在搞什么？"我听见连长叫嚷起来。

有人随即回答道："蜜蜂！一大群发了狂的蜜蜂！"

原来如此，一大群蜜蜂解开了这个谜团！它们给这些俄国人造成了这么大的恐慌，他们甚至扔掉了武器，朝着他们的敌人跑去。对我们来说，这是一幅有趣的场面，实在很滑稽，当然，我们很感谢这些俄国人没有从我们的散兵坑处跑过，要知道，被一群蜜蜂攻击可不是件好玩的事！

跑到我们阵地上来的苏军士兵，还有几个我们的人，都被蜜蜂严重蜇伤。接着，有人想出了办法，从一个干草堆里搞了些秸秆束，点上火，用烟雾驱散蜜蜂。我们抓获了十九名苏军俘虏，但首先要对他们进行救治。我们的两名士兵也被蜜蜂蜇中，头肿得像个气球，这么短的时间里，他们便失去了战斗力。

4月29日。雾蒙蒙的清晨，我们的坦克小心翼翼地向前推进。它们的动静如此之小，以至于快赶上来时我们才发现它们的存在。我方的大炮开火后，我们紧跟着炮弹的落点掩杀上去，敌人被打了个措手不及，丢下一切逃离了村子。我们甚至惊醒了一些仍在呼呼大睡的苏军士兵。俄国人征用来的马车上装满了食物和酒桶，看来，获胜的苏军部队过着国王般的日子。他们的格言是"吃、喝、带着兽性强奸罗马尼亚妇女"。跟在我们身后的罗马尼亚士兵重新占据了这个村庄。我们在当天的战斗刚刚开始。稍事休息后，我们朝着西北方的霍尔莱什蒂城冲去。

在罗马尼亚炮兵以及我们自己的突击炮的支援下，我们迫使敌人步步后退，尽管他们决心要守住阵地。在我们上空，德国空军飞行员与苏军飞行员展开了激烈的空战。过了一会儿，我们冲到了一道苏军新的战壕体系，随即遭遇了对方凶猛的大炮和迫击炮火力，看来，敌人不打算继续后退了，我们的前进势头被遏制住。大伙儿趴在俄国人遗留下的散兵坑中隐蔽起来。

"把机枪架起来，我们要守住！"连长用望远镜查看着我们左前方的一片树林，敌人的重机枪火力从那里呼啸而出。

在瓦利亚斯的帮助下——他现在暂时担任我的副射手——我们把机枪架设起来，尽可能地贴近地面，瞄准了敌火力袭来的方向。苏军士兵牢牢地守着位于我们前方的阵地，他们显然有树林中的迫击炮为支援。他们的炮火朝着我们猛烈地射击，弹片嗖嗖地在四周掠过，伴随着每一声爆炸，我们不得不趴下身子。瓦利亚斯在我身边抱怨着："该死！我们现在真该戴上钢盔，我们真蠢，把钢盔忘在卡车上了。"

他说的没错，我也刚刚想起钢盔落在卡车上了，我们是戴着军便帽投入的战斗。谁想到俄国人在这里布置了这么多重型武器呢？可实际上，最近的几个星期里，我们对戴钢盔这个问题过于马虎了：只要把钢盔扣在头上，我们马上会改变主意，说天气太热了，戴着钢盔不舒服。但真正的原因是我们的大意，我们觉得我们这些老家伙不会出什么事的。到目前为止，一切都没什么问题。另外，我们的连长也从不戴钢盔，尽管他的传令兵，二等兵克鲁格，总是把连长的钢盔挂在自己的皮带上。

落在身边的弹片越来越多，克鲁格从皮带上解下钢盔递给连长。连长盯着钢盔看了一会儿，朝我们问道："你们有谁想把钢盔戴上吗？"

瓦利亚斯和我相互看了看，彼此都摇了摇头。

"那好吧，"连长耸了耸肩，举起望远镜，再次观察起敌人的动静来。对他来说，戴不戴钢盔的问题已经解决，但他的传令兵仍站在一旁，看上去有点不知所措。我们都知道，克鲁格恨不能猛地将钢盔扣到连长的头上，这纯粹是出于关心。他对连长极为敬慕，对他安全的担心甚至超过对自己。但他无法强迫连长把钢盔戴上，于是，他只得将钢盔挂回到皮带上。克鲁格和其他一些战友比较聪明，战斗刚一打响，他们便已戴好了钢盔。

我驾轻就熟地朝着敌人的阵地打了一条弹链，接着又是一条。然后，我发现树林边缘处有两个敌人的机枪阵地，他们已经打伤了我们右侧步兵排里的好几名士兵。

伴随着一声巨响，一发迫击炮弹落在我们正前方，弹片四散飞溅，有的钻入了地下。一块弹片击中了机枪的钢套，中尉迅速将手收了回去。鲜血从他手掌底部的伤口涌出，流过了他的手指。传令兵克鲁格在另一个散兵坑里看见了这一幕，他朝着后方惊恐地大叫起来："医护兵！中尉负伤了！"

连长已经掏出了一块手帕，紧紧地捂住伤口。他惊讶而非愤怒地朝着自己的传令兵叫道："你发疯了吗，克鲁格？想叫医护兵来照料我？"

克鲁格又叫了起来："不要医护兵了！只是手上的轻伤。"然后他等待着，直到连长回到他的散兵坑中，这才给他的伤口抹上急救药膏，并裹上了纱布。

我再次蹲到机枪后，瞄准我所能看见的每一个俄国佬的头颅开火射击。接着，又一发迫击炮弹在我们前方炸开，我感到上嘴唇一阵疼痛。一块小小的弹片钻进了我鼻子的下方，鲜血从上唇涌出，流入了我的嘴里。我把血吐了出来，用手帕按住伤口。我的上唇和鼻子肿了起来。

"让医护兵给你包扎一下，到后方去休息吧。机枪交给瓦利亚斯。"连长关切地说道。

我摇了摇头："看起来挺吓人，连长，可只是块小弹片，卡在鼻子下方了。"

他朝我看了看，回过头继续用望远镜观察情况。

我有一种感觉，连长很关心我。对他而言，我是个可以信赖的士兵，不会因轻伤而退缩。要是我现在就去后方，他可能会失望，尽管我的伤势完全有权利这样做。实话实说，要是此刻在另一位连长的领导下，我肯定会到后方去，找医护兵替我包扎一下，从而离开这个弹片横飞的阵地。经历了长期的前线服役，我的神经并未强大到受了这么疼痛的伤后还能继续战斗的程度。我不是个懦夫——我已经证明了这一点——但我也不想扮英雄。

可现在看来，我似乎就是在扮演英雄的角色，因为战友们都看见我的脸已经肿了起来，他们觉得奇怪，我为何不到后方去。是中尉给了我力量，所以我没有退出战斗，不过，他把决定权留给了我。我觉得自己与他生死与共，我愿意跟着他赴汤蹈火。要是你和我一样，在前线待过一段时间后，你就不会再为元首、人民或祖国而战，这些理想早已不复存在。没人会谈及国家社会主义或类似的政治问题。从我们的交谈中很明显能看出，我们奋战的主要原因是为了保命，同时也是为了前线战友们的性命。但我们也常常为了自己的上司而战斗，例如我们的中尉，他把自己以身作则的态度成功地灌输给了每一个疲惫不堪、几乎有些冷漠的士兵。

那么，他打仗又是为了什么呢？当然，作为一名军官，首先是为了自己的职责和荣誉。但是，据我了解，最主要的原因是他对自己部下的责任感，并通过自己在前线的领导和榜样，消除士兵们"我们纯属炮灰"的感觉。每当他谈到自己的连队时，他指的是连队的团结和亲如兄弟的战友之情。对我和其他人来说，这当然是值得为之奋战的，特别是在没有其他理想的情况下。他与我们共处的几个月里，我从未听他谈到过政治，更别说国家社会主义了。我觉得，他不太理会这些问题，他从未带着任何政治理念投身于战斗中。

由于敌人猛烈的火力，我们连无法前进半步，中尉做出了决定。他看着我们左侧树林的边缘，说道："我们必须冲入那片树林，这样就能从侧面攻入敌人的阵地了。"

我们认为这一行动肯定相当困难，因为树林里有不少苏军士兵。

二等兵克鲁格说出了我们的疑虑："中尉先生，我们是不是应该要求炮火支援？"

"为什么呢？没有炮火支援我们也能做到，克鲁格！通知连直属队和第1排的人，我一冲上去就让他们跟上。"

然后，他转向弗里茨·哈曼和我，"你们的两挺机枪为我们提供火力掩护，直到我们冲到树林。然后再跟上我们，等待下一步的命令。"

"我们明白，中尉先生！"

几分钟后，他带着部下们沿着一条浅浅的洼地，在灌木丛的掩护下朝着树林边缘冲去。我们的两挺机枪为他们提供了持续的火力掩护。等苏军士兵看见我们的人朝他们扑去时，他们跳起身，成群结队地朝后方逃去，窜入了灌木丛中。连长率先到达了树林，其他人也跟了上去，他们随即消失进树林中。

"我们上！"

我一把抓住机枪脚架的两根后脚架，瓦利亚斯抓住了前面的两根。我们快步朝着树林边缘跑去，旁边几米处是弗里茨·哈曼和克莱姆，克莱姆最近刚刚结束休假归队。我们气喘吁吁地赶到了树林的边缘，大口喘着气。敌人的迫击炮弹朝着我们袭来，在树梢上炸开。俄国人的交叉火力对着树林倾泻而下。

炮弹在树梢上炸开，断裂的树枝雨点般地落下，洒在树干和灌木丛中。我们听见中尉的命令声在树林中回荡，也听见了轻机枪和冲锋枪的射击声。在这片充斥着爆炸和轰鸣的地狱中，我们隐蔽在一根树干后——树木已被风暴所折断——等待着进一步的命令。

一个身影从我们前方的硝烟中出现了。

"重机枪分排？"有人叫道。

"在这里！什么事？"我回答着。

"中尉想让第二挺重机枪移动100米，到树林的右边去，掩护我们的侧翼。第一挺重机枪跟我来！"

弗里茨·哈曼已经站起身，跟克莱姆穿过灌木丛，朝着右侧跑去。我们跟在传令兵身后，跌跌撞撞地跨过树根和落下的树枝，在我们上方，迫击炮弹呼啸着，在树梢间炸开。瓦利亚斯咳嗽着，咒骂着。我能听见他的声音，但在这片地狱般的喧嚣中，我无法听明白他说的字句。他所想的可能和我一样，要是我们戴上了自己的钢盔，眼前的情况根本不足为虑。可我们没戴！我唯一能做的只是尽量把头往下缩，并祈祷不要被弹片击中，尽管在此刻，弹片雨点般地落在我们四周。我感到脖子后鸡皮疙瘩直起，甚至觉得毛发悚然。

最后，我们赶上了步兵排的弟兄们。他们有几个人负了轻伤，一名医护兵正忙着对他们实施救治，或是把他们送往后方。

"中尉在哪里？"传令兵问一名下士。

"还在前面！"

我们匆匆穿过树木朝着前面走去。突然，连长出现在我们身旁。

"伙计们，快点！"他说道："你们得把这挺机枪架设在树林边缘处！我就在那里。"说罢，他带着几个人消失在那一方向。

我们踏过树桩和断裂的树枝，朝着树林的边缘跑去。机枪的脚架不时被灌木枝绊住，我们跌跌撞撞地前进着。就在我们靠近树林边缘时，克鲁格的叫声像子弹那样击中了我们："医护兵！中尉负了重伤！"

我们朝着克鲁格冲去，随即看见了我们的中尉。他躺在树林间的地上，双目紧闭，脸色苍白。在他身边摆着那根精心雕刻的手杖和他的冲锋枪。传令兵克鲁格蹲在他身边，正用纱布为他包扎头部的伤口，这个伤口是在树梢上炸开的一发迫击炮弹的弹片造成的。克鲁格像个孩子般抽泣着，泪水在他脏兮兮的脸上画出了几道白色的痕迹。瓦利亚斯和我深受感动，我觉得自己的喉咙发干。其他人也围了过来，一个个表情痛苦。我们趴在地上，默默无言地盯着我们的连长，我们都曾认为他是个刀枪不入的人。

我只能想象其他人的想法了，尽管疯狂和混乱在我们四周肆虐，但此刻，我们对一切都感觉麻木：就算这个世界突然间走到了尽头，我们当中也没人会移动一下。直到医护兵赶到，为连长进行了包扎后，我们才放松下来。

我们一个个表情焦虑，谁都能看明白个中含义。医护兵一边包扎，一边回答着我们无声的提问。

"中尉还活着！"他说道，"可弹片插入了他的头骨。必须尽快把他送到后方的急救站去，找个军医给看看。"

医护兵指着挂在克鲁格皮带上的钢盔："要是他戴着钢盔，弹片也许就不会钻进他脑袋里。"

我们知道克鲁格对此不会有太多的自责：他多次让自己的上司戴上钢盔，他已尽到了职责。

我们的中士也对连长的负伤深感震动，但他提醒大家，我们现在正在进行一场进攻。

"好了，大家都到树林边缘去，各就各位！"他招呼着大家。

这一令人痛心的事件刚过去几分钟，我们便听见弗里茨·哈曼的那挺重机枪吼叫起来。我们再次抓起重机枪的枪架，朝着树林边缘跑去。我的喉咙依然发紧，双膝有些发颤，但我们身处战争中，没人会在乎一名士兵的感受。

我像个机器人那样操纵着机枪，与其他人一起，从树林边缘对着敌阵地的侧翼射击着。没过多久，我们的斯图卡在空中出现了，它们对敌人实施了轰炸，在这一支援下，我们将敌人击退了数公里。中尉的榜样是我们获得胜利的主要原因。可这却是个暂时的、毫无意义的胜利，我们打赢了，但却付出了高昂的代价。除了连长身负重伤外，还有几名士兵阵亡，负伤的人则更多。

等我们到达树林北部边缘的主战线，并稍稍安顿下来时，我们惦念起瓦尔德马，进攻期间，他和古斯塔夫·科勒确保着与步兵排的联系。古斯塔夫说，瓦尔德马的手和大腿被迫击炮弹片击伤，已经跟其他伤员一同被送至后方。当时他把古斯塔夫叫到身边，让他向我们转达他的问候，并告诉我们，我们很快就会步他的后尘。这听上去有些怕人，但无论如何我都不会羡慕或嫉妒他所负的伤。他跟我们当中的几个人在一起很长时间了，要是他负了致命伤，那就太可怕了。

4月30日。最近的几个星期里我们经常谈论到，我们可能会负伤，然后被撤离战场。这种事情将是不可避免的。但我们每个人都认为，即便如此也不会造成什么严重的后果——瓦尔德马、弗里茨·哈曼、瓦利亚斯、教授、古斯塔夫·科勒、克莱姆（休假结束后，不知怎么回事，他有点变了）和我。我们这些"老家伙"从1943年10月起就待在重武器排里。而步兵排里剩下的"老家伙"已经不多，尽管他们中的有些人在尼科波尔桥头堡负伤后再次回到了部队里。

除了三处划伤，我几乎平安无事地经历了这些战斗。但这些弹片造成的轻伤依然被认为是负伤，并被申报上去，于是，古斯塔夫·科勒、克莱姆和我获得了银质战伤勋章。由于弹片仍卡在我的上唇，所以我得以回到后方的车队休息三天，以便让伤口消肿。团里的军医觉得没必要切开我的伤口取出弹片，所以它一直留在我的上唇里，直到今天。

第十三章

从骑士铁十字勋章
到木制十字架

5月10日。激烈的战斗持续了数天后，我们终于有时间考虑一些个人的事务了。一个星期前传来了一个糟糕透顶的消息，深受大家尊敬的连长由于头部的重伤而死去了。显然他没能从昏迷中苏醒过来。

我们回想起他那堪称楷模的品质——作为一名领导，也作为一个人。弗里茨·哈曼和我都知道，我们的连长痛恨战争，但这并不影响他成为一个深深影响了我们的模范，他做出的贡献超过了大多数人。我们受到威胁或是发起反击时，他会朝着敌军开火。但当敌人举手投降以保全性命时，他也会很高兴。许多苏军俘虏肯定会惊讶，一名德军军官居然会递给他们香烟和火柴。由于这些人性化的想法和行为，他使自己远远超越了现在描绘这场战争时被渲染得越来越厉害的仇恨。可是，这些品质并未能让他逃离死神：它无情地带走了他，也把他带离了连队战友们的友情——在他的领导下，我们连从未如此顽强过。

5月11日。今天，我从连部得到了休假三周的批准文件。最快明天早上，我就会跟连里另外两名士兵一同离开。古斯塔夫·科勒抓紧时间给我剪了个不错的发型，他甚至拒绝我付给他钱。作为回报，我将把战友们的信件带上，回到德国后再帮他们邮寄出去，这比通过战地邮局寄信要快得多。

尽管我知道自己的探亲假早已确定下来，但这个消息的到来仍让我感到惊喜。现在，逃离泥泞和危险两个星期的机会终于变成了现实，我真的应该好好高兴一下。可事实并非如此，我的感觉很复杂。一方面，我很高兴能再次见到自己的亲人，并能睡在真正的床上，但另一方面，我不得不离开自己的战友，这又使我感到伤感。长期以来，我们同甘共苦，生死与共。这就像在危险来临时离开自己的家人那样。等我回来时，还能看见活蹦乱跳的他们吗？连路上的时间，我将离开他们三个多星期，对身处前线的士兵们来说，这段时间里任何事情都有可能发生。我们聚在一起喝了好多罗马尼亚葡萄酒，直到每个人都略有醉意，这才使我暂时忘记了明天向大家告别的伤感。

5月12日。我们的司机，二等兵约斯特，在清晨四点时叫醒了我。半个小时后，我们三个获准休假的士兵坐在了汽车上，一路赶往火车站。我只跟弗里茨·哈曼和瓦利亚斯告了别——其他人闹腾了一整夜，此刻还在呼呼大睡。

回家休假的途中，你必须把时间算宽裕些——我被告知了这一点。列车早已不再按照旧时刻表运行，你得去站长办公室弄清楚新的时刻表。不过我们很顺利地从罗马尼亚人手里得到了时刻表。列车上，大部分士兵都是从前线下来的，和我一样，没人想说话，只是觉得疲倦，伴随着列车晃动的节奏，我们很快便睡着了。火车到达维也纳后，一些士兵下了车，车厢里的气氛开始活跃起来。通过对方的军装，我注意到他们都是些身处后方的士兵，他们谈论着各自在奥地利和匈牙利的风流韵事。

5月13日。返家的途中，在列车和车站上，我被所谓的"链狗"至少盘查了五次。"链狗"是我们对讨人厌的宪兵的称谓，因为作为其权力的标记，他们的胸前戴有一块盾形金属牌，通过一根金属链挂在他们的脖子上。时不时地，他们会把某些人带走。他们专门检查所有的休假及旅行证件，也包括写入每个士兵身份证件中的评语。他们这样做的目的是为了看看是否有人佩戴不属于自己的勋章或是冒充得到了晋升。在部队里，宪兵无疑是必要的，他们起到了维持秩序的作用。

宪兵从我所在的车厢带走了一名中士，这位中士佩戴着一级铁十字勋章和银质近战勋饰[1]，但他却掏不出任何恰当的证明文件。就我所听到的来看，这名中士拿不出相关证件，所以，他可能是一名逃兵。通过与其他士兵的交谈，我发现部队里的士气不是太高，显然存在着一些逃兵和持不同政见者。这可真是一段不景气的时期！这些人被称为"祖国的叛徒"，因为他们不愿承担我们都必须承担的责任，尽管我们对此也不太喜欢。战争期间没人可以随心所欲——我们都属于国家和人民。这听上去不错，因为这意味着所做的一切都可以被冠以"人民"的名义——换句话说，是以我们的名义。

5月14日。到达家乡花了我整整两天时间。我很高兴再次见到自己的母亲和姐姐，姐姐暂时住在母亲这里，一些朋友死亡的消息也使她得到了"锻

---

[1] 原文在这里用的是Knight's Cross 1st Class，不解其意，如果是骑士铁十字，宪兵大概不敢轻易把他带走，故以1st Class为准，译为一级铁十字。

炼"。我们居住的村镇，通常是安静而又空空荡荡，可现在已经变成了一座忙乱而又拥挤的"城市"。街道上满是士兵以及来自柏林和其他大城市的母亲和孩子，她们来这里是为了躲避敌人的轰炸。可她们能躲多久呢？

5月15日。我觉得自己的感觉非常复杂，休假并不如设想的那么愉快。在前线，我们想的是其他的事情。我们想得更多的是自己的生存以及战友和朋友们的生命。尽管长期以来，我们早已习惯了与危险做伴，但焦虑总是会出现，并侵蚀着我们的神经。这使我们年轻的面孔看上去苍老不堪。我也有这方面的一些迹象：下个月我就21岁了，可我觉得自己的年龄比这大得多，特别是因为我比许多更加年轻的战友活得更长。

尽管我负了五次轻伤，但我还是平安无事地从战场上回来了。战斗期间，我的神经多少有些不太正常，但我至少能保持自控。最近几个月里，我经常看见一些比我年轻或年长的士兵在一夜之间头发变得灰白，他们的神经崩溃了，在长达一个小时的激战中，他们彻底崩溃了。难道这一切都是徒劳吗？但愿这种事情再也不要发生了！

5月16—6月2日。我艰难地试着享受这段假期，并让自己散散心。我最喜欢的消遣是……睡觉！下午的时候，我会骑上我那辆竞赛型自行车四处游逛，或者到湖边钓鱼。晚上，我通常跟几个朋友在一家餐馆里度过，或者就是跟我在入伍前结识的女友待在一起。但情况与过去一切太平时不同了——没人喜欢现在这个状况，我从居民中感到了某种焦虑和不满。他们都有自己的看法，只是不敢公开表达而已。

我经常能听见，他们又逮捕了某某人，并把他们送去了某个集中营。有人说，那是个"劳动营"，那里的看守是党卫军的人。他们把持不同政见者以及反对第三帝国的人投入集中营。但没人知道确切的情况，因为从来没有人能从那里面出来。

6月3日。最近我失眠得厉害。太多事情在我的脑中盘旋，我一直思念着那些战友。我有一种感觉，自己再也见不到他们了。如果他们仅仅是负伤，那么，他们总有一天会回来的；要是他们阵亡的话，那就再也无法回来了。在每一次新的战斗中，总有些人命中注定会送命。离休假结束越接近，我越是心神不安，这证明了我的感觉与前线战友是多么接近。

6月4日。我在一列叮当作响的列车上已经坐了几个小时，正在归队的途中。与妈妈道别时，她非常难受，她已尽可能让我的休假过得舒适愉快。打理店铺使她忙碌不已，所以她无法按照自己的心意为我做太多的事情。我的父亲被征召进"人民冲锋队"，他们已被部署到边境地带。

火车上挤得满满当当，全是来自各兵种的军事人员。我所在的车厢拥挤不堪，我只能坐在过道中的行李袋上。

6月5日。火车开了一整夜。我们遇到了两次空袭警报，火车停在露天的铁轨上，但我们并没有太多的不安，大部分士兵呼呼大睡。列车车厢的地板上躺得全是人，有的人为了能舒服些，干脆睡到了行李架上。车厢内一片漆黑，绝对不允许有任何亮光。不过，偶尔也有几次，手电筒的光亮划破了黑暗，或是有人点燃了打火机，以此来提醒其他人，他要去撒尿，不想踩到别人的头上。

拂晓时，我们靠近了维也纳。可是，列车无法进入这座城市，等我们进站后，已经是午饭时刻，我们可以下车活动活动。我们获知，列车还要搭载送往前线的补充兵。在站长办公室，我遇到了第26装甲团的一名下士，和我一样，他也刚刚结束休假，所去的目的地跟我一样。我们发现，我们的部队仍待在原来的地方。到了夜里，我们才再次出发。到达我们的目的地还需要两天，中途还要换车数次[1]。

6月6日。我们所在的团彼此相邻[2]，就在雅西—莫内斯蒂附近。最近几个月和几个星期里，两个团都遭受了严重的损失，这使他们不得不被重组为"战斗群"。中士很快便被他团里的车辆接走了，很快，我也搭上了一辆营里的补

---

[1] 第26装甲团隶属于第26装甲师，44年中驻扎于西线，因此，作者此处可能指的是"第26装甲掷弹兵团"。
[2] 第26和第21装甲掷弹兵团。

给卡车赶往自己的连队。我们俩分手时说要经常保持联系，遗憾的是，这一点无法做到：这将是我们唯一的一次相见，而且，与发生在战争期间许多次其他的见面一样，存在的时间非常短暂，尽管我时常会想起这些偶遇。

6月8日。早晨时，我搭乘营里的补给车回到了自己的连队。走进连部，我立即注意到，"萝卜"下士不见了，军士长也不在。一位我不认识的二等兵告诉我，两个星期前，"萝卜"在一次空袭中负伤，当时他正待在汽车里，后来被送进了医院。

在宿舍里，我遇到了弗里茨·哈曼和高个子的瓦利亚斯，他们很高兴能再次见到我。连里发生了许多事情。有些消息令我惊喜，而有些则让我感到痛苦。最糟糕的两件事是，上个星期，克莱姆阵亡了，而"教授"则被手榴弹炸断了右臂，导致血流不止而死。三等兵哈尔巴赫，跟我们在一起的时间不是太长，他也负了重伤，很可能保不住性命。这些糟糕的消息再次提醒了我，前线的战斗是多么可怕。我没见到古斯塔夫·科勒，于是我问起了他，结果让我大吃一惊。他们俩故意让我等了等，然后，弗里茨·哈曼说道："古斯塔夫获得了骑士铁十字勋章！"

"什么？他怎么得到的？发生了什么事情？"

"与我们正常的进攻行动并没有太大的不同，"弗里茨告诉我："唯一的不同是我们这位亲爱的古斯塔夫，在你休假期间，他接管了机枪分排的指挥工作，结果与我们左翼的步兵排失去了联系。在他的带领下，我们继续深入一座小树林。就在我和我的副射手几乎要走到树林的另一端时，发现三辆T-34停在树林的边缘，坦克组员们站在车外。他们激动地跟一名军官谈论着什么。我们立即将两挺机枪架设在树林间，古斯塔夫和我朝着俄国人开火了。两名苏军士兵被当场打死，其他人被我们俘虏。派了一名士兵看押这些俘虏后，我们意识到，这几辆坦克掩护的是苏军的侧翼，这里甚至安排了一名炮兵观测员和一条通讯线路，以便与苏军的交叉火力相连接。"

"接下来发生的事情可以说是一场真正的'聚会'。从树林的边缘，我们可以将子弹射入敌人的战壕中，正如我们努力做的那样。于是，已经停顿下来的进攻再次向前推进，我们围攻占了苏军的战壕，遭受的伤亡非常小。这就是事情的经过——至少，这一切都被汇报了上去。缴获了三辆坦克，并冲着敌人的战壕开火，其结果是，古斯塔夫获得了骑士铁十字勋章，瓦利亚斯和我则得到了一级铁十字勋章。"

"哦，这太棒了！"我听了很高兴："不过，这是个意外的结果，因为，古斯塔夫与部队失去了联系，对吧？"

"没错，"瓦利亚斯证实道："但事后没人在乎这一点，结果才是重要的。"

"古斯塔夫现在在哪儿？"

"不知道。自从他昨天去团里领取他的骑士铁十字勋章后，就没有他的消息了。他们说，他将被提升为下士，还要参加一些培训。其他的情况就不太清楚了。"

没能见到古斯塔夫令我觉得非常遗憾。我们都知道，要是某个家伙获得了骑士铁十字勋章会发生些什么：他已不再是过去的他，而是成了个名人，会在各个地方"游街示众"。我了解古斯塔夫，我相信他对于扮演一个四处招摇的英雄角色不会感到什么快乐。他完全清楚，自己并不比我们其他人来得更加英勇无畏。正如弗里茨·哈曼说的那样，他们只是在与步兵排失去联系后做出了正确的选择。他们只是抢在敌坦克组员们回到坦克里，并把他们轰上天之前抢先开火罢了。然后，他们幸运地发现自己正位于敌人的侧翼，于是，他们朝着俄国人开火射击，进而使我们团顺利地夺取了敌人的阵地而只遭受了轻微的损失。

可怜的古斯塔夫！上面的人意图把你塑造成一个士兵英雄，一个耀眼的榜样，等他们彻底利用完你，你肯定会被重新派回前线的。但你生还的机会将比过去大为减少，因为你的上司们会把你当作一个英雄来使用——哪里的战斗最激烈，哪里最能体现出你的价值，你就将被派到哪里！这可能就是获得骑士铁十字勋章的普通士兵最后很少能活下来的原因。

古斯塔夫·科勒没能活下来。仅仅几个月后，我获悉了他的死讯，当时我刚从重伤中痊愈，有几个星期我被临时派去训练新兵。巧的是，我遇到了一名二等兵，他和古斯塔夫一同在匈牙利战斗过。他告诉我，科勒中士加入了敢死队，1944年11月10日，在进攻敌人的一处阵地时，他和他的部下悉数阵亡。

可怜的家伙！骑士铁十字勋章带给你的荣耀只持续了几个月，命运最终决定将你那自豪的骑士铁十字变成一具简单的木制十字架，剩下的仅仅是大家对一位好朋友和一位好战友的回忆而已。因此，谁要是不小心成为英雄，他可能会比那些未获得正式奖励的士兵死得更快！

第十四章

被判処死刑

6月9日，我再次回到了战斗中。据空中侦察报告说，在敌人的集结地发现了大批坦克。可是，据此判断苏军正在发起一场大规模攻势并未被证明是准确的，我们只卷入了一些小规模战斗，仅有两名士兵负伤。

6月15日。今天，我们位于雅西和特尔古弗鲁莫斯之间，在一处高地上挖掘阵地，我们俯瞰着一片绿色的平原，视界极好。在我们身后，几座农场的建筑被敌人的迫击炮火击中后正在燃烧。风不时地将黑烟吹到我们的脸上，烟雾的气味相当可怕，令我们难以呼吸。那些房屋早已被它们的主人所丢弃，可他们逃走时没能将牲畜牵出建筑，带上它们一同离开。要是这些牲口没被饿死，它们也会被炮弹炸死。牲畜的尸体躺得到处都是，腐烂的程度不一，散发出可怕的臭气。

6月16日。夜幕降临后，我们小心留意着阵地前方宽广而又平坦的地面上敌人的动静。预期中的进攻并未到来，但敌人用高爆弹对我们轰击了一整夜：敌人能看见我们的位置，这是因为我们身后的火焰不断升起，清晰地暴露出我们的身影。

6月17日。灰暗的拂晓出现了浓雾，在风力的推动下，大雾似乎正朝着我们这里慢慢移动。我从未见过这样的雾气。敌人也许会利用清晨的雾色，在其掩护下向我们逼近。

乳白色的雾墙朝着我们逼近，看上去似乎越来越浓。透过瞄准镜，我注意到前方出现了一个猫着腰的家伙的轮廓，他的背上好像还背着个背包或是其他什么东西。我瞄准了他，在至少一公里的距离上，我朝着他打了个短点射。这一点射的效果如此出色，大家爆发出一阵欢笑。俄国人肯定是在身上携带了某种烟幕弹——显然，这就是出现"浓雾"的原因。我的子弹刚刚出膛，那个俄国佬的背包上便窜出了一股浓浓的白烟。他没有扔掉背包，而是转过身，沿着之字形路线狂奔起来，仿佛身后有人在追他似的。最后，他那背包里所有的烟幕弹都被引发了，在其他人看来，这家伙就像是装了个火箭助推器。

我们的重型武器随即朝着浓雾猛烈开火，彻底打乱了敌人的计划，阻止了他们的进攻。烟雾散去后，大批尸体以及几门迫击炮和其他一些武器散落在我们下方的地面上。

6月20日。尽管这些天来我们的行动主要是防御性的，但还是遭受了一些伤亡。负伤者中包括我们的上士，他再次奉命指挥我们这个实力严重受损的连队。没人知道他到底负过多少次伤：他佩戴着在尼科波尔桥头堡获得的金质战伤勋章（五次负伤后才能得到）。如果负的是轻伤，他会待在连部里休养恢复，但这次，他的伤似乎要严重些，因此，他不得不被送往团救护站，后来，他大概被转到国内的一所军医院了。

6月27日。我们团在6月21日被撤下了前线，此刻在波佩什蒂附近的一个休整地。尽管我们号称一个团，但实际作战兵力只相当于两个连。除了一名下士，我们连的老人只剩下七个。就连不时被分到我们连队的补充兵，此刻剩下的也已寥寥无几，大多数人不是负伤就是阵亡。所以，来自因斯特堡的新兵被补充进我们的连队。我们得到的就是一群混杂着年轻人和老年人的大杂烩，在他们当中还有许多德裔东欧人，另外还有一些俄国志愿者。上面不是用我们急需的武器重新武装我们，而是试图用一群只受过仓促训练的炮灰来弥补我们的实力。这简直是发疯！

7月14日。两个传闻四下流传。一个说法是，我们将被调往东普鲁士，以守住我们在那里的边境。我们想到，政府——指的是希特勒——是否真的相信敌人很快会到达那里。另一个说法是，"人民掷弹兵师"已经开始组建，目的是为了增强部队的战斗力。我们不知道"人民掷弹兵师"是怎样的一种部队。许多士兵开玩笑说，这可能意味着我们祖父辈的老人将作为最后的兵源被征召入伍。最近刚刚分到连队里的新兵们谈起了某种即将被投入的"报复性武器"。我们想知道的是，这些新式武器何时能投入——等我们的城市被夷为平地并被敌人占领后？休假期间我也曾听说过这些神奇武器，我觉得这只是个谣传，仅仅是为了给老百姓们带去某种新希望罢了。

7月15日。几天前派来了一名少尉担任我们的新连长。我甚至已数不清自1943年10月以来，我们有过多少位领导了。他似乎并不太差劲，但他无法给连队带来必要的归属感和战友情谊。不知怎么回事，某些东西消失不见了——我们这些老兵能感觉到这些。太多的生面孔加入进我们的队伍，我们不得不试着习惯他们。

我们这些老人已经形成了自己的小圈子，新兵们对我们所获得的勋章以及丰富的前线经历钦佩不已，但我们对他们不太起劲。新来的领导者也是一样——他们不了解我们，无法对我们做出准确的判断，所以，他们也不知道该如何部署我们这些老兵，从而使连队达到最佳化。返回前线后，我们会等待并观望，在前线，我们相互依赖，那种团结感和战友情几乎是油然而发。

7月18日。休整和放松的日子结束了。我们驱车赶往罗曼，然后搭火车完成剩下的路程。实际上，我们的目的地是东普鲁士，尽管在途中，我们接到的命令发生了改变，我们重新赶往波兰。据说苏军已经渡过了布格河，正向西推进。

7月20日。当天发生了刺杀希特勒的事件。我们当中没人知道这一事件的原因。据说这是高级将领之间的阴谋，这些人将被处死。我们还惊讶地获知，从现在开始，传统的军礼被取消，取而代之的是"德意志礼"——我们必须使用举手礼，就像党卫军那样。但命令就是命令。我并不认为这个规定会对部队的士气起到任何提高作用。相反，我们感到惊奇的是，他们凭什么认为能打动我们这些士兵，从而与那些党的要人们更加亲近呢？不管怎么说，这些大人物总是前呼后拥，我们还得设法保护他们。他们给部队的指挥部派遣了政治军官，还给我们派来了具备国家社会主义理想的士兵。这纯属狗屁！难道这能帮我们生存下来？谢天谢地，我从未遇到过这种类型的家伙。我很怀疑这些家伙是否有胆量跟我们一起在战壕中御敌。

7月21日。进入波兰后，我们的任务是守住桑河上雅罗斯瓦夫附近的防线。敌人已经在几个地段试图渡过该河。白天时，我们遇到了一股与自己部队失散的德军，他们惊慌失措，沿着河岸的低地漫无目的地四处游荡。他们告诉我们，他们的许多战友被波兰游击队打死了。夜间，我们与敌军发生了激战，成功地阻止了他们渡河的企图。

7月25日。天色尚黑时，敌人的一队坦克搭载着步兵发起了进攻。我们没有反坦克武器，不得不撤出了阵地。所有人惊恐地四散奔逃，在玉米地里寻找着隐蔽。敌人的坦克追了上来，很快便超过我们，坦克上搭载的苏军士兵发起了攻击，我们中的许多人在这场白刃战中身亡。瓦利亚斯和我躲在一片被雨水打湿后压平的稻草堆下。由于天色黑暗，我们幸运地没被敌人发现。

一个小时后，敌人的一些坦克被击毁，他们再次被赶了回去。我们壮着胆子爬出了玉米地。我和瓦利亚斯平安无事，甚至连我们的重机枪也完好无损。

这是血腥的一天，我们遭受了严重的损失。许多战友在与敌步兵的短兵相接中惨遭杀害。头颅破碎、腹部开口的尸体躺得到处都是，有许多已被坦克压扁。逃入玉米地时，我们的连长——那名少尉——失踪了。有人最后一次看见他时，他正跟着一些士兵奔逃，一辆坦克在身后追赶他们。他是负伤还是阵亡，或是落入了敌人之手，没人知道。根据眼前的这场屠杀来判断，敌人没抓俘虏。"失踪"这个词给家属带去了一线希望，尽管经历过俄国战事的人对这种希望不会抱有任何一丝幻想。敌人被压抑已久的仇恨，使得任何一个落入他们手中的人都不会有丝毫的生存机会，所有的希望都像春季阳光下的积雪那样融化消散。

尽管对我们的少尉不太了解，但我们还是对他的失踪感到非常遗憾。他可能只是经验不太足，但却是个具有强烈责任感、堪称楷模的军官。弗里茨·哈曼的副射手也牺牲了，连同他一起损失的还有他那挺重机枪的枪架。现在，可用的重机枪只剩下我这挺了。

7月26日。一名中尉被任命为新连长，他接管了我们这支所剩无几的连队，同时还包括第7连的残部。在沃拉佩尔金斯卡附近，敌人不停地攻击着我们的防线。我们的损失越来越严重，阵亡的人越来越多。我们在战斗中获悉，新来的连长也阵亡了。盛开的生命之花被扼杀的速度清楚地表明，这场战斗是多么艰苦，多么可怕！更为糟糕的是，一名领导接替了另一名。在这场野蛮的杀戮中，连里的新兵们变得越来越焦虑。他们打仗仅仅是因为灌输给他们的责任感。激战中，他们当中越来越多的人只是勉强前进，试图尽可能长久地停留在隐蔽处。

战斗进行的过程中，要是我需要更多的子弹，往往不得不大声喊叫，因为携弹手躲在散兵坑里或其他什么地方，根本不敢跑到我们身旁。结果，瓦利亚斯和我不得不亲自跑到后面，以便取得弹药。那些携弹手，很多都是志愿者，他们声称周围太过嘈杂，所以没听见我们的叫喊声。结果，这让我们冒上了更大的危险，没多久，我那位老搭档——瓦利亚斯——的肩头便负了伤，不得不撤下阵地被送往急救站。

现在，身边没有了瓦利亚斯，我明显感到失去了什么，一种巨大的失落感征服了我，我很想爬到一个坑中躲藏起来。但我感觉到，要是自己甩手不干，会使那些新兵的士气更加低落，因为他们把我们这些老兵看作是无所畏惧、战斗经验丰富的人。因此，我觉得有责任至少让自己摆出一副英勇无畏的姿态。通过平日的态度以及战斗中多少有些顽强的举止，我已成功地树立起了自己的这一形象。

7月27日。敌人以强大的兵力在北面渡过了维斯沃克河，并向前一路推进。我们试图在万楚特与热舒夫之间挡住他们，但只取得了部分成功。新派给我的副射手是二等兵德尔卡，以前属于第7连。德尔卡也是一名老兵，他在尼科波尔桥头堡负的伤痊愈后，在罗马尼亚回到了自己的连队里。

经过一天的激战，我们被撤回热舒夫的住处，在这里，再次进行了重组。没人知道自己属于哪支队伍。连里剩余的人员经过重整后改编成一个战斗群，由一名营长指挥，我们一点点地获得了来自因斯特堡补充兵站的新兵。

令我高兴的是，瓦尔德马也跟着这些新兵出现了。他已结束了军士培训，现在，他的军装上戴上了银色的穗带。起初，他被分配到其他地方，但他设法调了回来，并出任我们的分排排长。他惊讶地发现，弗里茨·哈曼和我仍在这里，但却很高兴能再次跟我们在一起。他告诉我们，我们的中尉——亲王莫里茨——已经准备了为我们申请最高勋章的文字报告，但由于他的阵亡，继任的军士长没有提交这些报告。这个情况是"萝卜"告诉他的，当时，他们俩都在疗养单位。我们对此一无所知，但并不感到特别惊讶。我们知道这种事情会如何进行，最终获得勋章总是取决于一位上级的个人判断。不同的是——弗里茨和我的想法完全一样——我们最大的期盼是能在这场该死的战争中生还下来。到目前为止，我们做到了这一点，在上帝的眷顾下，我们活到了战争结束。不幸的是，我们的亲密战友瓦尔德马未能交上这种好运。

7月28日。瓦尔德马变了很多。他现在戴上了剑穗①，他的责任更重，应该为新兵们树立起一个好榜样。但他没有！他显得紧张不安，尽管他试图在别人面前隐瞒这一点，但却瞒不过我。我看出了问题：他远离这场危险的战争的时间太久了，不得不重新适应它——他必须习惯这样一个事实，死亡就在身边，但我们却不能把头埋进沙子里逃避这一切。

有一次，我们对敌人据守的一片树林发起进攻时，瓦尔德马不见了。由于敌人的火力非常猛烈，我们不得不退了回来，然后我发现他仍隐蔽在进攻发起前他所在的地方。想到这件事，我相信瓦尔德马的潜意识里已经感觉到某些可怕的事情即将发生。

几天后，我们在当地的一座酒厂搞到几瓶白兰地，战斗结束后喝了个精光，他说了些很奇怪的话，当时，我觉得这只是他喝醉后的多愁善感罢了。他谈了许多关于他的朋友弗里茨·科申斯基的事情，科申斯基阵亡于尼科波尔桥头堡。他还谈到了他祖母的死，并说自己听到了她葬礼上的钟声，尽管她去世已经很久了。第二天早上，我目睹瓦尔德马被敌人的一串机枪子弹击中后倒在地上死去了，我这才回想起与他的那番谈话。同时阵亡的还有一名年轻的王子，他是我们前任连长亲王莫里茨中尉的亲戚。为了元首、民族和祖国，在讣告中是多么漂亮的措辞啊！

8月5日。当天晚上，我们被另一支部队接替，剩下的时间里我们一直在驱车赶路。早晨时，我们在什丘琴桥头堡占据了一所房屋，在这里休息了整整一天。

---

① 德军的军士分为低级军士和高级军士两类，前者被称为Unteroffiziere ohne Portepee，后者则是Unteroffiziere mit Portepee，可以佩剑和剑穗。低级军士指的是二级下士和一级下士，而高级军士指的是中士以上的军士。

加利西亚地区有许多军需品仓库，士兵们想要的东西这里应有尽有。用谚语里的话来说，我们的日子过得就像是咸猪肉里的蛆。此前一直短缺的弹药，现在想拿多少就拿多少，甚至连一个装备着被称为"烟囱管"近距离反坦克武器的单位也得到了再补给。

8月6日。今天，我的情绪降到了最低点。我曾真的相信自己已经变得非常顽强，能够打消一切可怕及不愉快的想法，可是，坦率地说，事实并非如此。仿佛有什么在促使我那样，我情不自禁地想起那些牺牲在我身旁的朋友，并意识到，作为极其少见的幸运儿，我还活着。我相信上帝听到了我的祷告，可我知道其他人也做过祷告，尽管如此，他们还是阵亡了。秘诀和原因何在？这也许能解释上帝为何会做出造成不同命运的决定。

8月7日。就算能活下去，前景也很艰难，而且可能会受伤。无可否认的是，幸存者的神经会慢慢变得脆弱起来。我也变得恐惧而又焦虑，而且我意识到，很快就要轮到弗里茨和我了。前线的战斗不会让任何人幸免，而且，在不确定的情况下，身边大批新面孔以及不断更换的领导令我更加恐惧不安。除此之外，我的看法是，面对敌人巨大的优势，我们的领导者已经无能为力。因此，接下来所做的一切只不过是一系列徒劳的尝试，仅仅是为了在敌人达成突破的地方堵住防线上的缺口而已，不仅需要更多的武器，也需要更多的人——对普通士兵来说，这无异于被判处了死刑。

尽管今天和往常一样，我试图将注意力集中在敌情和即将到来的战斗上，但不能否认，我感到一种难以言述的恐惧油然而起，就像一股热浪，使我的全身变得紧张起来。我无法让自己摆脱这种即将有事情发生的恐惧感。这种感觉如此强烈，深深地扎根于我的脑中，我相信这是某种预示。回想起来，每次负伤前我都有这种心神不宁感，直到伤愈后才会恢复镇定。但这次，带给我不祥预示的这种感觉比以往来得更加强烈。因此，上车的命令下达后，我松了口气，因为这使我的注意力被分散开。

我们的部队奉命带上所有可用的车辆转移到另一地区。到达某个村落前，我们必须守住朝着维斯瓦河倾斜下降的一端岸堤。这里没有发现敌人的踪迹，但我们知道，他们已经在若干地段试着渡过该河。

一片收获过的玉米地从村边向维斯瓦河延伸，在边缘处朝着河边陡降了一段很短的距离。当地的农民显然没能来得及把地里的秸秆收干净，大部分仍扔在地里，我们可以用它们充当阵地的伪装物，我们的阵地设在一片洼地隆起的地垄处。在这片留茬地前方是一片狭窄的草地，与灌木丛和一些树木相连接。维斯瓦河流过这片杂树林，从我们的位置上无法看见它。

根据命令，我们将阵地设在村子前，并开始挖掘散兵坑。阳光下的地面干燥而又坚硬。此刻是炎热的八月，阳光烘烤着我们的藏身处。尽管大汗淋漓，但挖掘工作对二等兵德尔卡和我来说不算什么问题，我曾说过，威利·德尔卡和我过去挖过的散兵坑数以百计。可一名下士走了过来，告诉我们，上级命令我们将重机枪阵地前移至玉米地的斜坡上，这差点让我们把刚喝的一杯咖啡吐出来。我们简直不敢相信他所说的：我们的阵地具有极好的射界，隐蔽得也很好，为什么要换到一个极易被敌人发现的位置？不管是谁下达的这一命令，这都不是一种明智的做法。那位下士也很不高兴——他应该跟他的轻机枪待在右侧的玉米地里。我们咬牙切齿地开始挖掘新的散兵坑，汗水从军装的扣眼处流出，但土地的深处却是潮湿而又凉爽。散兵坑完成后，我们用玉米秸加以伪装，然后便躲了进去。

伴随着夜色的降临，焦虑感再次出现在我身上。按照老规矩，我们每隔两小时换一次班，轮流放哨，但今晚我大概是睡不着了，于是我先站第一班岗，只有在必要的情况下，我才会叫醒德尔卡。一股轻柔的晚风从维斯瓦河上扑面而来，这令我感到非常舒适。

空中没有阴云，星星在深蓝色的苍穹中闪烁着。新收割的玉米的气味从地里升起，在空气中弥漫着。这种气味唤醒了我的记忆——我想起了自己的家，也想起了与我的女友特劳德尔在收获季节渡过的短暂但却愉快的时光。她是个农民的女儿，曾告诉过我，玉米对她来说就是成长、发展和实现的象征。我明白她的意思，但此刻，成熟的玉米味混合着维斯瓦河岸上芦苇腐烂的气味，被风吹拂过来，把我弄得心烦意乱。乳白色的雾气慢慢地从河岸上升起，穿过树林，越过草地，朝着我们而来。过了一阵子，雾色变浓了，令人窒息的烟雾在风中像鬼魂似的来回飘动。

我凝视着雾色，注意着每一声轻微的动静——毫无疑问，是田鼠在一捆玉米秸中活动，它正来回奔跑着。尽管如此，我还是有一种不安感。实际上，这种不安感甚至更加强烈了，因为我意识到我们正孤零零地身处玉米地的最前方，身旁没有其他战友，就连下士的那挺机枪也在我们身后的某处。

　　雾气慢慢地爬上岸堤，朝着我们而来，此刻的雾气很浓，以至于我们只能看见村子的轮廓。雾中的水汽打湿了机枪，并让我觉得有些寒意。我竖起衣领，更深地蹲进散兵坑中。我们在坑底铺设了稻草。德尔卡背靠着墙壁蜷缩在一角，他呼吸沉重，我能听见他轻轻的鼾声。让他睡一觉吧，尽管早就轮到他来替换我了，等我觉得累了我再叫醒他。

　　由于湿气很重，我打算用帆布把机枪盖上，就在这时，我清楚地听见了嘎吱嘎吱的声响以及雾中传来的说话声。俄国人！我颤抖起来。我屏住呼吸，仔细聆听着。他们正在慢慢地逼近，嘎吱嘎吱的声音听上去就像是车轴干涸后车轮所发出的声响。我轻轻地唤醒德尔卡，他像往常那样跳起身，刚想说些什么，我赶紧用手捂住他的嘴，然后我们一起聆听起来。

　　我们估计俄国人已经把他们的反坦克炮或火箭发射器弄过了维斯瓦河，现在正往前推。他们的行动并不太小心，估计他们并不知道我们就趴在他们面前。要是他们再靠近些，我们也许能打他们个措手不及，甚至有可能缴获他们的大炮。我们曾在罗马尼亚干过一次，成功地缴获了两门反坦克炮。德尔卡移开了覆盖在机枪上的帆布，我在机枪后就位。我们紧紧地盯着雾气，等待着，但敌人似乎并没有靠近过来。突然，我们又听见了其他的一些动静。俄国人正在地面上挖掘着什么。

　　"该死！俄国佬在我们的鼻子下挖掘炮位！"德尔卡恼火地说道，接着，他又问道："简直是一团糟！我们该怎么办？"

　　"暂时什么也别做，"我紧张地回答道："雾太重了，我们甚至不知道他们的确切位置，不能朝着雾里胡乱开火。否则，他们马上就能发现我们，很容易把我们一锅端。"

　　"没错，可我们总该做点什么，"德尔卡激动地说道，他的脚来回移动着。"等他们把阵地挖好，天就亮了，到那时，我们就只能听天由命。这么短的距离内，他们一下子就能发现我们。"

"我知道，"我说道，一想到早晨即将发生的事情，我的心就像跳到了嗓子眼。"很明显，我们不能待在这里了，"我对德尔卡说道："你最好回去，找中尉问问，我们应该把机枪移到何处。也许他会派一支突击队，趁俄国人正在挖掘阵地时打他们个措手不及。"

德尔卡爬出散兵坑，朝着村里的那座房子跑去。过了没多久，他回来了，我听见他低声咒骂着。

"他怎么说？"我问道，但我预感到不太妙。

"那个混蛋说，我们应该待在原地，"德尔卡气愤地说道。

"真的？你有没有告诉他那些大炮离我们有多近？"我难以置信地问道。

"我当然告诉他了。他说他已经知道了俄国人就在我们面前挖掘炮位，但我们必须待在原地，直到坦克赶到。"

"坦克什么时候能赶到？"

"他没说。但我们右后方的那位下士也很气愤。他估计，这个傻瓜很清楚根本不会有什么坦克——昨天，那些坦克被派到另一个地区了。"

看来，我们还是赶紧写好遗嘱为妙。一位军官怎么能如此不负责任呢？只要雾气消退，敌人的炮弹马上会落在我们头上。从他们发出的动静来判断，俄国佬距离我们非常近，他们甚至能把石块扔进我们的坑中。要是留在原地，我们将毫无机会可言。这是一道死刑判决令——此刻，我就是这样认为的！是谁这么白痴地把上兵派到这里，再下达一道决定我们生死的愚蠢的命令！如果这位军官——我甚至不知道他是谁——不是因为愚蠢而做出的这一决定，那么，很显然，他打算牺牲我们以换取他自己的安全。

我喃喃地说出了最后那句话，声音很轻，但德尔卡听见了，他做了个鬼脸，说道："我估计那个白痴被吓得拉了一裤子屎，他觉得我们可以长时间地挡住俄国人，以便让他逃脱。不能让这个混蛋得逞，我们应该回到玉米地上方，我们第一个阵地那里去。"

"你疯了，德尔卡？"我打断了他的话："那个王八蛋肯定会把我们送上军事法庭的。除了等待，我们什么也做不了，凭运气吧。"

话虽这么说，但我知道，我们待在这里就是命悬一线。我在前线的经历足以让我对情况做出正确的判断，而且我知道，"运气"说纯属一种无力的托词。唯一能帮我们的只有祷告——愿上帝与我们同在，陪我们度过悲惨的生命中这一艰难的时刻。与我不同，德尔卡是一名天主教徒：我默默地祈祷时，他在胸前划着十字，颤抖着双唇祷告着。他让我想起了在雷特斯乔夫时的"猪猡"。"猪猡"是个虔诚的教徒，可尽管如此，上帝并没有特别照顾他。

接近黎明时，雾色更浓了。我们睁大眼睛，紧盯着乳白色的雾气，紧张地聆听着俄国人发出的命令以及模糊的声响。我们暂时处在"缓刑"状态，可除了祷告，我们什么也做不了。战争期间积累的所有经验，在这个捕鼠器般的散兵坑里毫无价值可言，这里无处可逃。

时间一点点流逝，又过了一个小时，雾气开始消退。首先出现在我们视线里的是身后的房屋，接着，第一缕阳光照在留茬地上。我看了看位于斜后方的轻机枪阵地，发现他们那里堆满了玉米秸。有人伸出手朝我挥舞着，我也挥手示意。我认为，轻机枪可以在需要的时候才架设，其他时候则可以隐蔽起来。而我们的重机枪，由于其脚架的关系，必须在阵地上架设就位，并做好开火的准备。我们已尽量把它压低，并用稻草进行了伪装，但在这么近的距离内，而且身处一个斜坡，只要我们一开火，敌人会立即发现它。

的确是这样！随着风将面前最后一丝雾气吹走，我们看见了四门火炮的炮管，距离大约为100米。敌人肯定发现了我们的阵地，否则他们不会先对着玉米秸堆积的地方开炮。伴随着炮口的闪烁，我们觉得爆炸就发生在面前——太近了！一声剧烈的爆炸，玉米秸飞入了空中，我们的机枪暴露出来。

"反坦克炮！"德尔卡叫道，他大为震惊，不停地划着十字。

与此同时，第二发炮弹命中了土堆，把我们的机枪炸成了碎片。德尔卡尖叫着，捂住了自己的喉咙。他目瞪口呆地盯着自己血淋淋的手，用力按住自己的伤口。然后，他惊慌失措地跳出散兵坑，沿着通往村里的田地跑去。一发炮弹在他身后炸开，炸飞了他的两条腿。他的后背飞入空中，然后又落了下来，鲜血淋漓地摔倒在地上。这一切仅仅用了几秒钟，我再次朝前望去，一根炮管又发出了闪光，炮弹击中了阵地前的土堆，泥土将我的散兵坑半埋起来。我从土里抽出双腿，紧紧地站立在泥土上。接着，又一发炮弹在我前面炸开，一块闪着寒光的弹片朝我飞来。我的右上臂感到重重的一击，一些较小的弹片击中了我的前胸。鲜血立即从我的胳膊处涌出，顺着衣袖滴落下来。起初我感到麻木，接着便是一种烧灼感和疼痛。

待在坑里你会血流不止而死！我这样想着，接着便感到一阵恐惧。赶紧离开这儿！恐惧驱使我离开了自己的散兵坑。我用左手按住伤口，撒腿飞奔起来。出于本能，我没有奔向村里的房屋——这条路线太过明显——而是朝着右面的杂树林跑去。我知道，实施直瞄射击的炮手必须先把炮口转向，才能对准新的目标开火。我跑出去没多远，炮弹便在我四周落下。他们朝着我开火，就像是在打兔子——因为，我的动作就像兔子，沿着之字形路线不停地奔逃。我继续着这种动作，迫使敌人的炮手不时地调整着他们的瞄准器。

可我已经跑得筋疲力尽。我的肺鼓胀得就像一具风箱，我甚至感觉到轻微的头晕目眩。我的手无法阻止胳膊上的出血。鲜血不停地从衣袖处涌出，此刻已浸湿了我的裤子。反坦克炮弹在左右炸开，泥土飞溅到我脸上。为了保住性命，我继续沿着之字形路线气喘吁吁地奔跑着，生怕被下一发炮弹炸成碎片。此刻，树林中的树木离我越来越近——只差几步了！终于，我躲进了树林间。俄国人的炮弹像疯了那样在树木间炸开，树干和树枝像火柴棒那样倒下。稍稍喘了口气后，我继续朝着树林深处跑去，然后，一头摔倒在地上。

安全了，可我尚未获救！我再次站起身，可我的双膝发软。血液的流失削弱了我的身体。但我必须坚持下去！用出最后的气力，我穿过树林，在山丘的掩护下，向着村子跑去。这里距离村边仅有200米。我的膝盖颤抖着，终于，我到达了村内的第一排房屋。

房屋间停放着几部汽车，两名军官正查看着延伸至维斯瓦河的斜坡。此刻，敌人的反坦克炮正朝着村内开火，但他们也遭到了我方重型迫击炮相当猛烈的还击。那两位军官看见我时，他们觉得很奇怪，我怎么会从一个奇怪的方向跑过来。我向他们解释了我在何处负的伤，以及德尔卡已经阵亡的事实。少校和上尉都不知道留茬地里还有个前伸的重机枪阵地，他们还以为村边的战壕就是最靠前的防线了。他们对我在负伤的情况下仍能从敌人反坦克炮下成功逃生感到惊讶不已。接着，我瘫倒在地，一名司机赶紧扶住我，少校命令司机，开他的大众桶式车带我去找医护兵。

除了两名医护兵外，营里的中尉军医也在那里。军医认识我，四月底时，他曾帮我缝合过上唇的伤口。他像老朋友那样问候了我，随即割开我的衣袖。

看见我上臂处裂开的大口子以及卡在胸前两块较小的弹片，中尉军医说道："这次你可倒了大霉！胳膊上的伤口有点麻烦，不过暂时它还没伤及骨头，我可以帮你先处理一下。"

他处理着我的伤口，并从我胸前取出了一块卡在皮肤下的小小的弹片。然后，他用绷带把我的胳膊与身体紧紧地捆在一起，用慈父般的口气说道："现在得把你送到伤兵收容站了！他们会给你找副支架，然后，你就可以回家了。"他开玩笑地补充道："包括轻伤在内的话，这是你第六次负伤，对吧？我很抱歉，金质战伤勋章不像骑士铁十字勋章那样有镶钻版。"

又有两名伤员被送了进来，趁着医护兵还没离开之际，我抓紧时间请他带句话给弗里茨·哈曼，他正带着他的轻机枪守在村前阵地的某处，他很快就会挂念我的。现在，随着我的离开，弗里茨成了1943年10月份以来我们连最后的一位老人。后来，在这场战争中，我再也没有见过他。

8月8日。正如军医告诉我的那样，在伤兵收容站，他们给我装了一副"斯图卡"，固定住我的胳膊。弹片没有被取出：这要等我回到国内的医院，照过X光后再处理，因为它似乎卡进我的骨头里了。直到登上伤员列车后我才意识到，自己能离开那个烂摊子是多么幸运。可这种好运能持续多久呢？不管怎样，我将先享受医院的休养期。伤口很疼，可它与我身后地狱般的战场相比又如何呢？

列车带着伤兵们驶往格洛高，这是位于上西里西亚的一个小镇。我们在那里下车后，被送进了一座干干净净的军医院。

第十五章

内默尔朵尔夫
上空的秃鹰

8月30日。我从8月9日开始在格洛高住院,这对我来说是一段康复期。一块5厘米长的弹片从我的右上臂取出后,伤口愈合得很快。我的胳膊并未被吊成令人不适的"斯图卡"造型,而是用一根简单的吊带缚着。我跟一名来自陆军高射炮部队的中士一起,对镇上的各个酒吧进行了一番探索,成功地搞到些烈酒,替代了常见的啤酒。其他时间里,我不是玩牌就是读书。

住院期间,妈妈赶来探望我,我把上次回家休假后书写的日记以及在罗马尼亚前线继续写的东西交给了她。她送来的香烟和烟丝对我这个老烟枪来说正是时候,因为我们的口粮配给中,这些东西越来越少了。

9月4日。当天,我在因斯特堡加入了康复连,这已是第二次:由于战事吃紧,我的康复休假被取消了。我的伤口已经没有任何疼痛感,只留下一个深深的圆形疤痕,大约有两个手表表盘那么大。康复连所在的营地中,宿舍里的那些人我一个人也不认识,但一位二等兵告诉我,这里应该有一些来自我们团第1连的士兵。我找到了几个,可我不认识他们。最近,我们的部队里充斥了太多的新兵,许多人在负伤或阵亡前只跟我们在一起待过几天。

几天后出现了一个巨大的惊喜,我遇到了一个我以为已经阵亡的人——小施罗德。1944年1月1日,他在我的散兵坑里被苏军狙击手击中了头部,医护兵和我当时都认为他死定了。尽管如此,医护兵还是把他送到了急救站。虽然他的脸更圆了,左耳边还有个餐盘大小的伤疤,但我还是立即认出了他。

这是个令人非常愉快的重逢。施罗德给我讲述了负伤后他在后方医院醒来后的情形。他花了很长时间才得以康复,但他的命终于保住了。这简直是个奇迹,要知道,他的头部中了一枪,从太阳穴至左耳,拳头大的一块头骨被打飞了。此刻,施罗德在另一座康复营地里,等待着退伍令。

在他退伍前,我花了很多时间跟他待在一起。我们回忆起在尼科波尔桥头堡度过的那些日子,卡佳的面容不断出现在我们眼前。我们一直认为她就是我们的守护天使。随着苏军士兵的到来,我们不知道她是否会幸免于难。现在,对施罗德来说,战争结束了,但他也为此付出了巨大的代价,在他的余生中,许多健康问题缠绕着他——部分性耳聋、视力不稳定以及间歇性头晕。

10月8日。就跟偶遇施罗德一样，我在营地里意外地碰到了我们的头儿。第七次负伤后，他被转至一个训练连，在该连继续服役。看得出，他对自己不断被派至前线服役也已深感厌倦。尽管我从未想过要当领导，但我们的头儿还是设法把我调到他的连里担任新兵教官。

10月9日。在我们连里接受训练的都是些乌合之众，其中有很多年长的德裔东欧人，他们中的许多人是一家之长，另外，连队里还有些海军人员，由于没了军舰，他们现在成为步兵，重新接受训练。这些水兵中的许多人在海军中服役了很多年，作风比较散漫，所以，在前线得过高级勋章的老兵成为适当的教官人选，因为他们是水兵们唯一尊重的人。但即便如此，对我们这些教官来说，给这帮家伙下达命令时该使用何种语气、音调仍是颇费脑筋的事。

10月10日。俄国人的战线稍稍逼近了些：苏军声称，他们正在涅曼河北岸。有人说，我们这个训练连将被派至波兰的某地，至少，那里还没有落入俄国人之手。

10月16日。敌人以强大的坦克部队以及从立陶宛起飞的战斗机发起了进攻，在我军防线的许多地段造成了巨大的突出部。我们所在的兵营已进入戒备状态，我们还得到了新的弹药。但大家依然很难相信，我们马上就要从模拟的演练直接投入激烈的战斗中。可事实就是如此：敌人已经侵占了我们的祖国。对军人们来说，还有什么比这更耻辱的吗？

10月21日。苏军已在贡宾嫩西南方渗透进十公里左右，并沿着道路向西，到达了安格拉普河上的小城——内默尔朵尔夫。我们的兵营里一片混乱，搭载着军官的车辆来回乱窜，他们下达的命令在兵营里回荡，一些靠烧木头为动力的老式卡车赶来，装载上那些尚未接受过训练的新兵。这些陈旧的车辆现在只用于补给和基本训练，我们爬上车，挤在车内，身旁摆放着弹药箱和装着木柴的麻袋。

没走多远，道路就变得拥堵起来，路上满是难民和他们的推车、马匹以及大车，我们的车队不得不绕了个大圈子穿过树林，以便赶到内默尔朵尔夫附近指定的作战区域。下午时，我们下了车，沿着道路的两侧朝内默尔朵尔夫推进。令人惊奇的是，我们并未听见战斗的声响，但很快，我们的谈论被敌人的坦克炮火打断了。敌人位于两公里外，在街道上朝我们开火。所有人立即在路边的沟渠中隐蔽起来。

在夜幕的掩护下，我们朝着该镇靠近了些，并在一个小山丘上挖掘了战壕。据报，俄国人已经占据了最近几个星期里"人民冲锋队"和当地居民为了保卫自己的家园而挖掘的战壕。我们被告知，我们这个训练连将高呼着"呼啦"对这些战壕发起冲锋。

这一夜静悄悄地过去了，但新兵们都很紧张，以至于根本无法睡上一会儿。对他们和那些水兵们来说，这将是他们第一次参加战斗。

10月22日。清晨的薄雾覆盖了田野，镇内唯一可见的是几座建筑物朦胧的轮廓。我们连位于右侧，等待着进攻的命令。可是，还没等我们接到命令，其他连队的新兵们便已高呼着"呼啦"发起了进攻。他们遭到了机枪和步枪火力猛烈的打击，呼唤救护兵的声音此起彼伏。等我们连发起进攻时，敌人的火力已不再那么凶猛，可尽管如此，我们这里还是有三名士兵轻伤，一人重伤。其他连队的伤亡相当巨大——包括一些军官在内，似乎有大批军士和士兵阵亡或负伤。战壕中的敌人也伤亡惨重，剩下的家伙试图逃跑，但他们一个接一个地被抓获。

对镇内实施扫荡时，我们并未遇到苏军士兵，相反，我们发现了一些恐怖的场面，镇内满是残缺不缺的尸体，这让我想起了1944年春季，德军后撤期间，我目睹苏军士兵对他们本国百姓犯下的暴行。内默尔朵尔夫镇内，一些德国妇女的尸体表明，她们被扒光衣服惨遭凌辱后，又被俄国人以最不人道的方式毁尸。在一座谷仓，我们看见一位老人的喉咙被一把干草叉刺穿，将他的身子钉在了谷仓的木门上。另一座屋子里，所有的羽绒垫都被割开，沾满了鲜血，遍地的羽绒中倒着两位妇女已被切割开的尸体，另外还有两个惨遭杀害的儿童。眼前的景象如此可怕，以至于我们的一些新兵惊恐地逃出了屋子，忍不住呕吐起来。

我无法描述我们在内默尔朵尔夫镇内看见的这些可怕的场景，我找不出适当的文字，谈论这些针对无辜的妇女、儿童和老人的恐怖行径实在令人厌恶至极。过了一会儿，我回想起一位新兵所说的话，当时他看见了乌鸦和渡鸦，言辞凿凿地表示"秃鹰已经飞临内默尔朵尔夫的上空"。那一刻，一大群鸟飞至镇子上空，难道这只是个巧合？会不会预示着什么？不幸的是，我无法跟这位年轻人探讨这个问题了，因为他在今天早晨的进攻中身负重伤。

10月23日。内默尔朵尔夫的战斗结束后我们才获知，当地国社党的官员没有警告居民们尽快疏散。许多人在睡梦中被苏军惊醒，因而难逃厄运。可是，那些党内的大人物却都得以及时逃离。

10月25日。德军集中起强大的部队再次将苏军逼退，前线再一次稳定下来。我们的预备营将在内默尔朵尔夫停留数日，重新占据战壕和据点以确保该镇的安全。当天早上，我们被替换下来，并返回因斯特堡的兵营。接下来的几天里，因斯特堡训练基地将被撤销，所有的训练连将被重新部署。

10月27日。我们在今天离开，但没人知道目的地是何处。传言满天飞，有人说我们将被送上前线参战，还有人说我们会被派至波兰继续进行训练和部署。在此期间，连队里一些前海军人员已经离开，取而代之的是一些前空军的人员。

10月29日。不确定性被消除了。我们在波兰的罗兹下了车，唱着歌列队前进，走进了一座波兰兵营的大门——接下来的几周里，这里就是我们的家。

第十六章

从波兰到愚人的天堂

11月10日。我们在这座波兰的前兵营里已经待了近两个星期。这是一座用红砖建成的营房，四下里筑有高高的围墙。几天前出现了严重的霜冻，我们已经配发了温暖的大衣。每天早晨，我们唱着歌，列队穿过罗兹的街道，朝着城外的训练场而去。这片训练场属于兵营的一部分，占地非常大，甚至还配备了防坦克战壕。对我们的新兵和水兵们来说，尽管训练很艰苦，但却比较愉快。

对食物没什么可抱怨的——只是烟草的配给出现了短缺，对许多像我这样的老烟枪来说，这种状况不太令人满意。因此，一些士兵试着与当地居民接触以便搞到些波兰的香烟也就不足为奇了，这些带有长长的过滤嘴的波兰烟，通过黑市转售给我们的士兵。这种交易并非毫无风险，某部队发出警告指出，这种接触已经让一些士兵送了命。

黑市交易是非法的，所以主要在一些不起眼或不受控制的地区进行。波兰的地下抵抗分子以此为诱饵，将德军士兵骗至这些地方后加以杀害。我们几乎每天都能听说又发现了德军士兵的尸体，或是某位士兵消失得无影无踪的消息。我们的营房发生过两起这种事件，失踪的新兵一直未能找到。据他们的同事表示，他们并没有当逃兵。

1945年1月7日。兵营里的气氛再次紧张起来，我们奉命赶往铁路货运站，并登上一列火车。我们并未被告知此行的目的地，于是，小道消息再次漫天飞舞。各种各样的猜测都被提了出来，尽管我们作为教官已经从营长那里获知，我们不会被派上前线，因为我们的训练尚未完成。列车通常只在夜间行驶，再加上敌人对城市持续不断的空袭，我们的列车只能停在荒郊野外的露天地带。列车带着我们穿过了柏林和汉堡，一路向北驶往丹麦。我们在奥胡斯下车，从这里驱车赶往一个小镇。

1月10日—3月6日。我们这个训练连驻扎在奥胡斯港附近一座新建的学校里。我们的住宿条件非常好，也有足够的地盘来进行日常训练及武器操作培训。屋外寒冷刺骨，地面上覆盖着一层泛着光的积雪。我们的驻地对新兵训练来说非常方便，从这里到火炮演练场只需要几分钟的路程。

在镇内逛了一圈后，我们觉得自己就像是进入了天堂，因为我们买到了许多很久没见到过的好东西。我们所热衷的蛋糕和奶油泡芙，在这里的任何一间面包店里都能买到。我想我以后再也不会像这些日子这样吃到那么多奶油泡芙了。

我们驻守在丹麦的日子一开始确实很不错，但随后便发生了一系列意想不到的事情，这些令人厌恶、令人气愤的事情成了家常便饭，对我和其他一些人来说，最终成了一种难以忍受的折磨。这一切的起因来自我们的新连长，他对作战训练和领导全连根本没有足够的认识。到达的当天，我们便吃了个下马威，因为在他看来，我们的队列不够整齐。于是，他命令我们冒着寒风在学校门前站了一个小时，直到他接受了运输队长的汇报后才命令我们解散。这是一种相当自私的行径，完全是为了展示他的权威。他使自己看起来荒谬可笑。

这位连长是个相貌滑稽的少尉，过去在一支过分讲究衣着仪表的部队里服役，最近——主要是出于怜悯——才从一级上士晋升为军官。在他获得晋升的过程中，同情可能起到了主要的作用，因为他不幸失去了自己的左臂，一只眼睛也受了伤，这使他获得了银质战伤勋章和二级铁十字勋章。失去左臂既未能阻止他用右臂摆出一副自命不凡的训练教官的姿态，也未能阻止他在新兵面前不停地拍打我们以纠正我们的姿势。作为一名上级，在新兵面前做出的这种姿态非常不礼貌，这使他显得极为愚蠢。由于他不停地唠叨，不停地拍打各个教官和士兵——矫正某个可能歪了半厘米的肩膀或是敬礼时未能达到眉毛上方的手臂——他很快便在我们和新兵中得到了"独眼龙"的称号。

接下来的几个星期里，"独眼龙"把我们折腾得够呛，他不停地为一些鸡毛蒜皮的小事吹毛求疵，把连里每个人都搞得沮丧消沉。有一次，我们奉命去对付一队炸毁了铁路线的丹麦游击队，从另一个连的一位中士那里获知，我们这位连长是在几个月前刚刚获得的提升，这也是他第一次指挥一个连队。他显然并不知道，自己作为一名连长，需要一种新的面貌和一种不同的态度。"独眼龙"也许看上去像一名军官，但他幼稚的举止表明，他只是个蠢头蠢脑的训练教官。

3月8日。我们已经在丹麦驻扎了将近两个月时间，命令下达了，我们这些新兵将被分配到前线。虽然我们一直在等待着这一命令，但对它的到来还是有些意外。我陷入了两难的境地：我是应该留在这里，继续跟一位愚蠢的上司打交道呢，还是自愿跟着那些新兵一同赶赴前线？我跟我的老上级长谈了一次，他很明智地置身于争论外，但他劝我留下来，事情已经很清楚，他对连队目前的状况无能为力。于是，我决定到前线去履行自己的职责，而不是继续待在这种不愉快的气氛下。

做出这个决定并不容易，但在眼前这种有辱人格的环境下，我觉得极痛苦又失望。于是，我把自己的决定告诉了"独眼龙"，显然，我以这种方式离开连队，完全是他的个人缺陷所致。他装模作样地指着我的金质战伤勋章和其他勋章，悄声问我是否考虑妥当了，因为我为祖国做出的付出已经远远超出了其他许多人。对于这一点，我真该狠狠揍他一顿，并继续留在连队里。但我知道，正因为我是一名获得较高勋章的二等兵，这才使他心生妒意，这反而刺激起他强烈的自我意识。

3月10日。我们的训练连——现在已被指定为补充连——登上火车，随后被送至汉堡。我们在火车站转乘汽车，被送往某个兵营。另一个连队在我们身后到达——和我们一样，该连也是从丹麦坐火车而来——格哈德·邦格也在该连中，1942年时，我和他一同在因斯特堡训练。邦格当时决定继续参加一些额外的训练，并成为一名"预备军官中士"。在前线完成了任期后，他已获得了二级铁十字勋章和铜质近战勋饰。

他告诉我，我们师正在东普鲁士参战，但现在充其量只能算一个"战斗群"了。我们将得到新的军装，因为我们是精锐部队"大德意志"装甲军的补充兵，该军在奥得河东岸斯德丁附近的战斗中遭到了严重的耗损。

邦格说的没错。要是回到自己还是名新兵的那段时期，我也许会为自己能佩戴上窄窄的黑色袖标，上面用银线绣着"大德意志，元首护卫旅"而感到自豪无比。可现在，"大德意志"这个称谓似乎更像个笑话，特别是因为这支所谓的"精锐部队"早已名不副实，队伍里充斥着训练不足的希特勒青年团成员、重新接受训练的海军和空军人员以及来自东欧的德裔——这些年迈的老人只能说些结结巴巴的德语，我从未见过这么糟糕的部队，哪怕是1942年从斯大林格勒狼狈逃生后。

3月14日。我们已经得到了新军装，也获得了武器和装备以便执行前线任务，但在接到出发的命令后，我们又得到命令留在原处。显然这是因为没有足够的运输车辆，于是，我们奉命在兵营里等待进一步的指示。这会不会是临死前最后一次短暂的喘息呢？我们花了点时间去了解"绳索街"（汉堡臭名昭著的红灯区）——结果却令人极其失望！许多房屋都已被炸毁。能为我们这些士兵提供些娱乐的地方是赛马场，可半个小时后响起了空袭警报，所有人都跑进地下室或地下掩体躲藏起来。这是我在汉堡第一次体验到盟军的大规模轰炸。

此刻，战争已经无处不在！它从空中消灭了城市和居民，这种恐怖表现在人们的脸上，他们眉头紧皱，满怀恐惧、悲伤和痛苦。市内的居民显然都是些年长者。战争撕碎了他们的神经，每天都制造着伤者和死者。它残酷地将友情与家庭分开，带给人们难以言述的伤心和悲痛。

战争赶快结束吧！就像卡佳在尼科波尔桥头堡，满怀绝望和痛苦表达过的这一愿望，这里的居民肯定也曾无数次地说过相同的话——所有人都在期盼这场不幸的战争尽早结束。但它并未结束，而是在继续肆虐。它摧毁了一切，除了战争本身。所有的狂热分子现在都处在压力下，不是颜面尽失便是受到了惩处。许多人依然相信他们，他们懂得如何歪曲和捏造事实。他们相信被列为最高机密的"神奇武器"，所有人都在谈论。对此，我持怀疑态度——非常怀疑——因为过去曾有过那么多许诺，可都未曾兑现。但有一件事情我可以肯定——我不想冒险逞英雄。我觉得对我们来说，战争已经不可逆转地走向了结局。苏军部队已经饮马奥得河，而盟军部队即将跨越莱茵河。

3月19日。我们的出发令已在两天前下达。我们登上列车赶往斯德丁。在铁路线附近我们遭到了敌人的炮击，结果造成一死两伤。下车时，四周围一片混乱，许多人像无头苍蝇那样四下乱窜，我们这些老兵必须尽力把士兵们归拢到一起。经过几个月的休息后，我必须再次适应前线，再次适应伊万们朝我伸来的魔爪。这将持续多久呢？这一切又将如何结束？

3月20日。经过一番辛苦的行军后，我们到达了我们将隶属的部队。在村内一个庞大的广场上，一位军官、几名中士和下士迎接了我们，并立即对我们这些新兵开始了挑选和分配。一位稍有些年长的少校，佩戴着一枚一战时期的铁十字勋章，看见我跟在这群年轻的小伙子中似乎有些惊讶。他走到我身边说道："怎么来了个老伙计！"

我看着他，觉得他说的可能没错——如果他指的是我的年龄。我像往常那样抖擞起精神，说道："要是少校先生指的是我的作战经验，那么我承认，我确实有过些经历。"

他点点头，直截了当地问我过去在哪里服役以及现在在做些什么，最后我告诉他，我最想担任的是重机枪射手。

少校摇着头说道："很抱歉，所有机枪手的位置都满了，而班长的岗位，两天前也安排满了。"

对我来说，这显然意味着事情变得有些棘手。我失望地回答道："这么说，少校先生，我大概要端着步枪上前线了。"

听了我的话，他笑了起来，拍了拍我的肩膀。"当然不会！"他果断地说道："端步枪的人已经够多的了。另外，我也不想看见一名出色的士兵落到那个地步。"

这听起来不错，我暗自思忖，他看上去是个不错的上司。少校顿了顿，他考虑了一下，问道："您会开摩托车吗？"

"是的，少校先生！"我面带自豪迅速答道："我持有所有军用车辆的驾照，甚至包括装甲运兵车。"

"太好了！"少校点着头说道，他对我的回答非常满意。

"明天会带您去团部的摩托车传令兵分排——明白吗？过几天我就让您当分排长，怎么样？"

他的提议有点出乎我的意料，但我毫不犹豫地回答道："好的，少校先生！"

我能怎么做呢，一名普普通通的二等兵，能说些什么呢？婉言谢绝？这样的话也许会惹恼少校——天知道他会把我分配到什么地方去。摩托车传令兵这个活儿也不见得有多糟糕。我也许并未对这份工作感到欣喜若狂——到目前为止，我对它只有个模糊的概念。我不得不等待，并在以后的几天里得出确切的答案。

3月21日。他们的效率挺快，今天我已得到了一辆摩托车以及送文件的装备。摩托车传令兵分排由五名士兵组成，平日就住在团部。我们的团部设在一所学校的地下室里，团长是一名上校。此刻，团里的各个连队在镇外大约两公里处，一直跟敌人处在交战状态。指挥部内人来人往，我第一次体验到一个团部的忙碌气氛。前线，敌人不断试图突破我方的防御，但总是被击退。他们的重炮一刻不停地朝着镇内开火，炮弹经常落在离我们很近的地方。

尽管与前线部队的联系主要是通过无线电，但有些重要的命令还是靠我们这些传令兵送交。第一天，所有的传令兵都被派了出去，所以，我也跨上了摩托车。没多久，我便开始诅咒起这份新工作来。在那位少校看来，这是个不错的岗位，可依我看，结论恰恰相反：骑着摩托车，我所面临的危险比在前线、在散兵坑里以及与敌人战斗时更加严重。我们这些传令兵不得不设法通过软土地面以及深深的弹坑，自始至终要留意躲避炮弹的爆炸。担当起这一任务的第一天，有一次，由于重型炮弹的轰击，在我面前的地面突然发生了塌陷，我和我的摩托车一头扎进了坑里。我好不容易爬出弹坑，在附近炸开的第二发炮弹再次将我掀进了坑内。幸运的是，一辆路过的拖车用缆绳把我和我的摩托车拖了出来。

伴随着发动机的轰鸣，我低低地趴在摩托车手把上，朝着前线疾驶，以便在规定的时间内将命令传达给相关的连队。由于敌人的进攻，我们的连队在这段时间里已经被迫撤至另一个地带，这就给我的任务造成了一定的麻烦，我不得不打听方向以便能找到他们。然后，我疯狂地驾驶着摩托车穿过迫击炮火和雨点般的子弹，最后，我的大衣被打得千疮百孔，但我却奇迹般地毫发无损。

3月26日。传令兵的工作既危险又费力，经常要穿过弹坑和深深的泥泞，这是一场极其危险的生死游戏，可我刚刚干了五天。这段时间里，两名传令兵因负伤而退出，很快便指定了接替他们的人。据两个"替死鬼"说，在此之前，他们是步兵。我军发起一次大规模反击后——这一反击未取得什么效果——再次轮到苏军发起进攻。我们这个传令兵分排忙得不可开交，我再次咒骂起那位少校，这家伙曾郑重宣布，他不会让我"落到这个地步"。

骑在这辆该死的摩托车上，我完全是无遮无掩，但我必须骑在上面，驶过开阔地，寻找到需要我寻找的单位。就在我走向自己的摩托车，解开摆放食物的挎包上的皮袢时，我听见了炮弹的呼啸声，随即，一发炮弹在距离学校很近的地方炸开。弹片钻进了墙壁中。我听见一块弹片嘶嘶地飞来，我立即趴下——太晚了！我已劫数难逃。身上的橡胶大衣只受到轻微的擦伤，但我感到自己的左肘部遭到了重重的一击。我感到了疼痛，并看见鲜血从衣袖处渗了出来，但我突然觉得一种解脱，一种如释重负感。和以前一样，我有某种预感，我清楚这一事实。

第十七章

宁死不去西伯利亚

我彻底放下心来，走回到地下室中，一位助理军医为我进行了紧急包扎。一块很大的弹片穿透了肘关节上方的肌肉，卡在了骨头上。军医认为它对我的骨头没太大的影响。由于少校此刻并不在指挥部内，于是我去见团长，按照规定向他报告了我的伤情。上校握着我的手，我能感觉到他真诚地为我感到高兴，因为我负了个"Heimatschuss"，就此可以回家了。可是，其他一些在场的人则感到嫉妒，他们显然对此羡慕不已，我刚到这里还不满一个星期，就因为负伤——还不是危及生命的重伤——而离开这片战火纷飞的地区。我知道这一点是因为有几个家伙在我身后叫了起来。尽管他们不会在指挥部里公开表露，但我知道，他们没人愿意再打下去，可又必须拼死作战，因为他们和其他德军士兵一样，曾宣誓要效忠国旗，并发誓不会擅自逃离。

　　我也无法让自己摆脱这一义务，尽管我已不再相信任何宣传口号。到了战争的这一阶段，我不认为还有谁会相信这场战争仍能打赢。士兵们仍在战斗，但这仅仅是最后的抵抗——战败前的挣扎而已。可没人敢公开表达这种看法。就算在朋友们之间，我也不敢确定彼此的观点相同。例如，我们在路上目睹了宪兵枪毙持不同意见的人，甚至公开处以绞刑，以此作为某种威慑。

　　一位传令兵用摩托车送我去救护站，在那里待了没多久，我和其他一些伤员便被送上一辆救护车，朝斯德丁驶去。可是，我们并未就此安全了，要等我们驶过奥得河上的桥梁才行，那里位于敌军的炮火射程外。河上的桥梁已被破坏，于是，我们不得不等到夜幕降临，这才平安地渡过了奥得河。现在，我的感觉好多了——这么长时间以来，这还是第一次。

　　3月27日。救护车把我们送到了斯德丁市内一座很大的军医院，医院里被伤兵们塞得满满当当。两名医护兵只把无法独立行走的重伤员扶下车，对我和另外两名轻伤员没做太多理会。医院里忙碌不堪，对我们来说，要找到一位医生帮我们检查一下伤势根本无法做到，于是我们在一条拥挤的过道里打着盹凑合了一夜，到了早晨，我们高兴地看见医院给我们分发了热咖啡、面包和果酱。由于我只能使用自己的右手，于是，一位头部负伤的伙计帮着我把面包切成片。

3月28日。整个早上还是没人来理会我们，尽管有一位红十字女护士过来照料我们，并给了我们一些止痛片。她告诉我们，斯德丁市正忙着将伤员们疏散至西面的另一所军医院，所以，我们应该设法搭上一列运送伤员的列车。

"去汉堡！"我们这群伤兵中，一位头上扎着绷带的二等兵叫道。原来是来自不来梅港的德特勒夫·扬森。我和另外几名伤员都表示同意，因为我们只有一个念头——尽可能远地离开俄国前线。就算当俘虏，我们也情愿落在英国人或美国人手里。

3月29日。刚刚到达什未林，我们和另外四名伤兵便被"链狗"拦住了，他们把我们带下列车并控制起来。这帮猪猡！他们根本不考虑我们的伤势，粗暴地扯掉了我们包裹在伤口外的绷带，尽管挂在我们军装外的负伤证明非常明显。我们提出了抗议，他们的借口是——这是规定！通过这种做法，他们每天都能抓到逃兵以及伪装负伤以逃避责任的家伙。我们只得忍气吞声，重新把伤口包扎好。最令我们气愤的是，这帮混蛋太拿他们自己当回事了，甚至对杰出的前线战士也毫不留情，毕竟，我们在战场上拼命也是为了他们。

4月10日。过去几天我一直待在耶拿的一所军医院里，这里一片平静祥和。这座医院位于市郊，过去的一所学校内。我的绷带已被换过，伤口也得到了清理。弹片已经被取出，因为它使我的伤口很疼。

医院的伙食很好，尽管吸烟的要求不太能得到满足——我们每个人只得到一包烟草。这远远不够，于是我们试着把黑莓叶掺在烟丝里，但味道太可怕了！一位较年长的士兵已经在医院里住了一段时间，他给我们带来了一些从附近树林里找到的特殊的药草。将这些药草晒干后切碎，与烟丝混在一起，这就使我们的烟草能多抽些日子。问题是，我们的肺是否能长时间地承受住这种混合烟草的滋味。

4月12日。一夜之间，一种即将崩溃的气氛笼罩了整个医院。这里很快将被疏散。今天，我终于跟阿波尔达附近的一支防空部队取得了联系，我的女友特劳德尔就在那里服役。她所在的部队正忙着转移到其他地方，所以我只能跟她简单地谈上几分钟。此后，我再也没有联络过她。

4月13日。我已决定跟另一群伤兵一起去福格特兰地区的普劳恩，但在那里，我们再次遇到了同样的问题——医院被挤得满满当当。没人理会我们，每个人关心的只有一件事——尽快逃到安全的地方去。

我结识了一位来自苏台德区马里恩巴德的三等兵。他告诉我，他的父母在那里开着个小小的钟表铺。与他的交谈让我想起了1942年圣诞节期间，逃出雷特斯乔夫后在伤兵列车上遇到的一位病友，当时他告诉我他来自马里恩巴德，并骄傲地描述了那里的美丽风光，我当时就下定了决心，要去亲身体会一番。于是，就像命中注定那样，我发现自己现在离那个可爱的疗养胜地非常近。我很快便决定，跟这位年轻的金发三等兵一同去马里恩巴德，与我们同行的还有另外几名伤兵。

4月14日。昨天晚上，我们停在埃格尔，得到了充足的行军物资。幸运的是，我们在火车站搭上了一辆驶往某个军队补给站的卡车，它能带我们走上很长一段路。剩下的路程需要我们步行完成。最近几天的气候有点冷，但明媚的阳光多少弥补了一些寒意。

步行穿过美丽的松树林令我的感觉很好，我深深地呼吸着树林里的空气。如果不是因为伤口的疼痛，我的感觉会更好些，由于活动的加剧，我的伤口开始溃烂，并出现了脓液。因此，等我们到达马里恩巴德，来到一所医院进行治疗时，我由衷地感到高兴。

4月21日。这里的时间过得太快了，要是可能的话，我们都希望时钟能走得慢些。我们带着极大的兴趣关注着敌人从两个方向的推进。所有人都希望美国人能先抵达这里，实际上，许多人已经想步行赶往美军的战线，但美国人离这里还太远。因此，马里恩巴德及其周围，一切仍很平静。

与敌人交战的前线部队已经开始将所有伤愈的士兵召集起来。我的伤势尚未完全康复，所以我必须留在这里继续治疗。我的伤口仍在溃烂，甚至连骨头也出现了恶化的迹象。太好了！这样我就不会被送上前线，疼痛总是可以忍受的。

4月29日。昨天有传闻说，美军将从西面而来，他们可能会抢在俄国人之前进入苏台德区。我们松了口气，都希望这个传闻能成为事实。马里恩巴德镇内只有医院，没有德军士兵驻防，因此，胜利者赶到时，这里将不战而降。不过，镇郊和附近的树林里仍有些德军部队。

我们也谈论起一些过于积极的指挥官，他们仍在拼死抵挡前进中的美军部队。毫无疑问，到了这一阶段，会有这种人的，一些脑袋进水的领导不折不扣地执行希特勒的命令，仍带着部下战至最后一颗子弹。他们愿意的话就随便他们，不过我希望他们自己干自己的，别连累其他人！到了这个时候还跟美国人打仗，这不仅是发疯，也是对镇内所有伤员的出卖。因为这意味着美军部队会被挡住，他们也许无法抢在俄国人之前到达马里恩巴德。要是这样的话，我们不得不为自己和镇内居民的安危担心。上帝保佑我们吧！如果不得不当俘虏，我们希望能落到美国人手里，他们与俄国人不同，对待俘虏完全是遵照"日内瓦公约"的相关条款。

4月30日。我们都感到战争的结束即将来临。甚至连食物补给也已中断，一些仓库开始遭到劫掠。当天，我在医院里接受治疗，所以直到很晚时才获悉附近一座存放军装的仓库被疯抢一空。穿着新军装和新靴子的士兵们跑来跑去。我设法搞到了一双棕色的皮鞋，因为它对其他人来说可能太小了。

5月1日。我们病房里的三等兵比尔纳特和二等兵沃格尔突然拿着一本书学起了英语。他们练习着等他们遇到并欢迎美国人时可能会用到的话语。我们不太喜欢他们的这一做法：我们觉得这两个家伙就是叛徒，只要我们一战败，他们便会立即与敌人合作，以期从中得到某些好处。我不知道你对此会做出何种判断。也许他们对我们的敌人并无仇恨，我们现在没有任何法规对他们的行为加以惩处。他们俩来自一支防空部队，所以从未体验过前线的恐怖——他们很幸运，以这种方式在战争中幸存下来——所以他们能很快地忘却这场战争，这与我们这些从东线的地狱中侥幸生还，此刻站立在一堆堆残垣断壁前的士兵完全不同。对我来说，此刻有一种难以言述的沮丧感，我觉得自己对这场战争中所发生的一切都充满了仇恨。

5月4日。最近几天，散兵游勇们源源不断地到达镇内，但他们立即被各个作战部队召集起来后带走。附近的树林里现在大概挤满了掉队的士兵，他们都试图逃至西面，以免落入俄国人之手。三天前，我们听说阿道夫·希特勒和爱娃·布劳恩自杀了。我们感到震惊，曾引以为豪的领导人居然以这种懦弱的方式来逃避自己的责任。但没过几个小时他便被遗忘了，我们有自己的问题需要解决。据悉，俄国人离这里已经不远，很快便会到达。因此，我们聆听着从两个方向传来的大炮轰鸣声越来越近，睡得很不安稳。

5月5日。天亮后，万里无云，阳光暖暖地照耀着绿色的树木和灌木丛，并在整洁的人行道上投下清晰的阴影。公园和花园里的草呈深绿色，路边的篱笆墙上鲜花盛开，散发出怡人的香气。这是个美丽的春天，也是美好的一天——特别是因为我们在今天得到消息说，马里恩巴德镇将向美军投降。因此，我们等待着美军部队在几个小时内兵不血刃地进入镇内。

我们对美国人感到好奇，所以，一听说他们已逼近镇子，我跟另一群士兵便站在医院门前的街道上等待他们的到来。一些在西线负伤的士兵告诉我，美军的装备非常好，但跟我们相比，他们太过养尊处优了。要是没有丰富的口粮供应和大批重型武器的支援，他们永远也比不上德国士兵，更别说在战斗中存活了。可这种比较有意义吗？他们是胜利者，我们很快将见到他们。

很快，我们听到了坦克履带的声响，越来越近。然后，我们看见了他们！我不明白他们的坦克上怎么会坐着那么多人，这些士兵摆出随时开火的架势。等他们稍稍靠近些，我情不自禁地颤抖起来。他们看上去和俄国人很像，只是军装不同。他们跪在坦克上，手里的冲锋枪做好了射击的准备。他们的面目僵硬，有些紧张，眼中闪烁着警惕的目光——这是我非常熟悉的。从我们这群人身边经过时，他们的武器对准了我们。我能看见他们闪烁的目光，通过他们脏兮兮的面孔，我意识到他们已经做好了大开杀戒的准备，但我也能感觉到他们的恐惧。难道他们没看见我们这些士兵都扎着绷带？我们当中，没人想要抵抗。难道是出于对德军士兵的钦佩而导致了他们的紧张？我只希望这些小心翼翼、面色严厉的黑人和白人士兵不要突然间发作起来，进而扣动他们的扳机。我们保持着安静，一动不敢动，直到他们从我们身边经过。突然，几个妇女和小姑娘手捧着鲜花出现了。冰冷的场面就此打开!

5月6日。我们的自由结束了:从今天起,所有德军士兵必须待在兵营里。仍能听见马里恩巴德附近的树林中传出交火的声响,显然,某些作战部队仍在抵抗。我们所在的医院,门前站上了哨兵,没有通行证谁也不许外出。哨兵们荷枪实弹,一言不发。在我们的病房前停着一辆吉普车,两名黑人士兵嚼着口香糖坐在那里。从明天起,医院里将检查党卫军人员以及伤愈的士兵。

5月8日。今天,我们被转送到一所庞大的军医院,这所医院有一个优雅的名字——"贝尔维尤"。昨天,美国人把许多已经康复的士兵以及武装党卫军成员带上卡车,不知道送去哪里了。结果,满满当当的医院空了出来。

5月9日。我们的食物里不再有盐,稀薄的汤喝起来淡得可怕。人们说,捷克人把盐都给没收了。我们猜测,这是对战败者的惩罚。我朝窗外望去,真不知道那些捷克士兵都是从哪里冒出来的。在此期间,战争结束的消息传来,海军元帅邓尼茨正式签署了投降书。

5月13日。所有的一切发生得如此突然,以至于我们根本无暇细想。如果有时间的话,我和其他许多人肯定会设法逃跑。没错,一些私下的传闻说,我们将被交给俄国人,但每个人都期盼美国人会公正地对待我们——他们应该不会这么无情地把他们的俘虏交给苏联红军。但今天早上,我们被召集到医院门前列队,等候转运,我们知道,我们的希望破灭了。赶往兵营的路上,我们遇到了一些妇女和儿童,她们听说了这个消息,赶来探望自己的亲人和朋友。她们疯狂地朝我们挥着手,但我们当中,没人挥手回应。我们默默地坐在卡车上,面容僵硬,脸色苍白,根本无法理解我们所期盼的公平囚禁怎么会在一夜之间变成了可怕而又致命的前景。被送至俄国,无外乎意味着将被送到西伯利亚囚禁。

西伯利亚,一个可怕的字眼!像柄大锤在我的脑中敲击着。美国人能想象到"西伯利亚"意味着什么吗?他们明白这个字眼让人联想到的恐惧和绝望吗?我们这些曾与苏军打过仗的士兵,完全能想象到在西伯利亚会有什么等着我们。

在兵营里，我们初次尝到了我们即将面对的未来。我们被带入房间，屋内摆放着一些木板床，每个人得到了一条毛毯。看押我们的仍是美军士兵，但随着一列货车车队驶入兵营，一些苏军士兵出现后，一切都发生了变化。我哆嗦起来！那些面孔和军装是我一直以来为之恐惧的！我原以为自己能忘掉这一切，但现在却发现根本无法做到。就算我没有在此刻亲眼看见他们，他们也将出现在我的噩梦中。

我们排列好队伍，一名翻译走到我们面前。他要求我们当中的党卫军成员出列。只有几个人这样做了。然后他又要求只在东线打过仗的士兵出列，他警告我们老实交代，因为我们所在的部队很容易调查清楚。我一动不动，大脑紧张地转动着，试图找出办法摆脱这一切。我绝不会让自己被送至西伯利亚：我宁愿在逃跑中被打死，就像另外两名士兵那样，他们进入战俘营后试图逃跑，结果被击毙。

5月14日。根据以往的经验得知，每次只要伤口感染，我就会发烧，所以我觉得必须设法让自己的伤口再次感染。弹片在钻入骨头的地方形成了一个小坑，脓水会从里面渗出。此刻，一层薄薄的皮肤覆盖着这个肉坑，我现在必须把这层新长出来的皮肤捅破。我的手里握着一枚生锈的钉子，我知道事情可能会变得很严重，但我已经绝望，我宁愿死于败血症也不想被送到西伯利亚的地狱。我强忍着疼痛，用铁钉刺穿了最近刚刚愈合的皮肤，直到鲜血渗出，为了加快感染的发生，我又把纱布绷带往伤口里捅了几厘米。

5月15日。我的计划奏效了。夜里，我的胳膊疼痛难耐，但直到下午我才出现了发烧的迹象，我的额头滚烫。我来到医疗站时觉得头晕目眩，然后便开始失去知觉。医护人员把我放在一具担架上，立即开始给我检查。我所能记得的就是他吩咐救护车驾驶员，把我送到位于贝里希霍夫的医院。接下来我就什么也不知道了。

5月17日。我醒来时已是清晨，浑身是汗。我一直在做噩梦，全是关于战争以及其他一些恐怖的事情。慢慢地，我明白过来自己所在的地方——我躺在贝里希霍夫一所医院干净的病床上，病房内光线明亮，通风良好，屋内还有另外三名伤员。一位态度友善的护士带来了咖啡，她给我倒了一杯。这种咖啡像是用咖啡豆煮的，但却淡而无味，好像是被煮了许多遍。就在我试着坐起身时，这才发觉自己是多么虚弱无力，我的左臂裹着厚厚的绷带，从肘部一直到上臂处。

一位医生独自走了进来，他问我为何要下床。我想知道他会不会就是为我治疗的医生之一。仿佛读懂了我的心思似的，他说道："卡在你伤口里的绷带可真够长的，我不得不在你肘部的上方开了个很长的切口。抢救得很及时，再拖两个小时你就没命了！"

我刚想说点什么，但他阻止了我，目光闪烁地说道："别说了，我看过你的证件，我明白你为何要这样做。"

6月3日。时间过得飞快。医院里渐渐变空了，这里只剩下一些尚需继续治疗的伤员。我们的伙食有所改善，但再也没有烟草供应了。有些病人能够与外界接触，每隔一段时间他们便能搞到些美国香烟的烟蒂——这是那些为美国人干活的德国人从烟缸里弄来的！

我用自己的勋章跟美国人做了交易，每次一枚，跟他们换"好彩"、"骆驼"或是"切斯特菲尔德"香烟。这些美国兵，不管是黑人还是白人，都对德国勋章情有独钟，等他们回到家里，也许能大肆吹嘘一番。他们甚至会跑到医院里来找我们，相互竞价，用整条的香烟换取我们的勋章。这些勋章对我有什么用呢？尽管有些人对它趋之若鹜，但它们从来就没有太多的意义，我曾说过其中的原因。而现在，由于我们已经输掉了这场战争，这些勋章的价值仅仅是制作它们的金属材料罢了。重要的是，我用它们换到了好几条美国烟，帮我这个老烟枪度过了一段困难时期。

6月6日。令人不快的事情总是会突然到来。今天就是如此。刚吃完早饭我便获知，自己马上就要出院，中午前后将由卡车把我送往一座战俘营。尽管我的伤口已经愈合，但我的胳膊还是动不了，我不得不用悬带将胳膊吊上。我们坐在一辆敞篷卡车上，半个小时后到达了一座战俘营。

所谓的战俘营只不过是一片用铁丝网围起来的空地而已，空地上多多少少长着些草，铁丝网外，一些美军士兵来回巡逻。这些美军看守不时会将吸了一半的烟蒂弹进铁丝网内，那些愁眉苦脸的德军士兵马上冲过去，捡起烟蒂猛吸起来，然后又传给其他同伴轮流吸上一口，见此情形，那些美国兵咯咯地笑了起来。许多德军士兵等在铁丝网旁，期盼着能得到一个烟蒂。有时候，为了取乐，美军看守会掏出一根香烟，点燃后吸上几口，然后故意丢在地上，再用脚把它碾碎。这可真让人心痛不已！

6月11日。每天都有一小批俘虏获得释放，条件是他们的家位于美占区，或者能提供他们的家人在美占区的住址。后一种情况是特别添加的，专门针对那些士兵证上写明了家庭住址位于苏占区的士兵。由于我能提供这一证明，所以今天我也获得了释放证明，于是我跟着一群获得释放的战俘从黑人卫兵身边走过，穿过大门，进入了自由地带。往前走了几米，我停了下来，转身回望被关在看上去像耕地的战俘营中那些脏兮兮、形容枯槁的俘虏。我第一次感觉到自己的一切是如此顺利。我本来也许会在这片铁丝网内茫然地过上很长时间，所以，我应该感谢上帝帮助我离开这个监禁地。这里不仅肮脏污秽，像白痴一样浪费时间，更糟糕的是，我还不得不忍受每一个恶劣的看守所带来的屈辱。

现在，我从这一切中解脱出来——我自由了！随着迈出的每一步，我越来越远地离开了这座战俘营，我终于从过去几周令我心情沉重的重负中摆脱出来。渐渐地，我开始重新竖立起自己的希望，并对周围的一切有了新的看法。

我看了看自己陈旧的军裤，已经有些磨损了，它跟我脚上穿着的崭新的棕色系带皮鞋确实不太般配。我很高兴自己当时从军用品仓库里搞了双新鞋子——谁知道什么时候才能再得到一双新鞋呢？正当我从口袋里掏出一块抹布，将鞋子擦拭一番时，一个黑影出现了。我抬头望去，把我吓了一跳：面前站着一个捷克士兵，他用结结巴巴的德语要求我把那双新皮鞋给他。我没理他，想赶紧离开，可他端起苏制冲锋枪，用枪管对着我的胸膛。我看着他充满仇恨的双眼，心里知道这家伙毫不犹豫地扣动扳机。他是胜利者，而我，是他的敌人。只要他愿意，随时可以开枪打死我。于是我赶紧脱下鞋子递给他。与此同时，这个捷克人也脱下了他那双破旧的鞋子，丢在我面前。他带着满意的笑容穿上我那双新鞋，随后便走开了。

那一刻，我真想冲上前去，从这个王八蛋脚下夺回我的鞋子。可他有枪，而且，他想实施些报复。我无计可施，只能咬紧牙关，穿上了他那双旧鞋，我不能只穿着袜子走路。与捷克士兵的这次相遇清楚地向我证明，战败者是多么无助，而存在于我们敌人心中的仇恨和复仇欲是多么深。

战争赶快结束吧！无数人的这一热切期盼实现了，战争终于结束了。但他们心中的战争也会结束吗？还要多久才能将仇恨和复仇的欲望彻底埋葬？是的，我知道，确实有一些人，尽管遭受过暴行，但他们却放下仇恨，积极寻求与过去的敌人和解，正是他们给了我新的希望。

但是，人们何时才能意识到，我们被极权和醉心于权力的个人——他们知道如何鼓动群众，从而利用他们达到自己的目的——所操纵的可能性？尽管这些人躲在安全的地方以策安全，但他们会以爱国主义的名义，毫不犹豫地牺牲自己的人民。人们会团结起来反对他们吗？或者，那些在战场上死去的人，他们牺牲的原因会被忘却吗？

我永远也不会忘记那些我所认识的人。他们不断提醒我，我的生还是多么幸运。

这一点并不亚于我讲述他们的故事的责任。

《东进：苏德战争1941—1943》 《焦土：苏德战争1943—1944》

第三帝国外交部新闻发言人保罗·卡雷尔著
东线战场开山巨作，苏德战争全景史诗
世界91家出版社出版，被译为65国文字的超级畅销书

《通往斯大林格勒之路》 《通往柏林之路》

英国杰出的军事历史学家约翰·埃里克森代表作
多角度展现苏德战争的宏大图景，既有全景又不乏细节
大量一手资料，众多战争亲历者采访、回忆，多年细致研究

《普鲁士之战：苏德战争1944—1945》

《东进》《焦土》续篇，一场决定二战结局
和欧洲未来版图的战役
普里特·巴塔以动人的证词和令人心寒的
细节详尽描述了士兵与平民的殊死搏斗

《莫斯科战役1941：
二战"台风"行动与德军的首次大危机》

第二次世界大战真正的转折点

《列宁格勒会战：1941—1944》

封锁下的绝境，包围中的抗争，空前惨烈悲壮
的史诗篇章

二战欧洲东线战场经典汉译文库

"指文东线文库" 知名战略、战史学者 王鼎杰总策划

STALINGRAD

斯大林格勒三部曲

苏德战争史学者戴维·M.格兰茨著

▼

斯大林格勒三部曲（第一部 兵临城下）：苏德战争1942年4月—8月
斯大林格勒三部曲（第二部 决战）：苏德战争1942年9月—11月
斯大林格勒三部曲（第三部 终局 卷一）：苏德战争1942年11月
斯大林格勒三部曲（第三部 终局 卷二）：苏德战争1942年12月—1943年2月

第二次世界大战的权威研究成果，人类战争史上惨烈的战役、二战的转折点——斯大林格勒战役史无前例的全面完整展示，代表西方此方面研究的首席专家戴维·M.格兰茨的全新力作《斯大林格勒三部曲》，它将取代过去关于此战的一切历史记述。
——《军事历史》杂志

即将上市

《泥足巨人：大战前夜的苏联军队》
《巨人重生：大战中的苏联军队 1941—1943》
《巨人的碰撞：苏联红军如何阻止希特勒》（增补修订版）
《巨人之间：第二次世界大战中的波罗的海战事》
《从胜利到僵局：1944年夏季西线的决定性与非决定性战役》
《从失败到胜利：1944年夏季东线的决定性与非决定性战役》

《日托米尔—别尔季切夫战役：德军在基辅以西的作战行动 1943.12.24—1944.1.31（2卷本）》
《东线坦克战1941—1942：重点突破战术》
《东线坦克战1943—1945：红色压路机》
《库尔斯克会战》

致命打击
IN DEADLY COMBAT

致命打击

一个德国士兵的苏德战争回忆录

〔德〕戈特洛布·赫伯特·比德曼 著
〔美〕德里克·S·赞布罗 著
小小冰人 译

台海出版社

这本书是献给阵亡者的，但它也是为活着的人而写
忠实还原克里木战役、库尔兰战役的残酷和恐怖